日子如水

——海宁作家 2020 作品年选

金问渔 —— 主编

文汇出版社

图书在版编目(CIP)数据

日子如水：海宁作家 2020 作品年选 / 金问渔主编.
—上海：文汇出版社，2021.11

ISBN 978-7-5496-3684-6

Ⅰ.①日… Ⅱ.①金… Ⅲ.①中国文学-当代文学-
作品综合集-海宁 Ⅳ.①I218.554

中国版本图书馆 CIP 数据核字(2021)第 232416 号

日子如水
——海宁作家 2020 作品年选

主　　编 / 金问渔
责任编辑 / 熊　勇
装帧设计 / 书香力扬

出版发行 / 文匯出版社
　　　　　　上海市威海路 755 号
　　　　　　(邮政编码 200041)
经　　销 / 全国新华书店
排　　版 / 成都力扬文化传播有限公司
印刷装订 / 成都兴怡包装装潢有限公司
版　　次 / 2022 年 1 月第 1 版
印　　次 / 2022 年 2 月第 1 次印刷
开　　本 / 710×1000　1/16
字　　数 / 320 千
印　　张 / 22

ISBN 978-7-5496-3684-6
定　　价 / 68.00 元

目　录

小　说

散　文

诗　歌

小　说

日子如水——海宁作家2020作品年选

日子如水

金问渔

一

许良车一瞥，发现柴雪芬烹饪时竟然直接使用自来水。

两人便吵了起来，柴雪芬说难道我不吃的，就毒死你一人？不干了！说罢把锅铲狠命一摔，那锅铲是硅胶的，弹了起来，落地后又走了个小步跳，拓印出一小片油渍。

他俩生活的这个准三线城市，印染与制革业发达，空气水质都不好，肺癌与肠癌病患比例一直名列全省前茅，装修新房时，厨房净水器是标配，许良车不能理解的是，柴雪芬每次刷牙会特意绕到厨房从温控开水壶里接上一杯纯净温水，如果说需要有些热度，卫生间可是装了博世小厨宝的呀。

厨房间小，橱柜水槽冰箱一放，凹字中间部分的空间，两人挤在一起就屁股碰屁股了，二十余年夫妻做下来，这样的摩擦早已没了火花。买汰烧的事，柴雪芬要求分工合作，许良车负责买和汰，配好菜，然后让出厨房，她来点火起炉。

搬入新居好几年了，要不是这次口渴难耐急急挤进厨房间续水，他是断然不会发现这个可怕事实的，霎时间，只觉得自己体内污水横流，胸腹部几乎所有的脏器都疼痛起来，肾里那块横亘的结石又大了些许。

你、你、你，究竟啥居心？让我吃没有过滤的脏水，自己刷牙漱口要吐掉倒是纯净水！

柴雪芬于是被激怒了。

事后，许良车觉得她的暴怒只是掩饰心虚而已，每个菜她都浅尝辄止，自己可是连残汤剩水都喝下去的。

去年这个时候，有一次晚餐后他腰腹部突然痛得死去活来，不管坐着、躺着还是走着，都无法缓解，实在坚持不住，半夜去看急诊，值班医生诊断是肾绞痛，挂了瓶酮咯酸氨丁三醇点滴才把痛感压了下去。翌日照 CT，肾部输尿管口子处有粒结石，结石的大小不尴不尬，开刀不值当，让它自行掉落可能性又不大。医生嘱咐回去后多喝纯净白开水，多做跳绳运动，还特意问起家里有没有装净水器，建议浓茶也要戒掉。许良车颇为自豪地说，家里早装了，如今从办公室到厨房，凡从嘴巴进入身体的都是纯净水。

后来又剧痛了一次，在许良车一再要求下，做了超声波碎石治疗，B 超复检发现石子仍在，是否手术纠结至今，没想到，没想到……他愤怒至极。尽管此生了无乐趣，也没啥未竟革命心愿，总还是想多活几年和少受点痛苦的，许良车要求对调分工甚至可以作出巨大牺牲，把厨房的事全部包下。柴雪芬却毫不犹豫予以拒绝，不行！

为啥不行？

你以前炒菜放油太多，油烟机又不搞日清日洁，厨房要被你弄得一塌糊涂的。

许良车心里的火噌噌噌往上蹿，腰部的肾结石又隐隐作痛了，两人似乎从没有意见一致的时刻，一个往东，另一个偏就往西，隐忍这么多年，每一次冲突，都如一块巨石丢进即将决堤之水，涟漪微小却沉得很深。

二

许良车自认不是吹毛求疵的人，譬如他名字的最后一个字，应读作"ju"，车马炮的"车"，可 99% 的人都读成了"che"，他试着纠正了几回，甚至签名时故意错写成许良驹，没啥效果后也就听之任之了，哪怕别人喊成许艮车、许狼车，都会应上一声，可这个坎，他过不去。

这些年，已见过太多的肠癌病患，同事与亲戚扛着结肠癌或直肠癌的标识前赴后继走了十多个，有两个正值壮年，生前去探视，大多咬牙切齿地将病因归于本地水质。自来水有问题，水务集团自然是不认账的，每月在报上刊登一次水质抽检公告以示无辜，公告像一张笑眯眯的脸，仿佛在说：你奈我何？许良车不信任检测报告，并非跌入了塔西佗陷阱或者什么塔西佗深坑，而是源于家里的储水式电热水器，他这个勤劳的男人每三个月清一次污，旋开排污螺栓时落下的污物一如当年父亲罱起的河泥，也由此推断，祖国大地上那一只只家庭主妇从日本带回的智能马桶盖绝大多数成了摆设。

晚饭没吃成，餐后散步时间却到了，许良车甩开门下了楼，重复起每日的行进路线。小区绿化带里枇杷树的新叶已长成一只只手掌，晚春的风吹来，东摇西晃点头哈腰，有几只慰抚在脸上，柔柔的凉凉的。为啥要和这个婆娘无谓争论呀，他想，不能改变别人，就改变自己呗，脑子冷静了，饥饿的感觉一阵阵传导上来，于是顺便去超市买了几包方便面带回家。

多年没碰这东西，偶尔吃一次也挺香的，柴雪芬斜着眼看他烧水弄碟忙忙碌碌，鄙夷地说这种毒品你也敢吃？某人不是讲过吗，一包快餐面，解毒三个月，许良车没搭理她，脑子还在飞快运转。厨房作业分工调整的路堵死了，外面吃则太危险。这些年借八项规定的东风，请吃、吃请已经稀罕了，亲朋好友间可去可不去的饭局也都推掉了，四星五星级酒店虽说不会用地沟油，但不见得是用纯净水烹饪的。外卖？更甭提了，家里那套闲置的小公寓就租给了一个专做外卖的外乡人，吃喝拉撒和工作间全在里面，整个一个垃圾房，据他讲，本市一半的外卖户都是像他这种没店铺没执照的黑店。不添加防腐剂的面包？偶尔吃吃是可以的，但里面的泡打粉也不是好东西，自己习惯吃稻米的肚子恐怕会抗议。

咋办，要不把那间小公寓收回，自己住过去，重回单身时代？此念最初只是一闪而过，却有些拖泥带水的余韵，许良车努力再拽了回来，夫妻间的往事随即一桩桩扑面而来，越想越气恼，越想越苦逼，也豁然开朗了：这日子，还真是凑合不下去了！

三

分居？柴雪芬没想到许良车竟打这主意，懵懂一瞬后便拒绝了，斩钉截铁般的坚决。

你儿子自费留学缺口费用咋办？她问。

我会想办法的，也不差这一年三万元的房租。

物业、宽带不是要交两份钱了？浪费！

这个也不用你操心，家里的水电煤费你从来都没负担过。

柴雪芬嗫嚅了片刻，突然气急败坏蹦出一句，这不是让我守活寡吗？

你还在乎这个？许良车表现出极大的轻蔑。他们夫妻两个都属狗，按虚岁算，刚过知天命之龄。柴雪芬两年前就觉得要"上岸"了，但落红不止，量稀少，每月却二十多天要见红，卫生巾天天贴着，曾担心得了不治之症，中医西医教授专家的号子挂了不少，中药吃了上百帖，最后仍是老样子，不见红的寥寥几天，挺害怕许良车黏上身一来二去又带出血丝。许良车呢，老瞅见她耻部内裤里隆起一块，早没了欲望。两人在一米八的床上都喜欢贴边睡，如果仔细观察，不难看出席梦思中间高了些许。儿子的房间空着，许良车曾打主意分房睡，话一提，柴雪芬就翻脸了，当初还暗自窃喜，后来方知自作多情。

现在，许良车知道踩到她底线上了。

这么多年夫妻做下来，许良车却是不久前才真正了解这个枕边人，如果用一个成语，色厉内荏或是最好的注解。那晚，一部热播的电视剧让柴雪芬触景生情了，她红着眼提起了家族往事，说奶奶是填房，爷爷死时，她爸爸才三岁，除了一间栖身的平房，没留给孤儿寡母任何财产。但同父异母已分家另过的两个哥哥，总认为他娘俩霸占了全部遗产，屡次过来索要。最后一次，在争吵中，奶奶一时气急，捧出一个首饰箱，说家里全部值钱的东西都在这儿了，你们要就拿走吧，两个伯伯还真捧着走了，那盒子里的手镯和戒指，其实是奶奶的嫁奁，身无分文的奶奶唯一生计是靠着给人洗衣和带孩子得几个小钱。20 世纪 50 年代初，政府安排家庭妇女就业，奶奶也去报名，镇上报名处的工作人员看她又小又瘦，极力作反向引导，她对奶奶说，做工人要挑一百多斤重的蚕茧担子，你扛得住吗？要为建设社会主义事业没日没夜加班加点，你行吗？没文化也没见过世面的奶奶果然被吓退了，想到家里还有个幼儿要管，便回家了。左邻右舍的大妈大婶欢天喜地月月领回工资，奶奶仍旧只能给人管小孩、洗衣糊口度日，这样的日子一直到十六岁的岳父作为知青下乡才结束。奶奶后来说，这十几年也不知是怎么活过来的，独子下乡，奶奶也跟着到了农村，虽然清苦，总算不要为有一顿没一顿担心了。许良车早先一直惊讶于岳父对存款的执着，身边一有余钱就存进银行，哪怕只有一百元，听完柴雪芬的家族史，终于明白了原委，而这种不安全感，也遗传给了柴雪芬。那晚他也动情了，搂住她，觉得余生应好好呵护这个女人，但次日一起床，柴雪芬又嫌这嫌那大呼小叫，昨晚产生的柔情霎时被冲得烟消云散。

她，是断然不会答应一人独居的。

哪有夫妻在同城分居的？见许良车一声不响，柴雪芬嗓门又高了起来。

那就不做夫妻好了！许良车毫不示弱。

这下如同捅了马蜂窝，柴雪芬手舞足蹈号啕大哭起来，哭着哭着便脱下拖鞋朝许良车扔过来。

许良车赶紧闪身躲过，泼妇！嘟囔了一声，夺门而出，落个耳根清静。

四

介小的事情也不至于弄到分居吧，以后让雪芬炒菜加纯净水好了，我关照过伊了。次日刚上班，许良车就接到岳父电话，说在他单位楼下，许良车飞奔下楼，果然，与想象中的画面一样，岳父小小的电瓶车上装着三袋大米，老头正颤颤巍巍努力维持车辆的平衡。许良车忙上前帮着把车扶稳，说，爸，我就搞不懂她为啥故意不用纯净水。

我问雪芬了，伊讲净水龙头太细，接水来勿及，灶上油锅要着火的。

那她干嘛不先接好一杯，像您一样，兵马未动粮草先行？许良车话一出口，才觉得自己失言。果然，岳父老脸一红，沉默了。

翁婿相处一直挺融洽的，岳父为人蛮不错，如果说有性格缺陷，就是比较抠门。除了喜欢存钱，还酷爱储物，家里的一个房间简直是物资仓库，除了米、面、油盐酱醋等食品副食品，还有饼干、水果、花露水、卫生纸、洗衣粉等零食和日用品，不夸张地说，如果发生洪涝灾害后这幢住宅楼成为孤岛，老两口靠这些物资支撑半年是绝对没有问题的，但岳母却毫不领情，说终有一天要把他送到精神病院去。也难怪，一进家门，就有一股烂水果味扑面而来，而所有的物品都跳着水果样的三部曲：一箱刚扔，一箱又烂，而岳父又急匆匆补仓一箱，每次街上碰着岳父，总是在储蓄所或超市的外面，小车大载，他少不得帮衬一把，有时卸到自己车上，晚上再送过去。

老头还有些嘴馋，今年因糖尿病住院三次了，一出院，医生的告诫就被扔在一旁，三餐喂得透饱，半夜还偷偷起来做点心，只吃得两眼模糊双脚浮肿，然后再进医院降糖。想想也有些心酸，自己的嘴管不住，女儿的事倒要操心。

许良车思忖着怎么说几句补救话，还是岳父先开口了：老夫老妻了，有啥事好好商量，老百姓的日子嘛就这样过过，我外孙六月份也要回国了吧？分开住，伊跟啥人？

见许良车点头，岳父就说走喽，让他也赶紧回去上班，许良车便站在电动车后面双手按着米袋，岳父别着起动钥匙，小心翼翼起步，再背过一只手来接替许良车，扶着后座的米袋扭扭弯弯远去了。

傍晚下班，许良车照例先去菜场买菜，找车位绕了几圈，路上又被堵了多次，回到家天色已暗，开门一看，柴雪芬果然是老样子，斜躺在沙发上看综艺节目，他叹了口气，默默走进厨房开始打荷。还有几个月就该退休了，柴雪芬似乎没考虑过她退休后家务事模式是否要调整一下，新居离她单位只有二三百米的距离，搬入五年，近在咫尺的便利却从未让家庭生活圆满些，厨房事如果她能先做起来，也不会每天月上树梢才吃上热饭。记忆中，两人成为夫妻后她从未承担过买菜打荷的责任，以后难道要自己这个上班的伺候她这个退休的？他有时幻想，她要是遗传上她爸的购物癖就好了。

　　轮到柴雪芬起火点炉了，她故意敲了几下净水器的出水龙头，提醒许良车这次没用自来水。许良车睨了一眼，却突然想到从没留意过柴雪芬煮饭时用啥水，净水龙头出水量小，煮饭用水多，今天好像也没听到电饭煲接水的声音啊。他靠近厨房，看到电饭煲已在冒热气，顿时涌上不祥之感，体内的那块结石似乎也蠢蠢欲动了。没抓到证据，柴雪芬肯定死不认账，晚餐时，象征性扒了几口米饭就放下了筷子。柴雪芬感到奇怪，今天怎么就吃这么点？他对她说，营养学家不是反复宣传吗，要少吃红肉和碳水化合物，米饭就是碳水化合物。柴雪芬"哦"了一声，满眼狐疑，却未再出声。

　　他看不透柴雪芬，她究竟希望自己多活几年还是早点挂掉？两人曾讨论这个问题，少年夫妻老来伴，总有一个要先走的。他说，男人活得累，现实生活中孤老太远远多于孤老头；她说争取自己先去，一个人留在世上太可怕。他又说，对于子女来说，孤老太远比孤老头受欢迎；她说，还是她先走吧，他给办好后事。许良车就无法理解了，既然她那么害怕他先走，那应该好好照顾他、对他的饮食起居上心才对，但为啥就是不肯用纯净水呢？更何况，自己还患有高血压、心律不齐、前列腺炎、咽喉炎、肩周炎，而她，除了落红不尽、龋齿和牙龈炎，一点病都没有，血压 120/70，比年轻人还好。目前起跑线已经不一样了，她为什么还要雪上加霜？

五

　　翌日傍晚，许良车让出厨房后，在沙发上摆了一个"葛优躺"，装出全神贯注看电视的模样，全部感觉器官的关注点却集中在厨房。眼看着柴雪芬把米放进电饭煲胆里，淘了几遍，眼看着她再加进自来水，放到了座上，然后插电，按下了煮饭键，当下大喝一声：你怎么煮饭都用自来水！把柴雪芬吓得一哆嗦，好一会儿，她才回过神，骂道：你这只阴险狡猾老狐狸，坏来透顶，看我接自来水故意不说，等插了电才捉现行。

　　你接自来水时如果我跳出来，你会说还在淘米呢，捉奸捉双、抓贼抓赃！

　　柴雪芬翻翻白眼，为什么自来水不能用，哪条法律规定了？

　　许良车二话不说，挤进厨房关了煤气、拔了插头，扭住柴雪芬的胳膊：走，到医院去！

　　去医院干嘛，我又没有病。柴雪芬显然有些害怕了，使劲挣脱出来，一屁股坐到沙发上，然后像被强力胶粘住似的，怎么拖都不起来。

　　去看你大舅！你怕啥，担心传染上新冠？

　　柴雪芬的脸色终于缓和下来，现在去看干嘛，要探望也明天上午去。

　　上周你妈不是说今天做手术嘛，我俩一起去看看他挂粪袋的样子，早点有个心理准备，免得以后轮到自己挂时接受不了！柴雪芬的大舅不久前在单位退委会组织的体检中查出直肠癌，治疗方案是切除整段的直肠，然后再化疗。

　　乌鸦嘴！你这叫探望病人吗？安的啥心！柴雪芬一听，赖在沙发上更加不肯起身了。

　　这一天，两人又没吃成晚饭，许良车睡到儿子房间的时候，她也不敢阻拦，他把身体摊成"大"字，睡得酣畅淋漓。半夜时分迷迷糊糊间，听到窸窸窣窣的声音，原来是柴雪芬爬了上来，挨在他身边睡了。许良车嘟囔道，去去去，睡到自己床上去。柴雪芬带着哭腔说，人家从来没一个人睡过嘛，出嫁前也是和奶奶一起睡的。

　　那你老实交代，为啥和我作对，故意不用纯净水？

　　见柴雪芬没反应，许良车越发生气，你想想，不说纯净水了，厨房里的事你哪件依着我？样样要以你的口味为标准，凡不符你心意的，我配好了都不烧，我爱吃红烧肉，你偏要白烧；你不喜欢香菇，和你结婚几十年，青菜炒香菇就没吃过，单位里过年时发的菌菇，每袋都化成了粉齑扔掉。

　　柴雪芬依旧不答应，稍后，轻轻打起了呼噜。

　　许良车不知她是真睡着了还是在装睡，自己却是再也无法入睡了，辗转反侧间，突然想到一个有趣的问题，儿子回来后，她会不会还用自来水？儿子去年放假回来住了半个月，那段时间她又是如何操作的？这个刁妇啊，脑袋瓜子究竟在考虑啥，真正的原因是什么？

他干脆坐起来打亮了床头灯，扭头一看，柴雪芬眼睛睁得大大的，果然没睡着。两人互以鄙夷的眼光对视着，然后她没头没脑蹦出一句：我爸妈的老房子没装净水器，他俩不是活得好好的！

现在好好的不等于以后不发生，等检查出来就来不及了，像你大舅一样！

你真是狗嘴里吐不出象牙，满嘴屎尿！

你是不是嫌生活太平淡，故意要制造矛盾？

是啊是啊，我最喜欢折磨你摧残你糟蹋你，与你斗其乐无穷。哼，你以为你是谁，见你的老脸就烦，谁有兴趣作你！

那你滚回去，黏过来干啥？

按年龄推算，柴雪芬还处于更年期吧，这个年龄段的女人情绪多变可以理解，但如此固执真是少见，她实践着自己的规则，也不停地制造着悖论。

我看我们还是分开过吧，互不干扰。许良车说。

柴雪芬不出声，突然身体一曲，"哇"的一声哭了出来，颇有些歇斯底里，夜深人静的时候格外刺耳。

你关心过我吗？你知道五年前搬到这儿后我拉了一年肚子吗？氟哌酸、黄连素都没用，后来不吃了纯净水才痊愈，医生说是水土不服。这两年月经不调，你又陪我去过几次医院？这么多专家都查不出病因，是不是也是吃纯净水的原因？纯净水就那么好吗？微量元素都过滤掉了。她边哭边说。

许良车愕然，他默默关了床头灯，第一次感到在柴雪芬面前理屈词穷，也惊讶于她的内向矜持，半百的年纪了，面对朝夕相处的人，仍处处提防和隐瞒，这又有什么不能说呢？脑中翻江倒海，再也没有睡意。床那边，她的哭声愈来愈轻，直到断断续续停止了，看来这一次是真睡着了。

六

接下去的日子，夫妻俩终于达成了协议，购物买菜仍由许良车负责，提前一天配好放入冰箱，然后各自打理自己的三餐，厨房先到家者先用，然后让出使用权，餐后由柴雪芬清洁油烟机和厨具。厨板上原先的电饭煲换成了两个袖珍型的，面对面放着，乍一看，像极了一对老夫妻，控制面板睁着大大的眼睛、露出漏风的牙齿，正互怼着呢！

这天是周末，夫妻俩一个玩着手机淘宝，一个在搞卫生，座机忽然响了，柴雪芬拿起话筒一听，是找许先生的，许良车正给储水式热水器排污，两手污秽，示意柴雪芬按下免提键。

对方说，我是净水器售后服务部的，今天打电话问问你们是不是已自己换过滤芯了？

许良车说，没换过啊，啥时候换芯净水器不是会自动报警的吗？

对方说那不对啊。

哪里不对啊，净水器现在仍在正常出水的，如果提示要换，它会报警，而且报警时应该已不能自动出水了。

是啊，是啊，但你以前预约服务这儿都有电脑记录的，距上次我们服务部上门换 PP 棉芯已 15 个月了，管理软件里超期服务提示一直在跳，你一年多没联系我们了，所以想问问，是不是自己买来滤芯换过了，以后还需要售后上门服务吗？

没有，没有换过，我自己又不会搞，每次要换都打你们电话的。

本地水质比较差，净水器里有四个滤芯，其中 PP 棉芯大多数家庭 3 个月就要换了，活性炭滤芯一般半年，反渗透 RO 膜可以一年半换一次，超滤膜 2 年要换掉，你真没换过吗？

没有，没有！但前段时间我可能用水量不大。许良车脑门上开始有一丝冷汗了，他看了一眼柴雪芬。

那肯定是机器坏了，我做了这么多年售后，哪怕用水量再小，那个 PP 棉芯 6 个月肯定要换一次的，不可能坚持 15 个月的。

许良车呆住了，柴雪芬也呆住了。

原载《文学港》2020 年第 11 期

青春没负担

王学海

1

袁伍偷偷爬上审山，便在智标塔边一块方形裸石上结跏趺坐。他知道这个姿态除了禅意，还有诗意。这个小城，哼，没几个人会懂。

前后不到 60 分钟，袁伍便返回集中地。静歇了的人，回到现实，呀，热空气在住屋与通天的喉管中，又开始哽噎升腾。它像蒸笼盖盖上了热锅：这是江南夏季的酷暑星际：一场集中学习的加入，把这个天给搞得更加闷热。一大批教师被赶集到一个昔日地主的旧家大院，集中听取工人宣传队的指导教育，进行自身的灵魂闹革命，并进而批判反动的资产阶级教育路线。

已经两个多月了，当初没想到会在这里待这么久，不要说换替的衣服，特别是内衣内裤与肥皂等没带足，就是书也未多带一本，虽然那些"封资修"的东西要彻底砸烂，但喜欢看书的人，背后或者暗地里，总是夹带着这么一两本能够一下让他们查不出问题的课外读物，在读好规定的语录之后，将书放在语录本下面，好悄悄地看上一回。因为气氛越来越紧张，连家属的探望也被中止了。幸好袁伍到现在尚未成家，没了这份额外的烦恼。但枯燥的学习，修道般的生活，特别是这气候，都说气温高催人老，那些热带地域的人，成熟得早，也死得早。袁伍却不这么看，他只知气温高，精子也成熟得快，精子成熟得快，那个、那个欲望也就蒸发得快。害得他老袁饭也吃不香，觉也睡不稳，就是偶尔门外窜过一条狗，不知为啥都要费神用好眼力，瞧瞧那屁股后面，是单的还是双的。

因为平日不太言语，又因为从不想占人的便宜，袁伍在这里倒渐渐被众人看好，当然是工宣队的经验眼光，发现他是一个本分、老实、根子红、立场稳的知识分子，于是首先给他解禁，让他可以在学习期间走动着传递一些革命信息，同时还可帮助食堂干些轻便劳动杂活。这样，袁伍便在这禁锢的大院里，有了自由活动的方便。

说来也真是的，咱中国就是一个男权大国，封建余毒批得多，但后代人就是唱得比做得好听，不像"拼多多"，"拼得多，省得多"，他们批得多，行得少，私下里还不时议论，认为男权是天经地义的，"男是天，女是地，天不是高高在上吗？"不是吗，瞧这眼前的集训班，一二百个教师中，也只有三五个女的都过了五十大关的教师，而那工宣队中，二十几个人中，也只有一个女的，说是从小丫环出身，苦难的童年使她未近五十却已是那人却在灯火阑珊处了。啧啧，唯有食堂里，尚有一个说不准年龄的洗菜工，说是工宣队长的远房亲戚，因她的男人与她观点不同，她便早早与他划清了界限，到这里投靠革命亲戚，一边继续积极参与地方上的革命让自己能继续革命，一边帮着食堂做些杂活。

渐渐地，袁伍与她有些熟了。袁伍毕竟是男人，她感到吃力的活，有袁伍那么一帮，顿觉轻松多了。就这样，洗菜、扛柴，还有推车买米，掏灶倒灰等，彼此不用招呼倒也配合默契，顺理顺手的，只是当时和谐这个词还不那么使用。

那一天早晨袁伍起得特别早，这个天也特别闷，两三点钟的时候，知了就开始"死了——热死了"地叫了。袁伍又在头天晚上听工宣队长说，明天有大活动，要早点。他想我这就不睡算了，有大活动要早点，首先要早餐先行，看我先去食堂帮个忙。谁知推门出去，那女的已早早在忙碌开了。只见她双手提着个特大淘箩，正站在一口大缸边淘米。因当时普遍养猪，这淘米淘出来的米泔水便成了猪食中的上品，所以这一时期，几乎大到食堂，小到农家，都用缸积留着米泔水的。袁伍正想绕过她的身子去食堂那边找点另外活干，但自己的目光，突然一下被眼前的情景钓鱼似的钩住了。只见那女的大概早起以为不会碰见好多人，也因这天好热又烧了一阵火的缘故，她只穿了一条贴身的短裤，又因这条短裤也许是几年前的旧裤，故显得过分地小了，只见短裤两个裤管像无赖乞讨一样紧紧地用双手卡住了她健硕的两条大腿，硬是把那上面的肉，都死命地往上推挤，似乎有点苦练瑜伽的提臀动作。那窄窄小小的裤衩，偏又感情痴迷地贴紧着她圆翘的两块屁股臀肉，只要身子一动，它就像钟摆的圆槌那样左右晃动，中间的那条裤缝，也开始随着下肢的摆动而色情起来。这时只见那女的利索地将盛满大米的特大淘箩提上缸沿，像是在拣米里的沙子，然后又将淘箩放到大缸的水中。由于缸大，米浸湿了又显得重，那女的整个上半身几乎都靠在了缸沿上，两颗被压扁了显得更宽更大的乳房，就好像小孩吹的那个大气球，涨得快要裂爆了似的。她的上身一倾一动，下身也就一翘一晃。此时此景，让袁伍不知该如何才好。

越是明摆着是危险的地带，那危险地带偏又越是色彩斑斓。也记不清是怎么回事了，袁伍只记得当时自己只喊了声"美"！就像狼一样地扑了上去，对，就照准那凸凸大大的动动弹弹的屁股，一把就抱了上去。

是扑了上去，抱了上去吗……

人间的有些事情，大概是天设定的，事隔多年后，袁伍回忆起这桩"风流"事情后，还是弄不明白，当时天还只是蒙蒙亮，照理看东西还应该有点模糊不清，为什么此时此心境，他的眼力会突然那么好得赛如草原的神鹰，而且还带有那样巨大的穿透力。为什么他要"好心"地起那么早？又为什么不去扫大门不去搬凳椅到会场，偏要去那个食堂。

不过袁伍还是记得，起先，他像猫似的，弓着腰，蹑手蹑脚，脖颈伸得长长的，好像要脱离身体飞到那屁股后面似的，那瞪大了双眼的脑袋，跟着淘米的屁股或上或下，或左或右地晃动，这情形，活像一头非洲鸵鸟。后来，越走越近，连鼻子也加入了这意外的行动。它和眼珠一样拼命用力，瞧那眼珠暴突如核，活像那滚动弹跳鸟的钢珠般，飞射出超常的光力。那鼻孔自然也毫不示弱，像侵略者一样，拼命侵占和扩展左右两翼，形成喇叭似的两个大口，似乎一定要将十多步以外的气息都统统划入到它这个管辖领地。在只有六七步之距的时候，兴许是那女的略事休息，一下将大淘箩从水中提出，搁在缸沿上。而那个提箩搁缸的姿态，加上搁好后一手持淘箩边，一手上下左右抹汗，竟惹得身后的袁伍情不自禁也随着行动，先伸出两手，围成空圆，上下提晃。后摇动腰肢，牵着屁股东西荡漾。待她抹汗一刻，袁伍便顺作汗水流淌之势，两手轻轻地、缓缓地在空中自上而下，在鼻尖与脐腹间上下摩落。紧接着，淘箩又往水缸里沉去，这一次也许放得快，也沉得深，那贴缸的上身，一下倾斜下去，腰肢以上的屁股，竟似汽车相撞从方向盘刹时弹出的防护气垫，大大地圆圆鼓鼓地，直直地朝着近在咫尺的袁伍弹去。

2

袁伍在学校里有个绰号叫零负担，缘由是他贵庚三十六岁，至今尚未婚配。他又是名牌大学出来的本科生，工资又比人家高（当时县城的初中老师都是师范中专学历居多）。大学生，工资高，年龄介大又不结婚，这在 20 世纪 60 年代的中国，是件不被理解的事。因为袁伍并非生长在贫困山区，而是生长在汉中平原富庶的鱼米之乡。袁伍也并非赤脚农民倒挂户，而是拿工资的人民教师。那么是否袁伍长相丑陋，或者有其生理隐私呢。答曰，非也！袁伍身高一米六七，虽与姚明等相比是个矮子，但在当时尚在小康线之下的中国人来说，是个标准的身材，因为在当时袁伍生活的县城，连鲜牛奶都是见不到的。至于生理隐私，那可是个犯忌的词，要是让袁伍听见，非得冲上来与你辩个你死我活，即使你悄悄讲了这词已经回家，或者正在外面开会，他也会立马寻上门来，不分青红皂白，就与你展开质疑与论辩。是的，我们的袁伍，其实是正常得很，就似几多未婚的大龄青年那么正常，唯一的只是感到憋屈。自然，事后他也有意无意为自我的当下身份对大众作一个合理的解释，叫作独身就是青春。

一个名牌大学出来的老师，怎么就找不到对象呢，那可不是的。当他分到学校的一刻，就不断地涌现出了许多红娘，自然，也有新派妇女自己递条子给他的。然而，谈是谈了，事后谈的又都散了，也说不清楚究竟是为什么，好像后来大伙都有了一个统一的认识，怪癖。慢慢地，也就无人问津于袁伍的终身大事了。所以，每当领工资或者空闲时大家聊市场聊物资聊身边小孩大人和日常开销时，自然也就格外多言于这位久久独居，且又不与其家人来往的袁伍，于是，零负担这顶桂冠在众人绝无异议的情况下便开始正式授予了袁伍。当然，有时他远远过来，怕他听到什么，也就不会忘记加上一句话：独身就是青春。

3

　　一把伞的淡阴的一半，罩住一个倚沙而坐的女人，她把多年未穿的一件橙色泳衣，当作新娘婚纱穿在袁伍的眼光里，这是西州大学中文系破天荒的一次文学夏令营，而她的泳衣在全班同学面前，更是一种超级的奢华。

　　上午的凉风已去悄悄避暑，中餐后的饭饱立即带来了瞌睡，几乎所有的同学都进入了昏昏欲睡的时代。只有袁伍精神抖擞，像即将踏上战场的战士，他的手指似滚动的轮子般不停地搅动身边的沙子，两只脚也随即抽搐似的弯动，活像嘶鸣中凌空昂首的战马。

　　"袁伍，我遇上难题了。"

　　"什么？"

　　"就是那论文？"

　　"写得不顺？"

　　"还有一星期的限期，都没怎么动笔呢。"

　　"怎么？"

　　……

　　"嗨！"

　　"嗯？"

　　"你那篇论文写好了吗？"

　　"前天杀青，但还不敢上交。"

　　"？！"

　　"给别的同学看过吗？"

"嗯，——噢，没有。"

"给我吧，你马上另写一篇，才子。"

"……"

"怎么，不帮我呀？"

"那——可以这么做吗？"

"有谁知道，反正以后——"

"以后——"

"毕业后如果我们能分配在一起工作。"

"……"

一阵海风吹起咸腥的浓味，在袁伍看来，是催他下决心的时候。

都说爱一个人，连生命都要献上，何况一篇论文。

阳光开始强烈起来，伞下她一半光线也开始突然明亮。

她的不安的眼光，渐渐便开始瞪大，发出强烈的吸力，海水也开始汹涌起来。

砂砾上响起一种轻微的沙沙声，每一声都叩击人的心尖。

灼热开始向袁伍的眼眶扑来。

千万别想把爱情倾诉，
爱情只能深藏在心底；
因为，那柔风的吹拂，
无声无息，无形无迹。

我把我的爱告诉了她，
把整个心迹向她表白；
我颤抖、冰冷、害怕，
可她呀，她突然走开！

她刚刚从我这儿离开，

一位过路人经过身旁；

无声无息又无形无迹——

一声叹息就得到了她的爱。

她朗诵的是布莱克《爱的奥秘》，袁伍知道。

哗—哗，海水开始放肆起来，袁伍面颊开始潮红起来。

当毕业的时候，她的论文得了优而留校，袁伍因为论文勉强及格，被分到他的家乡，只在一个小学里教四年级语文。

自此，他们也进入了天各一方的成语世界里。

4

其实，袁伍有自己的苦衷。那些曾经谈过的，除了后来自己年龄偏大些，有几个是捣糨糊的，其他的几个都是正儿八经，倒也挑不出什么毛病。人家年轻，人家身体各部位器官发育正常，人家也有工作也有热情，可谈谈谈谈，不知咋的，已在吃得兴高采烈上，麻辣烫就给撤了。要问是自己的责任，还是别人的不是，那也不都是。退一步说，自然是自己的激情太懒。不过，激情它肯定存在，但不知躲在自己身体的那一个角落或旮旯里了，随你怎么抖索，它都不肯出来激越一下。慢慢地慢慢地，所谓的青春激情，也像人似的被阉了，成了一名隐形宦官，躲在那里终日不见踪影，又无所事事。奇怪的袁伍，有时自己想找，也找不着它。怪了，袁伍想，到底是它怪，还是自己怪，可真不好说。

那年袁伍正赶上高考之际，乡下隔壁阿姨的妹妹瑛云，也可说是他的堂小姨吧，突然有一天进入了他的军事目标。从此，他的双眼便架上了一架无形的高倍望远镜，不管这个瑛云走到哪里，不管她在不在屋里，他都能看到她。看到她说话尖尖但又不刺人的腔调，看到她与人逗玩蝴蝶般的身姿，看到她吃饭说话口噘起造个小圈圈形的双唇，看到她有时喊他来帮忙的那个呼唤与招手的红晕。特别令他难忘的，也就是几乎天天要"望远"一番的，是有一次她病了去县城的人民医院住院打吊针，他去探望她时她正好叉开着腿坐起在床头，也许是那个医院不分冬季夏季只给一床厚厚的棉被，也许挂下去的盐水产生了热量，她把棉被推开着，裸露出只穿小红短裤的双腿，柔柔地伸展双边，形成一个钱江大潮起源的喇叭口，那内裤里微微隆起的，宛似潮起海宁尖山的那块高地，一下子惊醒了袁伍沉睡的河流，只觉得从丹田之处一下涌上一股浪潮，汹涌澎湃，摇天摇地，似乎天生要与这喇叭口对接似的。猛然，袁伍感到了自己要失态，一压抑，那股激情不知咋的，竟妖魔似的变成了眼泪，刷地一下就下来了。

"怎么啦，伍哥，你……"

"不，没，没什么，这眼……"袁伍回话有点乱了方寸。

"就这么打进去挂点盐水，你怕了……"

"噢，是的，我，是的怕了，我怕了。"说完，袁伍贼似的窜出了病房。

还好，那事总算没给袁伍造成多大的影响，他顺顺利利地考完了高考，又顺顺利利地上了大学。但也自那一幕后，袁伍发觉自己多了两个奇怪的爱好。

自从考上大学后，袁伍住的四楼宿舍的两头，一头是公用厕所，一头是洗脸洗澡房。因是名牌大学，那洗澡房的冲水龙头，不是呆板老式地固定在头顶的那种，而是可以取下来任意捏在手中冲洗的那种。起先袁伍倒也不觉得什么，但后来他发觉自己进洗澡房最喜欢的一个动作，就是拿这个水龙头反着手，让水龙头的水从屁股后面的方向，直冲那一段部位，先是不断冲刷几次觉得舒适，后来慢慢觉得水龙头的调控至关重要，先小，后大，再小，再大，小嘛，先热，后温，再热，再冷，这样反复地、变化地冲刷那固定的部分，咳，全身的神经都能调动起来，非但酸胀麻辣，到后来简直可说热血沸腾。所以，有了经验的袁伍，后来干脆是连续几分钟甚至更长时间地对着这个部位反复冲刷，直到那部位由舒适而舒展，由舒展而舒坦，最后又由舒坦而幸福为止。而且，他借故去洗澡房的时间，也不分春夏秋冬地越来越多了。

怪怪的爱好让袁伍发觉，自己胸前还出现了一个着魔点。早先在夏天纳凉的时候，曾经听奶奶说过，说西面庄上的那个阿奎伯，中年丧妻，又无钱再娶，怪怪的一个人经常沿着村庄周边的道路跑，沿着村庄的几个池塘跑，边跑边嘴里嘀咕，也不知是在念佛还是在唠叨什么，常常一会儿，两只手会慢慢地伸到自己的衣襟里面，去抚捏一会儿。要是迎面碰上一个美女，他就会情不自禁马上将手伸进自己的衣襟。

而现在袁伍觉得能够理解那个阿奎大伯了。每当熄灯铃响，他做的第一件事，就是在被窝里学阿奎大伯。他心里清楚着呢，只有在这个时候，他才能在这个世界上胆大妄为地疯狂一次。不过，毕竟他是大学生，所以，决不会丧心病狂。

别的同学听到些声响，都以为袁伍在做着美梦。

是的，袁伍是编写着美梦。

5

大学分配的二年后，袁伍买下了他从小长大的邻居，也是女房东的全套旧家具。

他清楚地记得，是女房东的经常夸奖，才使他背完了唐诗与宋词的精选本。是女房东故意少收房租，才让他本不能再读高中的书费有了着落。那些青春与茅草同长的岁月，妈妈因肺病无治早早撒手西去，爸爸也是晚出早归顾不了全程照料他时，又是女房东像妈妈一样嘘寒问暖，注意他的浆洗和作息。有时，在他面有难色的时候，她就会左手在外衣口袋摸摸，右手又去内衣口袋摸摸，然后，不紧不慢摸出几个硬币给他。上东街这条街在这个飞速发展的县城里，连喘息的机会也没给它，就被几辆外地傲慢地开进来的推土机给夷平了，一大堆瓦砾屈辱地被推倒在地，天不亮就被迅捷地注销了户口。是的，时间正在吞噬我们曾经的一切。

但他依然清楚地记得，正是他长身体又特别感到饥饿的下午三点半钟时，她都会从教室的后窗，默默无声地给他递上一碗皮薄馅香的小馄饨。那时同桌的小 B，她父亲从上海给她带来了有散不尽香味的饼干，她把这包饼干和父亲临走给她的二元钱纸币放在课桌的桌肚里，还用一本算术书压牢。但一节课后休息十分钟从外面回来，饼干和二元钱都不见了。小 B 哇哇乱嚷的气氛差点把袁伍弹到了天花板上，成为众目睽睽的嫌疑犯。怎么说呢，那二元钱可真不是他拿的，他明明看见下课时她翻了一下那包饼干和二元钱，后来她刚出去又返回教室，饼干放下，那张纸币好像是她紧捏在手心又走出教室。到了众目似无数利箭都齐齐射向他的一刻，他准备举起拳头打向那张唾沫四溅的脸时，女房东出现了。她把他拉出了教室，后面还跟来了班主任。后来他知道了，一下子风平浪静，是女房东……从此，几乎每天下午女房东就会端着小馄饨来到教室边。虽然大学几年靠父亲的工资与奖学金，几乎已把过早离开这条街上的女房东渐渐淡忘。但人类最有效的记忆是味蕾，真是一点也不错！当他与她天各一方，当教完书独自返回宿舍，那个最强大记忆的味蕾就会催生出许多的从前，许多的往事。于是，女房东的床成了他的床，女房东的镜子挂在床的对面，他决不去照自己，却每天至少擦几遍。她用过的脸盆也干干地放着，每天都要用干净的干毛巾把它里里外外擦一遍。还有她用过的一只边上已经碰去瓷片显出毛糙里料的长颈痰盂，他知道她晚上内急时便会将它移作它用。他更是将它高高搁起在床沿边，每次临睡和半夜上卫生间，他都会先俯身用手去抚摸一下这痰盂的花盘口和长长的盂颈，然后再去自我放松。那被擦拭得锃亮的搪瓷，烘托出紧贴着它的一朵鲜艳的牡丹，在晚上朦胧的光线中，仿佛似神话中一位下凡仙女，让这黑黑的小屋整个飘逸起一个可爱温馨的世界。

袁伍的房间，不管春夏秋冬，一扇窗总是半掩的，任那风不时地吹入。女房东临走前，一阵风猛地刮进她的屋子，她是随风而去的。

6

对袁伍的处理讨论，是在密切注意斗争新动向的氛围中展开的。

袁伍参禅般地坐在隔离室里，与隔离室遥遥相对的，就是正在计划他今后命运的重要会议室。

袁伍感到，虽然是夏天，但分明有一股一生中最冷的空气在聚集，慢慢向他袭来，形成水缸形的包围圈，在向他冰山似的压过来。

重要会议室里闷得几乎令人窒息，但为了突出重要性，誓不开窗，五个领导人分散在一张乒乓球桌前，拼命摇着蒲扇。

"难就难在这里，该如何定他的罪。"工宣队高个子的队长说。

"是呀，他自己已经坦白交代，是扑上去……这白纸黑字地还按了手印。最后还说我对不起这位革命妇女同志。"戴眼镜的秘书也颇觉为难地说。

"照这张纸上的供词和手印，可以马上确定他犯流氓罪，可立即送公安机关法办的。可问题出在当事人身上，几次问她，她都说袁伍没有走近她，更没有碰她。原先我以为她怕名声受影响，前天她不是交了火线入党申请书吗。后来又分别找她问讯了两次，有一次上级还派来了专管治安的有丰富经验的领导在旁边听，领导也听出了不对的地方，说这像叫什么……"工宣队副队长一向以办事干练老辣闻名，这次倒也着实迟疑起来。

原来，淘米的当事受害者的证词，是说她根本不知道有人来抱她，更没摸她的屁股和胸脯这种荒唐下流的事。而是当她淘好米最后提起淘箩转身，才看到大约离她六七步的地方，有一个男的站在她背后，上身赤膊，下身唯一的一条短裤退到了膝盖下面，她当即就惊恐地大叫一声："出鬼了，出鬼了。"扔掉淘箩就逃，但没跑上两步，就晕倒在了地上。

经过紧张的反复的讨论，最后大伙一致同意副队长下的结论：不是政治性质事件，事实也够不上犯罪，属轻度流氓行为。这个事件若放在有老婆的人身上，应该是严重的流氓行为，因为他长期单身，情况特殊，他的脑子深部可能存在一点点问题，所以他没有做下直接的流氓行为，却反而主动承认做下了流氓行为，从这一点上来看，态度是端正的、无私的，自我革命精神应该值得肯定。如果正常人，能赖掉巴不得一切都赖光了。所以从他这个事实和脑子上有问题去看，性质只能算是轻度的，相当于跑到女厕所去听女同志小便声或想从隔一间的坑道里偷看女同志尿尿这类下流事。

"我们现在主要是要抓教育战线黑六类分子、资产阶级反党分子和阶级异己分子，你们看我们办这班已经两个多月了，进驻学校也已经三个多月了，虽然小鱼小虾不断被钓出来,但还没有一条大鱼被揪出来,所以决不能让真正暗藏的敌人利用这件事转移了斗争大方向。"最后,队长做了这样的中心总结。

阶级敌人最怕认真,而共产党最讲认真。在宣传处理大会上,工宣队长最后就以这洪亮的声音做了裁定,随即极其严肃又威厉地挥了挥手,就了结了这件事。

袁伍从此被剥夺了上课权利,取消了教师资格,改为学校园工类做勤杂去了。

7

袁伍在读大二的那年里,迷上了一本书,叫《基因中的人类简史》。这书一拿手上,如粘胶似的怎么也脱不了了。那书里说,透过基因,可以解读几十万年的人类历史,了解从祖先那里遗传的 DNA 带给自己的性格、相貌、智商、遗传疾病、血统等的深远影响。书中还说,我们本身就是一个器皿,每个人体内的每个细胞都是一个巨大的 DNA 储存库,存储着前辈们遗传给我们的 30 亿个碱基对。由这本书的阅读,袁伍更加清晰地开始认识一个人,他的同学舜丹,从基因去考察,不,是从舜丹的待人接物、学习悟性去看,那么,她的基因一定是贵族血统的。她姓舜,那么,她必定是三皇五帝中舜的后代,而且,肯定是舜和尧的第二个女儿女英生下的这一支 DNA 遗传下来的。

那是因一件怪事而引起的,袁伍在中午就餐时,买了梅干菜烧肉。因这肉烧得几乎把香和爽都渗透到了肉的每一丝结构里了,吃起来简直让整副牙齿和肠胃都浸润在了香味之中,你一沾上它,除了咀嚼,还要咀嚼,怎么也舍不得吞下它。再加上底下的佐菜绍兴梅干菜,在肉的红烧之后透出的香味里,又让给诱引出了自身的干香坚脆和排腻,混合一起,犹如山泉冲入溪石之坑,清冽与凉爽明固交融,成就溪水独特的清甜凉冽之味一样,这碗梅干菜烧肉,当袁伍把半斤饭全部吃完后,那肉还光溜溜地剩了大半块。袁伍小心翼翼地把它从食堂的菜碗捞到自己的饭盒，准备明天中餐时再享用。不料当晚自习回到宿舍，发现饭盒已倒在双层铺的底下边角，原本盖得好好的饭盒，盒盖已不在上面，那盒里的半块肉，自然也游侠般的不见了踪影。当弄清楚是怎么回事后，袁伍一连三个晚上躲在宿舍边上，守住偷吃肉的野狗。这时，舜丹突然出现在他握着大木棍的面前，说，快离开吧，别这样辱没自我。你前两天守在这里，是防止狗贪婪之性扰乱我们的生活秩序，但第三天依旧如此，说明你起了杀心。虽然狗也有高贵血统的，如我认识的直里斯高，但那是聪明的宠物。流浪野狗根本无法比拟，为一块肉，你会沦落到与流浪野狗一般见识吗？短短几句话，让袁伍从模糊的往昔去重新认识了舜丹。事后，他认定，舜丹是这所大学里唯一高贵血统的女姓。

　　若干年后，袁伍又一次证实，自己大二时的看法，是何等的英明准确。舜丹后来嫁给了海外留学归来的吴教授。当吴教授在一个事件中被整、被学校准备开大会批判时，又是舜丹，以她的慢条斯理和不可侵犯的气势，与校方进行没有硝烟的交涉，咳，事后还真的保住了吴教授的人格不受辱。十一届三中全会后，吴教授当上博士生导师，又申请到了一项国家课题，唉，就在这对夫妇人生最巅峰的幸福时刻，舜丹不幸被查出患了乳腺癌。我们知道，妇女得了乳腺癌，只要治疗得早，是可以根治的。但舜丹却异常固执地坚持不去做手术，直到两年后因癌症晚期而香消玉殒。从一个同学的口中，袁伍了解到了舜丹固执的原因。原来，吴教授曾经说过，舜丹，我一生最大的幸福，就是得到了你。我一生最大的敬仰，是你身上的两样东西：贵族的气质和两颗美极的乳房。为了保持吴教授永恒的审美，舜丹让她的带病的乳房坚定地屹立在吴教授审美的视线中。打完全知晓这件事后，袁伍对自己的人生，也重新编排了生命数码。

　　他知道，舜丹不会在他们中间真的死去的，她的贵族气质，一定会永远地延续着她的生命，她的美……

　　也美着衡照自己的生活，自然，永远在悄悄的潜隐里。

8

袁伍读大学时，日记本的扉页上雕刻似的记着一位名人的一句名言：要么赶紧去死，要么精彩地活着。可现在袁伍都办不到。为什么，因为瑛云姑娘不见了。

那时他应教导主任之邀，在全校举办一个文学讲座，内容是今天如何看待薛宝钗的爱情观。他特地在上一天晚上去了趟乡下，专门请瑛云姑娘也来学校大礼堂听一听，因为小时候，她唯一的爱好就是听故事，听他讲那些外国人写的书上的故事。

这也是一个平常的和昨天一样的晴天，瑛云也是正常的和昨天一样欢蹦乱跳，叽叽喳喳挺健康的。出门后上了机耕路，走了近二十分钟就可到一个汽车站，然后坐汽车进城来。眼看已经接近汽车站了，那斜边另一条路倏地就窜出来一辆拖拉机，突然一个慌乱，将瑛云即刻撞翻在地，又拖了四五十米，才惊慌失措地停了下来。瑛云当时就动弹不得，好不容易拦住了一辆汽车直送人民医院，总算命保住了，但一条腿与一只手却严重骨折，特别是右脸，被侧贴着地拖了四五十米，上面的肉全烂了，还有泥与碎石子嵌在上面，那情景真叫血肉模糊，惨不忍睹。

伤筋动骨一百天，过了四个多月，瑛云那骨折的手脚总算长好了，右侧脸上的伤，也痊愈了，只是面积太大，植了皮。那上面，除了椭圆形的一条似蚯蚓在游走似的明显凸起的疤痕外，整块皮植上去的面红红的，明显与脸上其他的皮肤不是一个"国家"。

瑛云的美被毁了。

就这样，羞于见人的瑛云终于在某一天失踪了。这以后，多年来就再没有了瑛云的消息，有的说，她在黑龙江那边的深山老林里学种人参，也有人说她在甘肃敦煌那里摆了一个地摊，还有人说她原本走出去找人的，说韩国的整容技术天下第一，打算到北京去当高级保姆，赚了钱可以去做整容手术，不料半路碰到人贩子，被拐卖到大山里一个交通闭塞的边缘乡村，给弟兄两个轮流做老婆，怕她要逃，白天还不给穿裤子。也有人说她已经逃了出来，但又遭遇了不幸，也许现在已经不在人世了。

不管怎么说，瑛云这一走，就再也没有回来。

十年后的一天，当恢复了教师资格的袁伍正在给学生上课的时候，突然看见刚才忘了关上教室门的门口，有一位姑娘的身影一闪。

"瑛云？"袁伍像沉睡千年的森林突然苏醒，一个箭步跨出教室，朝着那姑娘的背影急急地追去。身后，一班四十五个学生静静地、惑惑地看着疾步远去的老师。

可不知怎么的，就像小时候大人讲的鬼怪故事那样，袁伍明明与姑娘只是七八步的距离，却任你怎么跨大步，总是撵不上她，只能急急地跟在她的身后。就这样，一直跟着她的背影顺街道进入火车站的售票处。

"昌州。"他清楚地听那姑娘对窗里边说。

他也买了一张去昌州的票。

上车了，他远远地望着这个背影，心想，我一定要追到你住宿的地方，弄个明白。

近两个小时，火车到达昌州站，他俩都下了车。那女的好像已觉察到了点什么，一会儿慢，一会儿快，一会儿穿弄，一会儿拐弯，袁伍丝毫不受干扰，精神高度集中地跟着。

只见那姑娘突然快了几步，朝着马路中间一个交通岗亭跑去，一会儿，走出岗亭又朝前走了。袁伍马上跟上，闪过岗亭，袁伍突然被岗亭里的警察扭住了颈背。

就这样，被盘问，到派出所做笔录，检查工作证，到打电话到袁伍学校，副校长总算把盯梢妇女的"嫌疑犯"袁伍领回了学校，报案的是袁伍附近一个兽医站的女兽医，她是到杭州买医疗器械的。

袁伍又一次被取消了教师资格，改到去资料室誊刻辅助教材，兼校图书室课外阅读部管理。

9

　　袁伍双手严肃地打开一个纸包，起先它是被郑重地握着，说捏，他不同意，因为捏太重，怕伤了里面的东西。握才恰当，而且文明。那纸包有两层，拆开外面一层，里面还有个长方形的，再拆开，才现出庐山真面目，原来是12张一百元的人民币。因为握得太久，纸币显得有点潮湿了，也许是被袁伍的手温所感动了吧。屋外已经被时针的双手拉起了黑幕，袁伍却觉得还处在白天之中，因为他握着钱哪。有钱，就有太阳，而现在，他不就是太阳吗，在万片黑云拉起人间的暗夜时，只有他，袁伍，是从那黑云的众多云层中透出来的光，不管外面黑云密布也好，大海翻腾也罢，他袁伍，一个堂堂正正的人民教师，当然后来又加上前缀词退休二字，连着他肉身的衣服与裤子口袋里，以及上衣夹里的口袋里，都分别装上了用两层或三层纸包裹好的钱。说得知识一点，那就是希望呀，说得宗教一点，那就是光。光，浩浩荡荡，谁能阻挡？有希望的人，腰杆子也挺得直。

　　突然，袁伍果断地把纸包迅速包起，放入了上衣左口袋，随后又在几秒钟后重新伸手去摸了一下，见那纸包像怀孕的二奶很踏实地依贮在自己的胸前，便放心地脱去衣裤，进入了卫生间。

　　淋浴房的水一下冲刷下来，如无数颗珍珠洒落在袁伍的身上，"大珠小珠落玉盘"，袁伍自言自语诵吟道。是呀，虽然热气一升腾，这淋浴房就像高山云雾中的风景一样，让你看不清个啥东西，但袁伍似乎又不无清楚地看到，这个过了六十六岁生日的身躯，竟然还是那么精致与坚固地挺立在神州大地上。虽说自己只一米六七的个儿，身体也似乎瘦弱了点，但瞧这臂上的肌肉与两腿的肌肉，转过身侧望那圆圆鼓鼓又没赘肉的屁股，那光滑如轮滑赛道似的股沟，袁伍会心地感谢上帝，人到老年，让自己还是一个健壮的中年男儿身。一低头，一簇黑黑的张牙舞爪的原生态，让袁伍更加地开心。不是吗，比他迟两年退休的郁老师，有一天神情沮丧地对他说，昨晚我哭了一宵。问曰，为何，郁说，洗澡时意外发现了几根白的。一急，便想拔去它，不料扯伤了毛囊，连续几天打针消炎。可他袁伍就是不一样，长他老郁两岁的那簇原生态，黑黑的，瞧，非但无一根敢于混进革命队伍的白毛，就连那萎缩的杂毛也无一根，活脱脱像早年支边去内蒙古，那驰骋在草原马群中的种马，光滑剽悍的马背上毫无一根杂毛。

洗刷毕，种马袁伍又重新穿上了外套，照例又上下左右内外各个口袋查了一遍岗，见里面的纸包均安全无恙地静候待命，便放心地开门岔路了。

10

后来，听说袁伍也失踪过一段时间，不过他自己回来了。领导上看看他的情况，反正也不上课，就继续让他在勤杂中干着。

这之后袁伍的话越来越少，在众人面前，据说只开过两次口，一次是学校组织全院教职员工去绍兴，在沈园他突然头仰向天大声诵读陆游的诗句："也信美人终作土，不堪幽梦太匆匆！"还有一次是文学社在讨论对瀑布的诗性描写，在啊—啊—的声浪中，他突然也金口大开，脱口就说："虹泉电射，云木虚吟。"说完大步流星般走了。

再后来改革开放，袁伍碰上了千载难逢的机会。他开始经常在街上溜达，还不时到药店里，后来干脆专门去晚上门口有一个灯箱广告的什么某保健店里进进出出。

看来袁伍是开窍了。

憋屈这么多年，袁伍庆幸自己，那个障碍一点也没有。这之后，那衣裤口袋里东一包西一包装着钱，也就渐渐成了他的习惯，说习惯，又近乎像是变成一种爱好了。

不过总还有关心袁伍的人，老天爷不会叫善心的人绝种。袁伍隔壁邻居朱大妈对袁伍说，你将近退休了，一退休，就什么也不是了。趁现在还在学校，赶紧找个对象吧，老了生病诸痛好歹有个照顾。

袁伍倒也真听朱大妈的话，接连接待了几拨来访者，其中还包括中介所的。

但直到退休，他也没谈上一个合适的，更不用说登记组建家庭了。

慢慢地，他似乎琢磨出个道理，男与女的谈恋爱，他似乎已经有点不适应了，因为在恋爱上，他好像有点跨界了。

11

又是十多年过去了。世界似乎越来越疯狂，先是"9·11"事件，后是索马里海盗，明星有了超级，小县城的房价也涨过两万元。食品好像大小都沾上点毒，克林顿与莱温斯基出轨时照样叱咤世界风云。

这时，我们的袁伍却反而由疯狂变得安宁了。他又回到了三十多年前的那种平静的生活，在六十多个平方米的独身房里，重操大学专业的旧业——研习中国古典文学，写写论文，赋诗填曲，还去参加了地方上的一个川蜀名人研究会，在两所老年大学还担任了古代汉语课程老师。

这以后，每年，袁伍都要回乡下与瑛云一起玩耍童年的那个家中，虽然如今已在众多三层欧式新楼的相映下，他的三间破平房显得那么贫困，也再不会出现瑛云那熟悉又亲切的脸。但袁伍就喜欢去住上几天，那上面没有打钻装修的声音，下面没有油漆熏人的味道。进门不用换鞋，猫和鸡可以随时自由地进入，给你一个快乐的记忆。用柴烧灶，袅袅炊烟升起在蓝天，多有诗意哪。有一次不巧接连停电几天，说是线路大改，他还是买了蜡烛硬住下来。秉烛夜读，或者秉烛夜思，现在城里还有这道风景吗。

生活也再一次拥抱了他，一年前，一位郊区的五十还差一点的农妇，不知怎的认识了他，自愿不收报酬只需一日三餐，你吃什么她也吃什么，就这样出人意料地来到他家，当起了家庭主妇的角色。活像当今的志愿者。老年大学校长和几个喜欢古典诗词的朋友也已不止一次地劝他，是否可以成一个家了。

"她不要你负担的，我们打听过了，村里有劳保，你仍旧可以零负担的。"

袁伍笑而不答。

袁伍真的是零负担吗。

后来有一天，保姆发现，非但在他的衣服的各种口袋里，在他的抽屉和箱子里，都可以找到用各种纸包起来的数量不一的百元钞人民币，只不过与口袋里不同的是，那抽屉和箱子里所能找到的一包包钱，那上面都如雕刻又千篇一律写着一个人的名字：瑛云。

再后来，袁伍也记起来了，那个给他介绍这位免费保姆的人，正是那一年在大水缸里淘米的那个革命的妇女同志。

袁伍这时才觉得，自己倒真的有点像青春侠了。

原载《烟雨楼》2020 年第 3 期

最好的时候

叶小渔

（一）

这镇上的洗发店数量也不是很少，从镇南到镇北不过 400 米的直线距离，理发店竟开了四家。它和茶室、菜场成为小镇上的人们传递消息最快速、最流通的地方。镇子里或者下面的村里出了些什么事，基本上都是在这几个地方传播开来的。

尽管松良的理发店不大，简直可以说有点破烂，但他手艺好，染发烫发的本事很大，做出来的发型也是和县城里的同步流行，所以镇里爱美的姑娘都去他那里做发型。前去的人络绎不绝，往往要排队等候。这个时候大家往往就聚在一起聊天。谁和谁谈恋爱了，谁和谁分手了，谁家打架了，谁家有红白事了。上到天文下到地理的，男男女女老老少少就在一起天南地北地胡侃瞎聊，等待的时间也就变得不心焦了。没有女朋友的男孩子可以趁机打听一下正在做头发的年轻女孩子，在什么地方上班，家在哪里，看似有意没意的搭讪，其实心里都有一本小九九。

松良的理发生意一直在小镇的理发店里属于比较火暴，这归功于他敏锐的时尚意识和认真的敬业精神。县城里流行什么发型了，他就自己研究反复试验。没有老师可教，他自己就是老师，还是无师自通型。天赋总是与生俱来的。

松良是亚琴的老公赵海波的哥们，亚琴做头发自然去他的店里。她也和松良比较熟，没事的时候松良也经常去赵海波家里吃饭、看电视，况且在小镇上再也找不出更好的理发店了。其他的理发店都是一些中年人，或者是老年人。男人们一般就是安静地躺在理发的椅子上享受着刮胡须的乐趣。女人们就是烫卷发，连刘海都不忘要弄弯。或者就是年老的女人把满头的银发染成黑色，黑到不真实。

不同年纪层次的审美观是不一样的。不同年纪的人的恋爱观、婚姻观也在悄然改变。亚琴带着孩子也没有更多的时间。如上县城去弄，一个是花时间，一个是花钱。孩子才刚刚五个月还在喂奶，三个小时要喝一次。这女儿生得也如儿子，喝起奶来使劲的时候脑门上都是汗，要把亚琴的乳房吸空才罢休。可是亚琴人瘦，奶水也不多。女儿每次都吃不饱，她就每次等女儿吸空了奶水再去泡奶粉。看着女儿用肥嘟嘟的小手小脚四肢撑着奶瓶的时候，她觉得人生是那么的完美。

她离不开孩子。老公赵海波每天忙着他刚刚起步的事业，老是在外出差，也没有更多的时间管着她和女儿。他要去挣钱，家里多了一张嘴后，生活的压力自然是加重了。镇里有一个濒临倒闭的涂料公司，属于集体企业。这企业的厂长觉得赵海波头脑灵活，是块做生意的料子，就把他喊去叫他去涂料厂当个副厂长。是不是块料子裁剪几下也就清楚了。

赵海波做生意的人生之路就这样被开始了。以前他觉得每天度日如年，现在的他感觉遇到了赏识他的伯乐，所以他也时时刻刻地很努力，时间都不够用。他天天跟着厂长跑在建筑工地、建材市场。往往早上出去，很晚才回来，身上总是带着满身的灰尘。亚琴刚生完孩子，原来工作的机械厂也不去了，就在家管着孩子。女儿每天必须在她的眼皮底下，她放不开孩子。虽然说有婆婆在家闲着，但是她就是不愿意让婆婆管着女儿。上一辈管孩子的方式亚琴就是看不惯。她也不会带孩子，就买了一本育儿大全，照着书本带孩子。婆婆很不屑，说她都带过两个儿子了，都带得好好的。亚琴听着不舒服，都什么年代了，能按几十年前的方式哺育孩子吗？自己管孩子也很是辛苦，就算是去县城里买几件衣服，亚琴也要抱着孩子一起去，来来回回地抱着胳膊肘都要掉下来。

都说媳妇和婆婆之间总是有隔膜，但亚琴觉得她的婆婆也真是很粗糙，糙的让人受不了。女儿才五个月，她偶然见到婆婆自己嘴巴里嚼着饭再吐出来给女儿吃，她觉得恶心极了。自此她就下决心不让婆婆管女儿了。和婆婆的隔膜也并不只是因为女儿的原因，更是因为亚琴在和赵海波恋爱的时候就已经产生了。

（二）

亚琴和赵海波是初中同班同学。读书的时候也没有写情书，没有恋爱，甚至作为优生和差生，亚琴和赵海波就是两个阶层的人。赵海波坐在亚琴的前面，开学的第一天赵海波就把亚琴给惹哭了。他用背不停地摇晃后面的课桌，故意惹得亚琴做不了作业。叫他不要摇了，他却还是不停。老实的亚琴又不敢告诉老师，怕惹不起这位班里的霸王人物，连老师都拿他没辙的人。赵海波上课基本就是睡觉，老师也不管他，只要他不影响别人上课就行。甚至教语文的刚刚师范毕业的女老师，求他上课只要保证不闹，就给他所有的语文考试 60 分。但他有个软肋，怕校长。校长一来上课，他就坐得笔直，大气不敢出。校长是教数学的，有一次课堂间要求做作业，当他走到赵海波的课桌前见赵海波啥也不做，就敲着赵海波的头说："你做啊，你倒是做啊。"赵海波拿着笔就是不动手做，其实他是根本不会做。他只能等着人家做好了给他抄。坐在后边的亚琴顿时也觉得他很可怜。每天穿得风流偶傥的，头发都烫蓬松的赵海波此刻就无法挺起他高傲的样子，只是一个缩着头的小乌龟。

校长一走开，亚琴就把做好的答案给他。赵海波马上拿着亚琴的答案飞速地抄起来。每次做作业的时候，不管是什么课的作业，他总是借人家的作业本抄。亚琴这方面也很大度，作业本任他拿去抄，甚至在考试的时候抖起试卷故意让他抄，直到监考老师过来在她的桌子上敲几下，问她试卷还要不要，意思就是你再让人家抄我就要没收你的试卷了。

不知道，是不是在那个时候，亚琴就走进了赵海波的心里。

毕业之后赵海波忙着游手好闲，成了小镇上的一个小混混。但是他混日子不是打架不是玩女人，他就是喜欢赌博，喜欢打台球。镇里的台球店、小吃店、茶店、饲料店等，凡是有聚众赌博的地方就有赵海波的身影。他又长得白净好看，不知道真相的人还以为他是个书生，一股温柔斯文相。喜欢他的女孩子也多，早在初中的时候就有女孩子争着请他去看电影，请他吃话梅，约他去海边玩。据说，他打台球时专注的样子会迷死人的。

据说也只是据说，在初中的时候亚琴是没有见过他打台球，不过他的手指是漂亮得出名，比女人的手都要漂亮。亚琴自己也觉得自卑。当时在班级里有的是比她好看的女生，无论是衣品还是相貌。她觉得自己都入不了赵海波的眼。人家是高富帅，自己是灰姑娘，又丑又土的灰姑娘，人家根本没有正儿八经地瞧过自己。

在亚琴还不知道省城是个啥样的时候，赵海波已经跑省城玩去了。他知道夏天西湖的荷花很婀娜，冬天断桥的残雪很凄美，秋天可以去满陇桂喝茶，春天的苏堤桃柳相映。他还找了一个城里的姑娘，一个比亚琴不知前卫、时髦多少的姑娘。其实亚琴还真是入不了赵海波的眼的，他走南闯北的眼界也高了。

他觉得世上他所中意的姑娘都在等着他，不管啥时候都可以去找她们，只要他愿意。

他自负得不知天高地厚，他以为全世界就只有他，在女人的世界里可以呼风唤雨。

（三）

亚琴恋爱了，恋爱的对象叫明亮，同一个单位的。近水楼台的原因不必说，更是被同事们的起哄促成的。工科的工作男生永远比女生精通。天天在一个车间里，亚琴有啥问题总是明亮来给她解决。久而久之，明亮给予的温暖催开了亚琴心里的情窦之花。过年后明亮更是自告奋勇地去了一趟亚琴的家后，关系就算确定了。亚琴的爸妈也默认了，女儿大了总要经历这一些过程的，亚琴和明亮就开始了吃饭、逛街、看电影这典型的恋爱模式。

　　亚琴的家在小镇的南边，明亮的家在小镇的北边，每次两人去对方的家总要穿镇而过。每次都是明亮用 28 吋的自行车载着亚琴，招招摇摇地穿过镇上唯一的街道。一个高大，一个美丽，这一对每次路过都会吸引别人的眼球，理发店的、茶室的、百货店的，本就一个不大的小镇，这下谁都知道明亮和亚琴成了一对儿。亚琴很享受明亮对她的百般疼爱，她坐在自行车的后座上总是低着头、红着脸。她觉得镇上的每一个人都在看着她，都知道她有了男朋友。

　　她觉得害羞死了，这是恋爱中的女人的常态。又想人不知道，又想和人分享自己的喜悦，那种爱情降临后的幸福感令她陶醉得娇羞又眩晕。

　　赵海波还是忙于他的赌博，他总是和一堆人趴在饲料包上发"沙蟹"，混在一阵烟雾中，虚幻中一样的。赢钱了就去花，花完了再回来赌。也有输的时候，输钱了就向别人借。卖饲料的老板趁机借钱给他，条件是要高利息的，他也趁此再发一笔小财。如果实在没有钱了，就向他爸妈开口要。他妈妈那里是要不到钱的，除非他去偷，换来的是他妈妈没完没了的骂，骂到她没有力气为止。他爸爸倒是一个有求必应的人，估计手头也有点钱。在儿子的软磨硬泡下，他总是会掏出几张百元人民币，赵海波的日子就会好过几天。

　　赵海波知道亚琴恋爱，是从他堂哥的嘴里知道的。他堂哥比海波大两岁，他去松良的理发店洗头，碰到亚琴也在洗头。那个时候亚琴和松良还不熟，所以理发的时候话也不是很多。镇里要举行一个文艺晚会，亚琴代表机械厂有一个舞蹈要参加，她才去弄头发。

　　海波的堂哥去理发店见到了亚琴，感觉有点眼熟，但又记不起来哪里见过。见亚琴一直沉默寡言就不好意思问她，回家来就和海波说起这事。这小镇就一巴掌大的地方，有哪几个漂亮的女孩子，在什么地方，他们都是排摸得一清二楚的。这蓦地看见一个这么漂亮的女孩子，他们两个打了鸡血一样好奇起来。这青春的荷尔蒙要是泛滥起来，也是堵不住的。

　　这镇上的女孩子哪个不是迷倒在他的怀抱里啊？没有一个搞不定的。海波寻思着，他的自负又开始膨胀。他的堂哥好像想起了什么似的，叫他拿出毕业的合照来。

亚琴穿着艳丽的红色衣服站在毕业照的中间，瘦瘦高高的营养不良的样子。说不上漂亮，跟楚楚动人一点都不沾边。

就是这个女孩子，现在本人比照片好看多了。赵海波的堂哥指着亚琴说，语气肯定。

她很土的啊，否则我早去找她了。赵海波有点将信将疑。在他的印象里，这个孙亚琴人不错，就是人太土了，浑身上下带着泥土的芳香，带不出台面的。

现在变得很漂亮，还有了男朋友了。他的堂哥显然打听过亚琴，又有点失落的样子。又一朵美丽的花被别人采去了，还没有女朋友的男孩子都心有不甘似的。

我和你打赌，我去追来。赵海波对他堂哥说，又好像对自己说。赵海波可能想在他堂哥面前证明自己的魅力，什么女人是他搞不定的。堂哥呵呵地笑着，说赵海波错失了一朵最美的花儿。他们两个开赌，赌资是 1000 元钱。赵海波其实心里是没底他能不能赢这场赌博，可是他就是不服气。不服气什么呢？只有他自己知道。

沉在初恋幸福里的亚琴根本不知道，两个和他毫不相干的男孩竟然以她开赌，当然她不知道的事情还有很多。

（四）

多年没见的赵海波竟然和她在小镇上偶遇了。亚琴根本不知道这偶遇也是赵海波蓄意制造的。就似见到多年没见的老朋友一样，亚琴还是和原来一样的热情。问他在做什么，毕业的几年都没有消息。赵海波初中毕业后就去了技校，她自己则去上了高中。在高中期间她只是听说赵海波去过她学校，不是去看她，是去找班里其他的女孩子。她听过算过也不在意赵海波去学校看谁，对于儿女私情她一直不很敏感。虽然在高中里也收到过几封赵海波的信，但是信里也没有说啥，无非就是一些青春时期的困惑和迷惘，不痛不痒的青春病。每个人通常都会在这个时间段犯一点点这样的病，程度不一而已。

自己不也给几本刊物写过一些感慨，云淡风轻的。同一宿舍里的女生，在憧憬梦想中的理想爱情的时候，都是向往《一帘幽梦》里的费云帆，《庭院深深》里的柏霈文。风吹杨柳，和风依依。那是中琼瑶小说毒的年代，青春就是沉在她的小说里，可以不吃饭不睡觉，戒也戒不掉的瘾。

听说你有男朋友了，是钱明亮？赵海波直入主题。

嗯。亚琴回着他的话。

你怎么还是这么的土啊？赵海波依然不依不饶。你挑男朋友的眼光也太低了，找了一个这么难看的，找他你不如找冯小龙呢。

冯小龙当年是赵海波的同桌，读书的时候曾给亚琴写过一封情书。为这事亚琴心眼里瞧不起冯小龙，以至于后来作为课代表收作业本亚琴都不收他的。对于不喜欢的人写的情书，她感到讨厌。可是人家冯小龙也没有得罪过她，喜欢她又没有罪。但是缘分这东西说不清楚，有些人第一次遇到就似多年的朋友一样，有些人天天待在一起也找不到这种感觉。有些人第一眼见到就会喜欢，有些人就是再怎么献殷勤就是不喜欢。

亚琴心里难受着。多年没见的老同学难得遇到她心里本来还是很开心的，可以说说这几年来大家的行踪。谁想赵海波一开口就是给她泼着冷水。她心里嘀咕着我土和不土与你赵海波也没啥关系，我找个男朋友只要我自己觉得好就行了，也不关你什么事啊。她推说上班时间快到了，找了个很有理由的理由离开了赵海波。

偶遇就这样匆匆结束，时间快入冬了，天气一天比一天寒冷。西北风开始凛冽起来，树叶都落光了，只剩下光秃秃的枝丫了，树根部涂的白色石灰刷得整整齐齐的，一眼望去显得更为清冷。

明亮给亚琴买了一件驼色的毛衣。厚重的温暖感让亚琴觉得还是身边的这个男人能给她想要的安全感。她对着明亮说着遇到老同学的事，但是没多说，包括赵海波的话。明亮和赵海波都认识，亚琴从明亮这里知道了赵海波的近况，也知道了他经常沉迷赌博，其他的明亮也知道得不多。

（五）

自从偶遇后，赵海波好像换了一个人了。他经常有事没事地在亚琴上班必经的途中地段转悠，直到有一天清晨他在亚琴路过的地方直接拦住了亚琴，叫他下班后在松良的理发店里等他。

啥事也没说。亚琴云里雾里，不知他葫芦里卖的是啥药。有啥话不能当面说，还要找地方去说。估计肯定又是遇到啥不开心的事了，想找她倾吐倾吐。要么就是在恋爱中遇到啥问题了。赵海波的女朋友亚琴见过，是一个娇小的女孩，留着短发，穿着比自己前卫不止一倍，感觉不是农村里的。在公司门口下班的时候，亚琴见赵海波带着他女朋友飞快地蹬着自行车，好像怕她看见一样的。每次路过机械厂赵海波总是下意识地蹬快自行车。

他确实怕亚琴见到，说不出为什么，他就是不愿意亚琴看见他带着女朋友。

在读书的时候，由于成绩很差班里的同学都瞧不起他。没有人注意到他卑微地缩在这个班级里。他穿好看的衣服、烫蓬松的头发都是在掩饰他比别人不优秀的一面。他极自负清高，可是内心剥到底却只有一个孤独的内核。而亚琴却是看到他的软弱的一面。和同学吵架书被撕光了，亚琴悄悄给他借来；有钱的时候只要他借也总是借给他，也不在意他是否会还。善良的亚琴使赵海波后来有不开心的事总是对她诉说，虽然说的也不是很多。就高中的时候频繁地写过几封信后，就不再有消息了。

好不容易等到下班，亚琴如约去松良的理发店。赵海波已经换了一身衣服，由原来米色夹克棉衣换成了格子呢西装。头发是新理的，胡须好像也刚刚处理过，留下青青的胡须碴。经过重新打理一番后，显得很有精神的样子。理发店隔着一格小间放着一个小沙发，是用来等待的客人休息用的。松良在外面忙碌，洗头理发，动作娴熟，吹风机"丝拉拉"地响着停不下来。

赵海波把亚琴叫进了那个小间，开始说话。

"还来得及吗？"他先说。

亚琴一脸的雾水："啥来得及来不及的？"

"你非要让我捅破这层纸吗？"赵海波说着。话都说到这里了，亚琴才感到有那么一点不对劲了。她隐隐感到赵海波是在对她表白他的爱慕。她心里真是又惊又怕。惊的是这个极自负清高的男人居然对自己有想法。怕的是万一让明亮知道了这事可如何是好？虽然她和明亮之间啥也没有发生过，但是至少明亮对自己还是不错的。

想到这里，她就脱口而出。"来不及了，明亮对我也很好的。"赵海波突然之间似一个泄气的皮球一样。他瘫在破旧的沙发里，用乞求的眼光盯着亚琴。"再给我一个机会吧，就一个机会。"

都说男人无助的时候像个孩子。亚琴看着他一下子茫然的眼光，心有点发酸了。但是她嘴上还是拒绝了赵海波的要求。她觉得自己要做一个对爱情专一的人，虽然她对明亮啥也没有付出过，包括初吻，包括身体。她觉得爱情是很神圣的东西，她一直坚定地认为自己只会为一个男人从一而终，守身如玉。

所以她不给赵海波机会，一次也不给。

（六）

这次谈话后赵海波和亚琴的关系没有任何突破，在亚琴的心里就只有一点点小小的涟漪，偶尔地会漾一下。她甚至还和明亮说起了赵海波，他们的过去，他们的现在，包括赵海波向她表白的事。明亮听了后沉默不语，亚琴却给明亮承诺她不会变心的。他们的幸福又回到了原来的时光。在他们的世界里，赵海波是不存在的。可事实上赵海波还是横越在他们生活里的一道障碍，这道障碍坚持不懈地每天都在给他们制造压力。

亚琴的压力来自于父亲。

不得不佩服赵海波灵活的头脑，这一点明亮明显不是他的对手。他自从在亚琴这里碰了钉子后就走捷径追美人了。他先是给亚琴的老爸写信，信里诉说了亚琴种种的好，自己如何如何种种的不好。为了能让亚琴做他的女朋友，他就是吃尽种种的苦也都愿意。这般坚决意志的陈述，把亚琴的老爸感动得一塌糊涂，在亚琴的面前一个劲地夸这小伙子好，聪明有前途。

　　其实对于明亮，亚琴的老爸一直是不满意的。嫌他沉默内向，嫌他家的经济条件不好。只是未到谈婚论嫁的地步，她的父亲也不便多说，反正他清楚女儿也不会做出让他难堪的事情。其实亚琴心里很清楚，只是不点破父亲的意思而已。有时候她都不知道何为爱情？在她的世界里，有一个男孩子对她好就是全世界了。

　　可是她知道父母不这样想。

　　他们是过来人。他们考虑的还有对方的经济条件，人品的好坏，性格的般配等。毕竟是自己养大的女儿，他们总是希望女儿找一个各方面都完美一点的人家，才放心把女儿嫁过去。婚姻不是儿戏，不是小说里的花前月下，不是现实里的吃饭逛街看电影，婚姻更多的是柴米油盐，是生儿养老。

　　父母开始不停地在她的面前述说明亮的不好，明亮也开始感觉到亚琴的家人对他态度的变化。他性格本来就有点内向忧郁，这下子就更没有话了。

　　赵海波也开始不停地给亚琴写信。说他自己毕业后的经历，谈过的女友，自己的痛苦，亚琴的好。开始是每天一封，到后来是每天两封。信不是从邮局寄的，是通过他的弟弟交给亚琴的妹妹。他们的弟弟妹妹上学在同一个班里，他们天天给各自的哥哥姐姐传信。这样速度倒是很快，当天的信总能在当天见到。上课无聊的时候，他们也偷偷看赵海波写给亚琴的信。写了点什么，他们也看不懂。信里就是写着"这一生里我不会再让你受委屈""每当我想起你时总是睡不着……"。

　　赵海波的字写得很清楚娟秀，如他白净的脸孔。字里行间浸印着他的真诚，无比坚定执着。

（七）

　　都说滴水石穿，亚琴的心慢慢地被这些信融化，她开始动摇。整整三个月的时间，赵海波一直不停地写。亚琴房间里那个五斗柜的第一个抽屉已经放不下这么多的信了。

她和明亮的关系开始疏远，再疏远。

赵海波天生是个会做生意的人。他认定的事情就会锲而不舍地深入下去。他相信精诚所至金石为开。他觉得时机也差不多了，就找明亮约他谈一谈。

明亮的心里有点不安，他一直对自己没有信心。在赵海波的安排下，亚琴、明亮和他坐到了一起。他比谁都残酷，对着亚琴说今天三个人都在，你做个选择吧。

他不给亚琴一个委婉的理由去和明亮说分手，也不给明亮一个体面的放弃亚琴的理由。他就这么直接地给亚琴和明亮一个措手不及。亚琴心里有点不忍心，对于明亮。明亮好像自己硬生生地让别人扇了一个巴掌。但是他知道这是迟早的结果，碰上这么一个强劲的对手，他也甘愿服输。他就是这样的性格，软软弱弱，自卑到尘埃里的人。

那个冬夜很冷很冷，西北风吹了整整一个晚上。近黎明时分，明亮从口袋里摸出三块巧克力。他递给亚琴，说这本来是他昨晚给亚琴买的，亚琴一直喜欢吃的德芙巧克力。他把巧克力塞在亚琴的手心里，转身又对赵海波说，请你好好待她。

明亮消失在清晨还没有曙光的寒风里。

亚琴泪流满面，她感觉自己太无情，在父母的压力面前屈服了，而明亮根本就没有错。她就这么任泪水流，尽情地流，泪水里有她对明亮无尽的歉意。

赵海波将亚琴拥入怀里，沉默不语，任亚琴的泪水打湿他的棉衣，留下一大块泪渍。他的心里也是过意不去的。要不是他，他们两个现在也许好好的，好好享受着他们的幸福。可是爱情却是那么那么的自私，自私得容不下一粒沙子的存在。在那一刻，赵海波才发现亚琴原来对于自己是那么的重要，重要的他可以放弃全世界也只为了拥有她。

（八）

赵海波还是赢到了他堂哥的 1000 元钱，亚琴成了他的女朋友。堂哥对他更是刮目，说这小子本事还是真的大，大到把未来的老丈人先搞定再搞定女朋友。真是前无古人，后无来者。赵海波听了就只会得意地笑。

他其实早就考虑过未来老婆的合适人选。他也曾经对他的父亲说过亚琴的好，读书的时候亚琴种种对他的好。他也知道亚琴的善良，知道如果结了婚，亚琴不会难为他的父母。在心里，其实他早就把亚琴当合适的人选了。只不过他自己还想玩几年，他也觉得亚琴不谙世事，就她土里土气的样子也不会这么快有男朋友。所以他一直只顾自地潇洒着，他觉得亚琴对他这么好，肯定会等他的。要知道亚琴心里根本就没有那层意思，况且她自卑得只能远远望着这个高白帅，觉得她和赵海波根本就是两个世界里的人。

女方的父母都很满意，就是男方的母亲有点不大中意亚琴，觉得亚琴太单薄了，何况又和别人恋爱过，有点不太好听。赵海波的父亲倒是很满意亚琴，只要他父亲同意了，他的母亲也就没有发言权了。在迫不及待订婚的第二年，他们步入了婚姻的殿堂。

结婚半年后，亚琴有了女儿。

爱情的力量也真是伟大，赵海波不再沉迷于赌博，他开始做起了生意。他想让亚琴不再被人说跟着一个不务正业的小混混。说来也奇怪，虽然他不务正业的名气镇里人都知道，但是亚琴的家人包括年迈的爷爷奶奶都喜欢这个孙女婿。赵海波嘴甜，阳光，随和，村里的人都喜欢他。他也觉得他拥有亚琴，亚琴的爸爸是功不可没。要不是老丈人点头，亚琴也不会放弃明亮的。所以他从心底里敬重这个老丈人，不嫌弃他没有稳定的工作愿意将女儿交给他。所以老丈人的话他洗耳恭听。老丈人一直叫他去工作，不管做什么一个人不能没有职业。可一个懒散惯了的人叫他去上班也真是难为他了。赵海波想来想去只有自己去做生意，做什么呢？他也没有方向。刚好镇里快倒闭的涂料公司的厂长认识他，也觉得他是可造之才，特别是口才不错适合谈判，就非要他去涂料厂当个副厂长，主要负责跑业务。

赵海波的日子就开始忙起来了。早上出门后基本要晚上深夜才回家。

亚琴在赵海波的打造下也慢慢褪去了土气，变得洋气。只是赵海波陪她的日子少了，她等赵海波深夜回家的次数多了。没有他在身边的日子里，亚琴睡不好吃不好。家外的马路上每到深夜有车灯的光透过窗帘，亚琴总是要起来看看是不是海波回来了。怀孕的时候更是艰苦，一个人撑着个大肚子孤独到哭。等到女儿出生后，她把全部的精力都放到了女儿身上，时间也就不那么让她孤独了。

分手后的明亮也很快找到了女朋友，速度比他们还快地结婚生子。等亚琴的女儿出生的时候，他的儿子都已经一岁多了。生活在一个小镇上，购物买菜难免抬头不见低头见。每次遇到明亮，亚琴总是低着头当没看见，而明亮总是直直地盯着她看。和亚琴分手后的明亮反而变得开朗了，变得阳光了。赵海波总是关照亚琴碰到明亮也不要多说话了，免得节外生枝。亚琴心里也已经不想和明亮再说什么话。碰到明亮就如见到一个认识多年的老朋友一样，孩子都生了，大家都已经彼此放下了，心里都已经坦然了。只是心里就对他总还有那么一点歉意，放之不下。

有几次明亮见亚琴带着孩子在镇上，就开玩笑地说认作干女儿吧。亚琴的女儿长得也实在可爱，粉嘟嘟的让人有一种想亲一口的欲望。孩子睁大着眼睛，看着明亮露出天使般的笑容。

亚琴笑笑不语，她知道赵海波如果知道了心里会不舒服。

（九）

时间在流淌，无声也无息。

孩子会坐了，孩子会爬了，孩子会走路了。

赵海波深夜回家时还会给亚琴打包吃的，还是县城里买回来的，肯德基、必胜客。吃着他买的夜宵，亚琴的心里还是很暖的，至少老公的心里还是有着她的。就是等他回来再辛苦，她也愿意。只要她心爱的男人还记着她，想着她。

赵海波在各种建材市场和建筑工地奔波了两年后，他的口才还是无法挽救涂料厂的生死。涂料厂终于还是倒闭了，但赵海波却在这两年里学到了一身的江湖。他看到了这两年中纺织行业的大好前景，在涂料厂倒闭后自己弄了个小公司。

孩子刚刚会走路屁股底下还夹着尿不湿的时候，亚琴就把孩子扔进了托儿所里。她也不再去松良的理发店洗头，也不在家做家庭主妇了。赵海波的公司生意越做越好，越做越大，也需要人手。她被赵海波拉去了公司做财务、做秘书、做采购。能者多劳，基本啥事亚琴都能做。又顺着国家的政策和市场的需求，他们的公司一年比一年地好，好到他们都始料不及。

他们在城里买了个大房子，买了辆高档小车，甚至还买了一块地。现在租的破旧的厂房已严重影响公司的整体形象。为了让公司再上一个台阶，他们准备用所有的原始积累的财富，造一个真正属于自己的公司。如果要问天底下最好的合作伙伴，就是他们两个了。一个主内，一个主外，配合得天衣无缝。每天除了工作，还是工作。现在的亚琴和赵海波更像是同一战壕里的战友，为了公司他们两个目标一致，行动默契。他们忘了生活里原本还有很多的东西，忽略了过去一路走来的风景。他们觉得那些都不是最重要的，重要的是他们生活里全是公司的事。赵海波更是忙着全国各地的出差，回家越来越少，越来越晚，有时候干脆不回家了。亚琴想和他吃个饭，也得提前和他预约，终究像个公司老总的样子了。

世事变迁真快啊！松良的理发店也开到了县城里，现在也不只理发了，还有美容服务。赵海波理发还是跟着松良。松良店开到哪里他就跟到哪里，他的发型只让松良做，其他再好的理发店他都不去。这是唯一不变的地方。

新公司的设计方案已经出炉，效果图上的公司办公大楼气派又威武。亚琴看着效果图，正满怀憧憬着新大楼落成的那一天。

原载《莽昆仑》2020 年第 1—2 期合刊

金　矿

许建康

　　和阿华纠缠在一起是从一个电话开始的。

　　那天我参加了一个边缘朋友的音乐聚会。会上听着众多的音乐发烧友们从拉赫玛尼诺夫谈到现代摇滚，从奥地利乡村音乐说到中国的纳西族歌舞。小型的会议室充满了音乐的颤音。对音乐无知的我，坐在墙角边的一只球形藤椅里，喝着一杯绿茶。对角的立式空调把循环后的刺眼烟雾吹了过来。我揉了揉眼睛，一个熟悉的大肚子出现在我面前。抬头一看，是阿华，我轻轻地站起来招呼了他一声。

　　阿华一只手把手机紧紧地贴在耳边，避人耳目地对着话筒嗯嗯啊啊地说着什么，像在大庭广众之中偷吃食物似的，并一脸无奈地用眼睛盯着我，莫名其妙地示意我跟他到屋外去一下。

　　一走出大门，他便换了一副严正的生气脸色，对着话筒，说话的声音提高了一个八度，说，喂，你又上错发条了，不信，阿宽也在！哪个阿宽？就是上次我带你去开同学会，那个喝了一杯啤酒脸就像个红烧猪头太阳穴青筋直暴趴在酒桌上打呼噜说胡话在报屁股上发表文章、你说是看来看去我这群同学就是他最诚实的那个瘦瘦的阿宽——林永宽。

　　怪了，我怎么酒还没喝，听他说话就觉得自己已经喝多了似的，稀里糊涂地成了人家的反面教材。我也想不起在什么时候欠了人家债。我被迫接过了阿华塞过来的手机时，阿华还一脸愤气地冲着我说，阿宽，你直说，他（她）问啥，你回答啥！

我把手机拿在我耳朵的下方，估计这样的电话对方话音基本上是炸雷般的。

哪位？啥事？我没好口气。

电话那头是一个女人软绵绵的声音，你就是一喝酒就像一堆烂泥似的阿宽吧！我是迪芬呀，一听到你嘟嘟噜噜的声音我就觉得很踏实。我也没啥事，上次的事让你受委屈了，你以后常来我家玩啊，手机别挂了，让阿华再听一下。

阿华接过电话，只见他一脸委屈，捋了一下耷落在前额的头发，便潇洒地把手机啪一下折了起来，伸过手来一把握着我的手，说，不怕老同学笑话，我那老婆还是这样不放心我，只要我外出，她最好有个摄像头一直对着我。你看我们都四十多岁的人了，另起炉灶犯得着吗？好坏捆在一起过过算了，可家里的那个实在太闲，我一出门就是疑神疑鬼的，非得有个她认为是可靠的人证明才行，你看这样我做人累不累啊！哎，那次送云蔚到湖州的事，后来迪芬也后悔了，说如果连你也不信还能信谁啊，她要打电话向你道歉，可是你怎么把所有的通信号码都改了，害得我们找不到你。

原本以为这样让人糟蹋和为人做盾牌的倒霉事，在换了住宅电话和手机号后结束了，谁知那天参加一个音乐聚会，又碰上了阿华，而且又做了一次证人，这都怪我参加了去年的同学会，将原本联系不多的同学突然找回了学生时代的情感。

一天，我正在参加单位里一个同事的追悼会，在孤儿寡母怆天恸地的哀哭声中，我随着队伍向遗体告别，行三鞠躬的时候，手机响了。大家千万不要以为真有这事，其实我在写小说，不过我劝大家如果遇到这样的事，还是把手机开振动为好。可小说中的我忘了把手机开振动模式，也不知哪个不识时务的人，偏在这个时候打手机。那一阵阵"你到我身边，带着微笑，带来了我的烦恼"的铃声此刻显得特别恶劣。我从眼梢的余光中，明显感到有几名死者的亲属，抬起愤怒的泪眼刺着我。

我伸手到裤袋里掐断了歌唱者的脖子。当轮到我向死者亲属握手致哀时，手机又开始唱了，这使我无法将握住的右手抽出来再掐断右边裤袋中歌唱者的脖子。最后我在众目睽睽下，浑身冒汗地快步走出悼念大厅，在一个可发泄的角落，摸出还在顽强地唱个不停的家伙，按下通话键便大声地斥责着。完了，我还不知道对方是谁。

少息，对方从懵懂中惊心，大声发话了，喂喂，你吃炸药了？你！我是你20多年前的老同学阿华——小皮匠，告诉你一个好消息，我们班这个月30日在海宁仙客来酒家开个同学会，到时你什么也别带，就把你自己带来，你可算是我们班的文化人了，到时，我还要请你为我写创业史呢，OK，拜拜！

没容我同意，他就挂了电话。

听得出，这家伙有钱了，时髦了，牛皮烘烘了。

以前我也经常能从碰到的老同学处听到小皮匠的名字，说他是我们班上唯一的大款。什么样的结果大概都有什么样的开端。上中学的时候，阿华就显出他经商的天才。有一次他从垃圾堆里捡了一双破皮鞋，让他当皮匠的爸修补好后，5块钱卖给我们班正在追女生的绰号叫小洋伞的同学，我们几个让他抄作业的同学好几天早餐，都靠他吃上了馋人的大饼油条，当然，作为投桃报李，我们也送给了他一个通俗的绰号——小皮匠。

初中毕业后，当时同学们顶职的顶职，继续上学的上学，而小皮匠（现在谁也不会再这样通俗地称呼他），却只能跟着他当皮匠的老爸摆个钉掌补鞋的地摊，娶了一位经常来修鞋的农村姑娘为妻。这个女人名字现在差不多都成了他的怨家——迪芬。想当初这女人也让他乱花迷眼、魂消魄散，花了许多下流的心思得到的。

小皮匠娶迪芬在我们班还流传着一个带色彩的版本，据说这事还是他自己在得意时和一个同学说的。说是小皮匠第一次看到迪芬来补球鞋，是一个夏天的早晨，那天迪芬大老远从乡下步行到镇上，上身穿着的一件粉红的衬衫，被湿透的汗水紧贴在迪芬没有戴文胸的肉上，那两坨坨波涛颤悠悠的，让他的眼睛看得发直，心也骤停，脑子里顿时堆砌起一片波涛的糨糊。幸亏自己的腰上围着一块黑腻腻的围身布，不然肯定会使自己的火力点暴露无遗。

他说此刻也不记得自己脸上的器官是否排列得正常一样，估计极有可能是歪着嘴，流着涎，斜着眼，脑瘫儿般。反正他接过迪芬用报纸包着的是一只草绿色的解放球鞋，首先是放在了那个让他无法压制的火力点的部位上，进行暂时的遮掩。

迪芬似乎意识到自己的窘境，便把衬衣努力与肉体扯开，减低了透明度又能让风进入衣内进行自由穿行。迪芬的衬衫领口像鲶鱼的嘴，一合一开地喘着大气。坐在下方的迪芬做梦也想不到，这一来反而将遮在自己峰峦上的薄暮清除了，那洁白和丰满随着一开一合的衬衣领口，明明白白地在小皮匠的眼前闪着诱惑。小皮匠哪有心思补鞋，他有意拖延着时间，不是装着找橡胶皮就是找皮锉，那双贼眼始终在通过不同的视角窥探着鲶鱼的嘴中之宝。磨蹭了好久，终于剪下了一块椭圆形的小胶皮，用一把小刷蘸着胶水，又把在空中连着刷子的胶水丝在胶水罐的口沿做了个了断，于是在胶皮上刷了一层胶水，他还装腔作势地用嘴吹着胶皮上的胶水，好让胶水快点干。岂知他此时已经心不在焉，早已有了归属的眼睛，正在畅游着无限风光，正当迪芬把领口一开后的一合时，他竟下意识地吹了一口大风，想把即将合上的领子吹开。这一吹用力无数，竟无意间将那块上了胶水的胶皮吹进了迪芬的衬衣里，扑地一下稳稳地贴在了迪芬的胸脯上。迪芬一声尖叫，便背过身子，从衬衣的下摆伸手去取。

小皮匠大惊失色，没想到把自己的中气发挥到了如此登峰造极的地步。他发虚地环视周边，庆幸的是他这个靠在路边的墙角落里的皮匠摊，是棵无人理睬的野草，不来此修鞋的人，永远也不会注意这个角落的存在。小皮匠一阵窃喜，他对背着他的迪芬，大喝一声：使不得，会把你的皮也一起撕了。迪芬的手一下子僵在了衬衣里，一脸羞怯和焦急，一巴掌打在小皮匠的大腿上，催他快想办法。

其实这胶水没什么厉害，不是如今的"201"和"101"胶水，可以把两个人粘成一双。小皮匠只把茶杯里的温水往手上倒了一点，便做贼一样伸进迪芬的衬衣里，在迪芬的乳房上装腔作势地抹了一把，然后，心有不甘地把那块胶皮揭了下来，其间有不少小动作不做罗列。反正在小皮匠把手伸进迪芬衬衣里的一刻，时间在迪芬的感觉中便凝固了，这是她二十年来最黑暗也是最让她心颤的时光。

迪芬把补好的鞋重新包裹在报纸里，伸手去裤袋里，问小皮匠要多少钱。小皮匠大方地把手一挥，说，今天是我把皮贴错了地方，以后补鞋时再收取吧。临走时，迪芬似乎还有几分感激和不舍。

后来，迪芬又来补过几次鞋，只是小皮匠不知是有意还是什么的，为迪芬补了的鞋只穿几天就掉胶了。小皮匠说他家里有好的胶水，是他爸不让他带来，说补的鞋经常脱胶才有生意，不然就会喝西北风。有一天小皮匠为迪芬开小灶，说是在家里用好的胶水为迪芬补鞋，谁知这一补，迪芬的肚里竟还补出了个人性命。他们结婚那天，迪芬的肚子明显告诉了大家已经丰收在望了。

这事后来有同学去向小皮匠证实，被小皮匠断然否定，说，我是这么样素质的人吗?!

谁知，小皮匠阿华人虽在那个墙角落里补鞋子，心却一直关注着这个镇经济的每一个变化。当镇上轰轰烈烈地建起了一座皮革城时，却谁也没有看好这些被排列成积木式的铺位。而这对长期在露天摆摊的阿华来说却有一种特殊好感，他靠几年来积攒下的钱，又拼着胆子向养鸭的丈人借了 2 万元钱，在皮革城的二楼上买了一间商铺。由于第一年城内生意清淡，人气不旺，他生产的几十件皮夹克，卖了一个冬天才只卖了十几件，剩下来的据说像发工作服似的，他家人男女老少人手一件，十分夺眼球。

后来关于他发财的版本很多，有的说他骗过客户的钱，有的说他以马皮充羊皮，有的说他为了少用皮，还在毛皮领子上打洞，撑大领子的面积，本来只能做三个领子皮毛却做了四个。反正最好的时候他在皮革城拥有五六间底楼的铺位，家产有近千万元之多。后来又听说他出国在俄罗斯做生意，因为卢布贬值，销出的皮衣亏得血本无归。

后来他又将所有的钱都投在名为人间仙境的娱乐厅里。

几年前因国内外皮革生意火爆，他又重操旧业，授权经营起了一个国际著名品牌"西西里海盗"的皮装生产和销售，生意做得很红火，赚钱容易得像如今的索马里海盗。

　　仙客来酒家的同学会是他出全资举办的。

　　而从这次同学会后，他老婆也对他更不放心了。

　　那天，阿华和他的老婆站在大厅的门口，迎接着同学们，他腆着的啤酒肚，像吹了气的球，皮带差不多是在起着吊着肚子的作用，连背也不堪重负似的弓着；他夫人迪芬染着一头酒红色的头发，灯光下，戴在耳朵、脖子、腕上、手指上的财产都在卖力地为她炫耀。

　　现在想来，当时阿华坏在这个三滴水加个酉字上。

　　那天开同学会的各种套路都完成了，接下来就围着个酒字转了。同学们知道阿华中学时代欢喜我们班上的云蔚，就把他与云蔚安排一桌，我也和阿华在同一桌上。

　　阿华有些拘谨，在经常性地劝云蔚喝点酒的同时，还不时地看看迪芬脸色。

　　云蔚和她当医生的丈夫离婚的事，他已经有所了解，云蔚已经从湖州绸厂下岗，在一家超市做收银员。这次儿子高考成绩考得不好，只上了三本，还需要很大一笔学费，她也正为这事愁得乌云密布。今天云蔚肯定经过了一番化妆，黑亮的长发披在肩上，美丽的脸庞虽然写着岁月的历程，不过她的五官和鹅蛋脸型的轮廓依然显露着往日的风采。

　　阿华举着盛满红酒的高脚杯，示意着坐在他圆桌对面的云蔚说，你随意，我喝光。"光"字还没全部消失，他便仰着脖子把酒倒进了已经扩张成 O 形的嘴中，喉结上下一滑动，咕噜一下，一杯酒就悄无声息地下去了。阿华一杯接着一杯喝着，红酒渐渐地在他血液里起了一些作用，他将迪芬那句少喝一点的话挡了回去，反复地说着：今天高兴，今天高兴，他还对着云蔚说，20 多年过去了，人生还有几个 20 多年，大家同学一场也是天大的缘分。云蔚你有啥困难就跟我说。

　　已经在一边脸色有些呆板的迪芬，抢了出来，说，你以为你最能干，你的这些同学也都夫妻美满，你也没什么稀奇，从前也不是个补鞋出身的吗，要不是我嫁给你，还有谁愿意嫁你？

哎，老婆，话可不能这样讲，要不是那天我把皮补错了地方，你有今天这样好日子吗？阿华嬉皮笑脸地白了一眼迪芬。

迪芬刷地一下红了脸，暗暗地用手狠狠掐了一把阿华手臂，又偷偷地扫了一下在座的人，压低着声音说，你还想给别的女人补错地方吗？

云蔚可能不知道此事，附和着迪芬说，就是啊，有一次他为我补鞋就补错了地方，破的没补，却把不破的地方给补上了。

这时，装着什么也不明白的我们，终于忍不住地坏笑了起来。

一脸莫名其妙的云蔚，只得看着表情僵硬的阿华夫妻，一再声明自己没说错。

阿华打破僵局，朱红的脸色依然还能透出几分赧色，他举杯说，管他补对补错，现在喝酒肯定错不了。

阿华很能喝酒，据说喝过的酒可以用十几吨的船装。今天的酒对他来说只是一种手势一种状态，一种既可以炫耀又可以用来遮盖的东西而已。有些事，喝点酒以后可以"扌"旁加个"分"。他对迪芬说，云蔚比你幸福，是吗？我怎么不知道。我只知道天下的女人生活富足后都没笑脸，有了钱花就特别感到感情不经花，要想花时总像个乞丐似的和别人诉苦。哎，钱和感情就不成正比。

迪芬一脸不悦，说：你自己做的事你心里最清楚。

这时，小洋伞喝酒喝得脚也有点趔趄了，他说话原本有点结巴，可一喝酒就顺畅了，他接过阿华的话尾，好像很有深意地说：如今这个世界感情一克值多少钱？你们看，有这样的一个规律，黄金一涨价，感情就贬值。他拍着云蔚的肩说，不过老同学另当别论，你可要敬好阿华的酒。

云蔚说，今天大家都应该好好地敬阿华。

不，你更应该敬好！你不要忘记，阿华当年为给你免费补球鞋，还挨了他老子的两个耳光。

云蔚笑笑说，这是他自找的吧。

阿华说，小洋伞，还说这些陈年百古的事做啥？这酒该你喝！

小洋伞仰着脖子，一口把酒灌进了口中。

其实，这事我清楚。我知道阿华读中学时就喜欢云蔚，他对云蔚爱得用现在的话讲有点虐待似的。有一次，学校在操场上搞卫生，他让云蔚跟他一起扫沙坑边上的垃圾，云蔚不愿意，他就用扫帚柄打云蔚。我在边上看不过去，帮云蔚说了几句，阿华为了在云蔚面前显示他的强横，就把我摁在地上。于是两个人在地上滚了好长一会儿，也分不出个输赢，当站起来时，人像沙雕似的，只有眼睛还算干净，能骨碌碌转上几下。

云蔚在一边捂着肚子蹲在地上笑得岔了气，直喊痛。

对云蔚，阿华觉得硬的不行，就来软的。他想起自己有一个做皮匠老爸的优势，就把注意力集中在云蔚的鞋上。可云蔚是一个文静的姑娘，他爸在她早年的时候就去了另一个世界，她妈就是靠给一家食品店剥豆瓣帮别人管孩子养活她的，云蔚很节约，一双球鞋总是穿不破。

在一次学农的耘田中，阿华悄悄地把云蔚脱在田埂上的球鞋给割破了。当云蔚把球鞋穿上时，只见大脚趾在鞋头的破缝处露了出来，像一弯月亮，她就伤心地坐在田埂上哭。阿华假惺惺地走过来劝云蔚，并把云蔚的球鞋拿回家让他老爸修补。第二天阿华放学回家，他老爸向他要补鞋的钱，阿华说是把钱丢了。其实他根本没收云蔚的钱。他老子拿不到两毛钱，就给了他两个巴掌。

这小子还真想得开，他想这也好，可以来个悲情表述，让云蔚看看为了她这只鞋，他还挨了老子的巴掌。可是第二天起来一看，留在脸上的五个手指印早就没了。为了不白挨这两个巴掌，他就使劲在自己脸上又狠狠地抽了两下。阿华满以为带着这两个巴掌印，便可以轻易打动云蔚的心，可是没几天，云蔚把对他的月亮般的笑眼，变成白眼。也许云蔚已经知道自己的阴谋了，这使阿华本当要寄出的情书又不得不放进了口袋。

后来，云蔚就随她改嫁的妈来到了湖州南埠一个小集镇上，为她后爹开的一家点心店做服务员。我下乡的地方就在这个小集镇的边上，通知云蔚来开同学会的地址还是我提供的。

阿华自从发了财，迪芬把他看得很紧。他知道丈夫目前已经是个差不多人尽皆知的有钱人了。如今的一些女人爱钱爱疯了，自己不愿去艰苦创业，为省去十几年甚至几十年的努力，一看到有现成的，就会不顾一切地去抄近路，抢夺别人的成功果实。可是奇怪的是有些有钱人，平时的手也抓得很紧，门也把得很牢，每付一分金钱都要浪费脑细胞，甚至该要他付的钱还要赖。记得印象最深的是，一次，迪芬在一家宾馆的大堂吧里喝茶，就看到过一位她认识的老板，外面养着两个女人，还为她们置房开厂，可就为赖一杯茶水，竟和服务员吵了起来。

所以，她特别关注阿华的一举一动。那年夏天的一个下午，她去阿华处有点事，只见两个年轻的姑娘来找阿华，她们穿着都暴露性感，其中一人下身穿了一条很短的迷你裙，粉白的大腿像泥水中挖出的白藕，聚焦着男人的视线。她们不认识迪芬，一来就熟门熟路地走到了小会客厅。阿华便跟了进去说着业务上的一些事。

迪芬接过了公司招待人员手里的茶杯，装着招待客人的样子走了进去。她只见两个女人坐在阿华的对面，姿态不雅，那个穿短裙的女人，整个大腿似乎都在裙子外面，粉嫩优美，吊带衫里的乳沟明显地秀出了一条诱人的线条。迪芬听得出她们在和阿华谈皮革辅料的事。

迪芬的心也激烈地跳动着，心里有一股火冒了上来，她想哪个男的经得住这些女人的诱惑。她白了一下两个女的一眼，显示出自己的身份。她对阿华说着家庭的事，说儿子明天要买自行车等事。

这招真灵，那两个女的一听，立即站起掩饰着自己肉体，装着欣赏似的看着她说，噢，是老板娘啊，怎么总经理也不对我们介绍一下，这么年轻漂亮的老婆，气质真好。

迪芬淡笑着说，怎么可以和你们相比，像我这个年龄，打死我也不敢穿你们这么短的裙子了，不然人家不是认为我疯了，就是认为有什么不良企图，你们说是吗？

坐着的两个女人一脸难堪，说改天再谈，便悻悻地走了出去。

此后，迪芬便在阿华的公司里承担了一个副总经理的职务，有事没事总要往办公室里坐。阿华让她去搓麻将，说是现在这是有钱太太的身份象征。迪芬脑子很清爽，就是不上阿华调虎离山计的当。阿华的电话很多，尤其是手机，迪芬发现阿华经常会有这样的情况，他起先接电话时，声音很大，好像在说着业务，形似漫不经心，站起来边走边打，渐渐的声音也变得有些柔和了，最后他不是在有意拉动裤子上的拉链，装着小便模样走到厕所里，就是拿着手机走到外面街上去打。迪芬有时会悄悄地跟着他，躲在玻璃窗边看他，听壁脚，要是听不到声音，就看他打电话时的脸部表情，表情最能说明问题，赖也赖不掉，心里想的都写在脸上。尤其是男人和女人打电话的表情，一看就知道他们是什么关系，并且也从中可以看到这关系发展到了什么地步，这些瞒不了迪芬的眼。

每当她看着阿华低头环视一下周围，后又在压低声音说话，脸上的表情特别亲切温柔，嘴巴张合的幅度也变小了，节拍也变得慢了，甚至还在做着优美的动作，做着歉意般的动作，做着用手扪心的动作，做着哄人动作。这时，迪芬就会血往头上冲。她甚至会冲出去，失态地大声打扰，说，有完没完，什么重要电话要避开老婆，一定要到外面去打？

每当这时，阿华就会说我不是刚上完厕所吗，你这样整天像个特务一样，盯着我，还让我做人吗？我连一点自由也没有了，做人还有意思吗？你别放着好日子不过，告诉你！

阿华每次在我面前说起这事，特别委屈似的。他说，有时的确是一些女客户打来的业务电话，这些女客户和我也开惯了玩笑，一打电话就说好想我，说我把她忘了，说她每天总是记着自己，这都是说笑话。

我说，这样的电话你不是可以在迪芬面前打吗。

哪里，我上次就接到这样的电话，我对那电话那头喜欢开玩笑的女客户说，哪里啊，我怎么会把你这个大美女忘了呢，昨天我还梦见你呢。可这下迪芬听到了就吃醋了，和我翻了一天的脸，说我做梦娶美女。跟她解释也没用。其实她在我资金困难的时候帮过我的忙，人家现在说笑话，你一本正经地和别人说这个那个的官腔话，有谁还会和你做生意呢。做生意做生意，不少生意都是做了个人情。她老是提心吊胆说别的女人看上我兜里的东西。你说这是不是更年期综合征。

我就对他说，那你为什么老是到厕所去尿尿呢，你不可以去屙屎啊，这样不是可以把电话的时间打得长一点吗。

有一次半夜阿华回家，迪芬装着沉睡。当确认阿华发出呼噜后，然后起来装着要小便，只开了一只床头的小灯。她看着阿华睡得死猪似的，张着口艰难地吸气，喉头发出了一阵颤动的声音，闭口吐气时，把两块巴掌肉鼓了起来，把酒气喷在了迪芬的脸上。迪芬皱着眉屏住气，把头转了过去便起身了。

平时迪芬起来方便总是开着雪亮的吸顶灯，拖着拖鞋走起路来像打拍子，地板也被拍得颤动。而今天她轻手轻脚的动作，反而使阿华的呼吸出现了骤然的停顿。阿华醒了，他迷迷糊糊地眯着眼一看，直觉告诉他，迪芬正在检查着他的衣服。而阿华的呼吸异常，让迪芬吃惊不小，她便蹑手蹑脚又走近阿华的床头，看了一下阿华。阿华转了一个身，假装又发出了呼噜。

迪芬指着他骂一声便离开了他的床头。

阿华眯眼看见迪芬又拿起他的西装从背后嗅到前胸，在前胸尤其嗅得认真，上上下下，嗅嗅停停，眼睛骨碌碌地转，鼻子里发出了一阵短促的吸气声，然后又把衣服对着光看个究竟。突然迪芬凝神屏息，把一双小眼睛睁得发亮，她小心地在他衣服的肩头掐着什么。阿华一阵发虚，背上冒出了一层油汗，他知道被迪芬发现了一根黄头发了。只见迪芬的脸色由收获的喜悦变成了怒色，她把头发对着光，掐着头发的两头，似在研究密码，还时不时地低头扫视一眼阿华，完了，便迅速地把头发绕在自己的食指上，放进了自己的睡衣袋里，还生怕逃了似的，又用手在睡衣袋上捋了个结实，便又打拍子似的走回床前，看看依然打着呼噜的阿华，怒目而视地小声说着，明天跟你好好算账。

婊子！阿华心里暗暗地骂了一声，都是这个婊子不好。

晚上，阿华陪朋友吃了晚饭，走出饭店，朋友们按摩着肚子就说释放点酒劲，便到了阿华曾经转手的人间仙境歌厅去唱歌。阿华其实也好久没去歌厅了，只是陪朋友也不好推却。大家一个人叫了一个小姐，箍着小姐的脖子唱歌。唱了一会儿，陪阿华唱歌的黄头发小姐阿琴邀阿华去跳舞。

阿华酒喝得有点多，酒乱性。他看着这位身材修长而不失丰满的阿琴，往日跳舞的经历又出现在他的感觉中。他双手搂着阿琴的腰，阿琴轻轻地勾着阿华的脖子，黑暗中阿华闻到了阿琴身上散发的阵阵迷人的香水味，激起了阿华兴奋的神经，他轻轻地抚摸着她的身子。阿琴富有弹性的丰胸紧贴着他，脸倚在他的肩头……那根致命的头发此时鬼一样地附在了他的身上。

早晨，夫妻俩起来，各不作声，你看我、我看你地在穿着衣服。迪芬忍不住强压住声又显示了威慑地说，昨晚你去哪了。

阿华经过一夜的压抑，像一窖已经发酵了的沼气，找到了一个出口，大声地说，女人就是女人，鸡毛蒜皮的小事都要挂在心上，我可是一个做事业的男人，不想为这些琐碎事烦心。

什么琐碎的事！迪芬说，亏你还有脸说，我问你……

别问了，不就是你半夜起来对我衣服做体检吗，做得真敬业，还中西医结合呢，做完了 CT、B 超，又把中医的望闻问切都用上了，终于找到了一根女人的头发，还藏在了口袋里。于是，阿华从迪芬的口袋里抓出那根黄头发，笨手笨脚地学着迪芬的样子做了起来，那生硬的动作像被冻僵似的，更激起了迪芬压在心中的气愤。

你胆子真的越来越大了，你别忘了你有今天是我爸的功劳，不然你还是臭皮匠一个。

阿华愤怒了，他指着迪芬的鼻子说，你也别忘了，你爸乡下几百个平方米的小别墅，还有一辆丰田轿车是谁买的？你爸那 2 万元我还得还不够吗？像我这样的男人，你到哪去找，换了别人早把你休了。

于是，两人推推搡搡，迪芬就赖在地上呜呜地哭了。阿华最怕女人赖地哭泣，他心烦死了，为了有一天的好心情，他不得不软下心来，用好话医好了迪芬的痛。

让酒精燃烧得十分兴奋的老同学玩起了吃交杯酒的把戏。

小洋伞硬是把阿华和云蔚拉在一起，玩着将严肃变成低俗的游戏。

云蔚红着脸，她的手在小洋伞的手中挣扎，不好意思地偷眼看着迪芬。

我虽然喝多了，脑子却还算清醒。我发现迪芬的脸有点白，一只手在掐着已经没有多少感觉的丈夫。我便使劲地去阻拦，担心这么一玩玩出了状况，但我还是被这群热情得有些过分的人们挡住了。我稀里糊涂地趴在了桌上，朦胧中，只见阿华和云蔚那一粗一细的两只手臂像做工极差的两段麻花拧在一起。

鼓掌声和笑声乱得像一团花花绿绿的垃圾。

说实在，男人值了钱，就像笼里的鸟，重视你、爱护你、关心你、妒忌你的人就多了，有时会比我这种不值钱的男人更悲哀。小说写到这里，自己也有了阿Q一样的庆幸。当时小说中的我酒喝多了，头已经抬不起，但我不知迪芬面对此情此景将会是雄狮还是狐狸。

迪芬还真想得出，她起身便把自己的手挽着阿华的手，说玩三人交杯才有意思，这时，云蔚吓得只好硬是把自己的麻花拉了出来。

阿华一脸无奈，却装得不失风度，和他老婆喝完了那杯发了酵的交杯酒。

同学会的聚餐结束，接下来就是喝茶，一来也可以醒醒酒。

云蔚自然有一肚子的不快和难堪，本来打算在这里过夜，这下却说是不放心儿子要回湖州。

阿华便为同学们安排好喝茶的地方，说自己要送云蔚回湖州。

迪芬表现得很大方地说，还是让她打的吧，钱我们付，况且你喝酒能开车吗？

阿华正经地对迪芬说，这么晚了，让云蔚一人打的不安全，前几天不是杭州有一个女学生让出租司机给杀了吗？阿华对云蔚又说，这样吧我们先一起去喝茶，等酒醒了我送你回家。

到了凌晨，大家觉得酒都醒了，才让阿华开车去送云蔚。

这时迪芬一脸不悦，走到我跟前说，阿宽，你也一起去，坐在他前面，让他开慢一点。说着她硬是拉开小车门，把我塞进了副驾驶座。

你看我真的感到屈，好像有钱的男人才值钱。

我怒了，我一开车门，走了出来，我说我老婆在家等我，不去了。我把车门碰得连小车都晃动。

阿华走了过来说，阿宽都是老同学了，而且云蔚和你接触最多，就算送云蔚吧。

这时云蔚走到我跟前说是要打的去，不麻烦大家了。我发现云蔚的眼睛有些红，心里也不是滋味，就开了后车门让云蔚先坐进去，我便坐到了前面。

不知怎么车在街上兜了一下，这时阿华就在一处 ATM 机前停了下，拿起包，说让我们等一下，他就走到提款机前，趴在那里不停地输着密码取钱，老远电脑数钱的声音轻轻地震颤着深夜宁静的气氛，像诉说着愉快的心情。

一会儿，阿华掖着那只鼓鼓的包进了汽车。我说你小子，送完云蔚你还要上哪消费？他笑笑说，人来到这个世上带了根脐带，去时带了根裤带，钱多了也压得累，钱是要花出去才有价值。

经过一个多小时的行驶，我们在云蔚的指引下，在一幢全部熄了灯的公寓前停了下来。云蔚的家住在三楼。

阿华掖着包，执意把云蔚送上楼。我抬着头往楼上看，楼道里的灯，随着上楼的脚步声一层层地亮了起来，等到三楼的楼道里的灯亮时，脚步声就消失了。一会儿，三楼靠东边一户人家的窗里亮起了灯。我发现这雪亮的灯光，透过窗，映在对面淡色的广告牌上。广告牌上出现两个人上半身的影子，一个是长头发的云蔚，一个是短发的阿华，他们投在广告牌上的影子，好像在演皮影戏似的。这时我发现长发和短发的影子在来回地推搡和缠绕，动作有些剧烈。我心想，这阿华是不是欺负到人家良家妇女身上了。我心里很是愤怒，你阿华送云蔚原来还存着这颗坏心。我便马上打电话给阿华。电话那头只听见阿华有些气喘，说让我等等，一会儿就下来，说着就掐断了手机。这时皮影戏里的长发女子双手扯着短发男子，一会儿两个人的影子在上演着逃避、推挡和重叠的戏，分不清这些肢体语言是在说明什么。这时影子突然分开了，又突然硬拼在一起，不依不饶，十分激烈。突然，广告牌一片漆黑，我转头一看，窗里的灯熄灭了。我的心骤然停止了跳动，血直往上涌。

　　我刚想不顾一切直奔三楼，这时，灯又亮了，我看见广告牌上映着的人影，那短发男子甩开长发女子，消失在皮影戏中。这时，楼道传了一阵急促的脚步声。

　　一会儿，阿华就若无其事地出现在我面前，掖着的包已经瘪了，他面带笑容一副满足的样子。

　　我愤怒到了极点，你这个无耻小人。我骂着就上前将一巴掌重重地掴在他阿华的脸上。

　　阿华一把揪着我的衣服，紧攥着拳，说，你疯了，吃错药了。

　　这时，阿华的手机响了，他气愤地一把推开我，对着手机，听了一会儿，不耐烦地说，云蔚，别说了，这是应该的，只是刚才我们在楼上让阿宽这小子想歪了。

　　这时，我的手机响了，一看是云蔚的，云蔚告诉我，说阿华知道她无法为儿子筹到这么大一笔钱去上学，就说由他来负担儿子的学费。她一定不要，推搡之间把灯碰灭了……

　　我一把抱着阿华说，好兄弟，我冤枉你了！

　　他摸着脸，轻轻地揍了我一拳说，你出手也太重了，你把我当成了练拳击的沙袋。

　　这时，楼上传来了一个声音，让我们快上路吧。抬头一看，只见云蔚探出身子，和我们不断地挥着手，并对阿华说，这钱我以后一定要还你的。

　　一路上，我们都沉默着，只是我心里突然觉得和阿华离得近了，我感到其实阿华还算是一个不错的丈夫，此时，我反而对阿华的家庭处境有了几分同情。我跟阿华说，迪芬看来管你管得真严，你以后就注意些，免得整天弄得不开心。

　　没办法，阿华叹了一口气说，她就是这样，老是不放心我，你看这样让我怎么做生意，她说她就不能看到我有半点对她的不忠，可我也没做什么亏心事，她动不动就说要离婚。每次我在外面时，她总会找各种借口给我打电话，表面上是在问我冷吗热吗饿吗累吗别多喝要不要我来接你等等，其实是在了解我在什么地方，和什么人在一起，在做什么事。你看烦不烦啊？我一到外面就像一个没有自理能力的孩子，不断地在向长辈汇报着生活情况的同时，还在接受着长辈的生活指导。

阿华拍了一下方向盘，说，最可气的一次是我在洽谈生意，她打来了一个电话。我接完电话，哪知这个外商会汉语，他耸耸肩，摊摊手说，总经理先生，我怀疑你的生产能力！我问他为什么？他说，对不起，我不该听你的隐私，可是我还是身不由己地听到了。我想，你连这点生活小事也不会自理，这么大的订单你能自理吗！于是，那个外商就起身不断地点头哈腰离开了办公室。

阿华大声地说，你说我气不气，我的尊严全没了，而且在一个日本鬼子的面前。只是我也对鬼子说一句让他失尊严的话，我说，你有自理能力还他×的来中国干什么。回家后，我就狠狠地打了迪芬一个巴掌。我愤怒地对她说，我们要是离了婚，我会在外面为所欲为，你还能管得住吗？她说，谁叫你是我丈夫！我不像别的女人，有了钱其他什么都可以不要，要不是为了让儿子有一个体面的完整的家，我早就不会和你过到今天了，随你眠花宿柳我都不管。

阿华说着拍了一下我的腿说，你看悲不悲哀。她宁可没我这个会挣钱的丈夫，就容不了我有一点让她怀疑的事。要不是看在这么多年的夫妻面上，我早就离了。

我对阿华说，你听说过没有？男女之间的爱就像一辆汽车的外壳，性才是这辆汽车的发动机，要想让这汽车始终能跑，发动机可不能熄火啊。

阿华对我白了一眼说，你小子别装，夫妻都是一样，找对象时都好得黏在一起分不了，做了人家，天长日久，就像左手握右手，没感觉了。我估计你的车也总停在车库里吧，其实夫妻只是隔了一层纸，表面好看，只是一捅就破。

睡梦中，我的电话响了。我拿起电话迷迷糊糊地听到有人在叫我阿宽，还有摔东西的声音，我马上睁大了眼睛，一下子清醒了，一听是阿华打来的。

他说，阿宽，我吵醒你了，真没办法，你说，我们送云蔚到湖州，你一直在我旁边，我们做了什么吗？你看她又和我过不去了，说是旧情重燃。说我不让云蔚打的是我别有心思。说我和云蔚没喝成交杯酒不罢休，还说我一定做了什么亏心事，回家一副兴高采烈的样子，从没见过我这么高兴过，要我交代。

这时，电话那头传来了扔塑料衣架的声音，而且扔得很重，衣架在地上还弹跳着。

我一看时间，从湖州回家已经有一个多小时了，他们还在为这事吵着。我没好气地说，你叫迪芬听一下吧。

一会儿，扔衣架的声音停了，一个抽咽的声音传到了我的耳里，说，阿宽，你一定是帮他的，我知道他一定送那个女人上楼了是吗？而且一定在楼上待了长久是吗？

我第一次这样又理直气壮地说着谎，我说，迪芬你听着，你要是不信任我，你就别问我！我可以负责任地告诉你，我和阿华一起送她上楼，然后又一起下来，我再告诉你，你的丈夫是一个不错的丈夫。

到底老同学不一样，我谁也不信了。只听到她把电话啪地一下挂了。

我生气地搁空了电话。我觉得这迪芬也太过分了，本来有些同情迪芬的心发生了逆转。从内心来说，我不希望他们分离，但再这样维持如此糟糕的现状，实在意义又不大，清官难断家务事。我觉得他们的婚姻可能已经维持到头了。

我想随着他们的家庭战争深入持久地打响，我已经再也不能履行维和的职能了。我去移动公司换了个手机卡号，决定逃离这个是非之地。谁知在这场让人听不懂的音乐会上，又让我和阿华联系上了。

我知道烦恼会马上接踵而至，然后奇怪的是，他们夫妻俩仿佛在我的生活中消失了。我也没敢打电话给阿华，不知他们夫妻俩究竟怎么了，是不是已经陷入了旷日持久的离婚官司，还是相互依然在折磨着对方的生活。我也担心有朝一日会收到阿华新婚的请柬，为他们做了那么多年的夫妻，却最终分离而难过。我也怕看到迪芬一把眼泪一把鼻涕地诉说着阿华的不是，让我再不断为阿华的举证做着证人。

直到有一天，我突然接到阿华的电话，还没把手机贴上耳朵，只听见手机那头嗡嗡发出含糊不清的话，像浸了水似的。当我把手机一贴上耳，只听到他颤颤地说是今天请我喝喜酒。我一愣，马上想到阿华真的又娶新娘了。我脱口就说，看你这个臭皮匠美的！你打死我也不来喝。说完就立马掐了手机。

谁知一会儿裤袋里的手机又嗡嗡地震颤着，像一只苍蝇盲目地扑打着玻璃窗。我摸出手机一看是迪芬打来的。我知道一定是一个弱者悲痛的诉说。

可是迪芬的声音却明显带着几分自信和喜悦，阿宽，今天是我们结婚纪念日，我们请你喝酒。你别意外啊！这些年也真把你烦够了。实话告诉你，自从上次阿华送云蔚后，我们吵吵闹闹了一段时间，后来我们真的到民政局里去离婚……

在民政局的门口，迪芬看到一对离婚的人，从民政局的办公室里走了出来，男的对女的说，你要离开我这座金矿，你会后悔终身的。

"金矿"两个字突然把迪芬砸醒了，这个词很痛快地表达了她一直想比喻又比喻不出的词。迪芬扑哧一笑，她觉得说这话的男人真有趣。心想，这个男人难道真的没有一点值得这个女人留恋的地方吗？他们一定也有过像蜜糖似的日子。她心里泛出一阵酸痛，其实说到底阿华这人并不坏，他做生意也很辛苦，是不是自己只知道挖掘丈夫的金矿，而不知道去寻找丈夫心里头藏着的金矿呢？

这时，她发现，这对前夫妻走到马路上，各自东西。一对经营了十几年的夫妻垮塌了。

迪芬突然眼泪夺眶而出，看了一眼阿华，拉了拉阿华的衣角，轻轻地说，我们还是回去吧……

我高兴地对着手机那头的迪芬说，好，这酒我喝定了！

原载《烟雨楼》2020 年第 4 期

散 文

日子如水——海宁作家2020作品年选

海塘，海

吴文君

小时候最高兴的就是坐在大人的自行车后面，一路摇摇晃晃，听着轮胎碾在砂石上发出的咯咯拉拉的声音，去尖山海塘野一野。

父亲从安徽上班的地方回来了，也喜欢找个好天，带上我过去漫游一趟。

海塘和海完全不是一个概念，海塘没有沙滩，涨上来的虽然也算海水，却浑浊得像黄泥浆水，找不出一丝海水的蓝。可是海塘沾了一个海字，听上去就是觉得很不一样。从自行车上跳下来，透过一蓬蓬的蒿草，望着远处平平直直的黄线，虽然有点失望，在屋子里待久了，突然被放生出来的感觉还是让我不管不顾地跑在前面。父亲更喜欢落在后面，被他自己的思绪拖住了似的，抽着烟，越走越慢。

海塘边没有路，只要能下脚，怎么走都行。想冒一下险，就往蒿草多的地方钻，一边走，一边挥手拂开挡路的草叶。那些带锯刺的草叶可是很锋利的，不小心在脸上手上划个大口子。四周静静的，除了草叶的"唰唰"声，听不到一点别的声音。偶尔抬头看一眼天，不管有没有云，想象中的天地的尽头也就是这样了。

走不了多久，出蒿草地，来到一片荒凉的泥滩前。这就是海塘了。海宁的海塘有 50 多公里长，老盐仓一段，盐官一段，丁桥一段，塘基、塘身各有各的造法，每段都不太一样。尖山这段靠近出海口，海面（或者应该说江面）宽阔。它也没有盐官那种海上长城一般壮观的鱼鳞石塘，目之所及不过是些被人随性摔在那儿的乱石。

　　和我们这些总处在焦躁中，什么都想玩又不知玩什么好的小孩子比起来，大人们神定气闲得多。只要跟着他们七拐八弯的，最后总会走上一条三面临水的堤坝，一座小石塔立在堤坝的尽头，静静地等着我们。

　　那时好像都不知道石塔的名字，没人关心它叫什么，笼统地把这段海塘称作塔山塘。

　　只要去海塘，必定要去石塔那儿。就像去西湖总要看保俶塔，看三潭印月。

　　越靠近塔，越不好走。得爬过被潮水拍打得奇形怪状的巨石，像梅花桩一样扎在水底的塘基，要是潮水已经涨了上来，还得挽起裤腿，从水里蹚过去，才能登上塔所在的小山。

　　几棵树众星拱月一般，把塔包围在其中。很多年后，我在书中所附的照片上看到这座塔，从风化的石面上辨认出"永庆安澜"这几个字。在史书上，它的名字就叫"安澜塔"。关于它的介绍很是简单：小型仿木结构实心石塔，六面，残高六层，高约六米，须弥座基石，始建年代不明。一说"乾隆五年尖山坝工告竣，由此，塔至少建于 1740 年前"；一说"致和元年（1328）盐官州海堤崩，遣使祷祀，造浮屠二百十六，用西僧法压之"。可以确定的是民国四年（1915）重修过，塔身第二层有铭文可考。

　　到我看到它，又历经六七十年，仍复归为一座残塔，完成垒石为祭的使命，在时间的流逝中成了遗物。没人觉得它镇得了海，也不相信它镇得了海，镇得了海底的神兽还是别的什么。

　　我们的兴趣只在于它的所在，这是我们能走到的最远的地方了。我们已经站到了地图上的某个尽头。这种感觉让我们无奈（不是吗？已经无路可走了），也让我们兴奋。

　　涨了潮的江面，被太阳一照，闪出粼粼的波光，恍然有了海的宽阔和空旷。既然看不到青岛那种海，海南那种海，那么这样的海看一看，也是很不错的啊。

　　然而某天，我还在读小学，忽然听人说下午海塘边枪毙了几个人，好多人都去看了。

我听了大惊，怎么也不肯相信。可是说话的人绘声绘色，形容枪响后，血溅得怎么高，警察走后，守在边上的家人怎么冲上去收尸，又让人没法不信。

至于枪毙人的到底是海塘的哪一段，却又没人说得清楚。反正，那儿就是枪毙人的地方。荒凉，僻静，潮水过去，一切了无痕迹。

又有一天，读初中了，忽然班里风传教过我们的某个老师留下遗书去那儿投海，隔天尸体漂回，搁浅在海塘边，让人发现了。之后还有几桩谈恋爱被抓的小道消息，传得沸沸扬扬。

很长一段时间，我没有再去。

约莫十年匆匆过去，等到要上班了，拿了学校发的一纸通知去单位报到，忽然发现离塔只有一两公里远。

工作很轻闲，每天只是和仓库里的东西以及一老一少两个保管员打着交道，算算哪辆车领走了多少汽油，多少棉纱。

仓库的窗很小，在里面待久了，会觉得闷，却也没有地方说。

某个下着小雨的中午，一种莫名的心境使然，我又去了。

没有什么变化，还是乱石草丛，像梅花桩一样的塔基。小雨中的江面覆盖着阴云，完全是海的样子。

我在那儿碰到过捕鳗鱼苗的人。坐在旧轮胎上，趁着潮水涨上来，慢慢漂远，变成一个极小的身影，至于怎么撒网怎么捕捞，可就一点都看不见了。

刚捞上来的鳗鱼苗只有两三厘米三四厘米长，浸在水里透明如无物。像我这种近视眼，要捧到手里才能顺着两个小黑点，也就是鳗鱼的眼睛，发现它的身体。可见捕鳗鱼苗的人非得有一双火眼金睛，才能从浑浊的江水里把它们捕上来。鳗鱼不能人工繁殖，养殖鳗鱼只能靠野生捕捞，论条售价，堪比黄金。早些年，也就是 20 世纪八九十年代的时候，每天可以捕几十上百条，塘边有村民靠着这个发家盖起了楼房。不过，这些年已经不太能见到这样的人。唯一碰到的一个，像是舍不得放弃他的技艺才不怕苦地拖着网来到这儿，在我们的追问下笑叹一天只能抓上两三条啊。不只是鳗鱼苗，别的鱼种也在减少、衰竭，几乎已经从江水中断代灭绝了。

除了偶尔一见的捕鱼人，海塘边安静的时候居多。有时也和朋友一起去，待到太阳落山，覆盖上金黄的水面，归来的渔船，兀自随风晃动的野草，总有一种苍茫之感。

如果一个人站在那儿，比起苍茫之感更能让我沉浸其中的是对今后到底会如何的不解之感。当我竭力望向远处的时候，脑子里想到的始终是尚不可及的未来之年。

杉本博司，极度偏爱海的日本摄影家，花了三十年的时间造访世界各地，架起大型相机，拍下海的各种瞬间，将大海的影像作为一种接近古人意识的方法，告诉观看的人：若将时间拉至太古状态，至今不变的唯一存在是那一望无垠的大海。

某年清明过后不久，还是赏花游春的日子，和几个朋友小聚，忽有人提议去海塘，趁着兴致立刻就出发了。

好多年没去，过去必须步行的地段已经有了新修的车道。不仅如此，车可以一直开到堤坝上，下车，塔已近在眼前。除了波光粼粼的水面，塘边略感眼熟的几块巨石，其余一切已似是而非。梅花桩一样的塔基彻底不见了，脚下的堤坝变成笔直的水泥大道。当然，愿意换个眼光看看也不错。四月中旬，还是游春的时节。天气不冷不热，太阳也很好，塘边却起了浓浓一层雾。早年被石料厂凿剩的孤峰矗立在雾中，尽可以把它当成"海上有仙山，山在虚无缥缈中"。一个捕鱼人扛着轮胎在泥滩上隅隅而过，意外入镜，成了照片中的主角。

然而，谁都没想到塔的周边居然围起铁栅，挂上大锁。几个人转来转去，爬不上去，也没有空隙可钻；打电话，人倒是找对了，可是远水解不了近渴。各种招数想过，还是进去不得。

不过，真的，就这么隔着栅栏看看也好。塔和人的生命期数是不一样的，人过十年百年，塔才过去一年十年。塔看我们，已抵挡不住老之将至；而我们看塔，却一如故往。就算不走过去，我也看得到以往对现实永远不能满意的自己，总想知道前面还有什么的自己；看得到父亲在塔下悠然眺望的身影，一路走来，沾在他皮鞋上的泥。

回来的车上再一想，还是遗憾，究竟不能读一读从前不知道要去读的"民国四年四月穀旦""永庆安澜"。

那是我童年及少年时代的世界尽头。

原载《文学港》2020 年第 12 期

酒酿花

金问渔

　　母亲不止一次说起过，她小时候家里做甜酒酿，用的是土制的酒曲，来自一种叫"酒酿花"的植物。

　　想想也是，我们现在用苏州甜酒药或是安琪甜酒曲做酒酿，她幼时哪有这种现成的商品？

　　20世纪50年代，外婆在海宁盐官小镇的观音桥头开过点心店，据母亲回忆，供应的品种多达数十个，一年四季有松花糕、眼睛糕、粢米饭、粽子、馄饨、塌饼、包子、汤包、烧卖、羊尾等，夏秋时节还卖甜酒酿，秋冬两季推出桂花糖年糕，冬春则有荠菜春卷、荸荠酥……母亲说，她会帮着采酒酿花做酒酿，而所有的点心中，糖年糕最难做，要在年糕刚出蒸笼时撒上白砂糖后使劲揉搓，使甜味均匀散布其间，温度一低粉团一硬糖就无法融化了，而揉搓全是手工作业，又不能戴着手套防烫；羊尾最费工夫，因为工序多，其中豆沙外包裹的那层极薄的新鲜生猪油，先要剥离猪油外面的"包衣"，再仔细劈成面积与厚薄一致的片状……父亲后来掌握了做羊尾的手艺，并且青出于蓝。每次母亲说起点心店，我恨不得穿越时光，许多点心我见都没见过，随着外婆和父亲的离世，包括那条"羊尾"，此生应是难以品尝到了。

　　点心店是红红火火时关门的，国家政策有变，适逢外婆生育了我小舅，店里的帮工又因病早逝，拖着三儿三女再开点心店实在忙不过来，她便去食品公司上了班。客盈满门的场景成为回忆，店里的点心器具也随即一件件散失，我小时候还有几块糕饼模具，是鱼模和鸟模，下雪的时候，把雪捧到里面揿结实，反手一敲，一条栩栩如生的鱼或一只活灵活现的鸟就拓印出来了，鳞片、羽毛清晰可见，成年后四处旅游，在一些老街上看到过类似的模具，但材质轻薄粗糙丑陋，远不及当年的做工。

一个点心店要做酒酿售卖，定然不是一两钵头，起码一大缸吧，那要多少自制的酒曲啊。自母亲讲过酒酿花后，我一直念念不忘，并充满好奇，那究竟是一种什么植物，啥模样？母亲比画了一下，说可长成一人头高，开紫红色的花，一串串的，当年就种在自家的院子里，"唉，已几十年没见到过喽！"

难道这种植物已经灭绝，像许多野生中草药一般？

翻了《辞海》，找不着；看《本草纲目》，没收获；上百度打入"酒酿花"一词，只查到了"蛇麻"：其花序用于酿造啤酒，故又称作啤酒花。只能做啤酒，颜色也对不上，这花自然不会是酒酿花。

至此，酒酿花终成为久久盘绕心头的疑问，这何尝又不是一个情结？母亲父亲的青少年时代、我的童年都在盐官小镇度过，那时小镇人声鼎沸鸡鸣犬吠，随着年轻人一拨拨走远，镇头破落、颓败，仿佛只剩下寥落故事和昨夜星辰，而一簇面容模糊的酒酿花潜伏在广袤的杂草中向我招手。

这是一片我无法抵达的草甸。

许多年后，偶然看到海盐县作协主席松良兄在其散文《乳汁一样的米酒》中提到了酒药草，文中这样写道：酒药当然也是母亲自己做的，早在夏天的时候她从屋前屋后采来酒药草，洗净后在钵头里捣烂挤出绿绿的汁水，用这些汁水和米粉，做成一个个大小像元宵一样的药球，放在麻筛中晒干后便成了酒药……只是，他说的是酒药草，而母亲说的是酒酿花，两者名字不同，但我想应是同一种植物。因此间的米酒也是糯米做的，流程与做甜酒酿一样，酒酿继续发酵，越来越"凶"，待米都化成了水，就成了米酒。此外，和母亲的描述是一致的，还有酒曲的制作过程，都是拌在糯米粉里搓成一个个小丸子，晒干备用。

松良兄文字透露出来的信息，酒药草似乎是一种随处可生的野草，这就重新燃起了我的希望，它，应该没有灭绝。过后遇到松良，急切切问起酒药草，他很高兴有共同感兴趣的话题，但也惋惜地说这几年回乡下老家没见到这种草了。问起草的模样，松良兄说有两种，一种大叶草，一种小叶草，他热情地给我比画了半天，花这般模样、叶那般景致，可我愚钝，听得云里雾里，脑中就是组织不起图像，也进入了死胡同。

不久前的一天，和母亲又谈起酒酿花，母亲说开的花细看其实很漂亮，像小女孩头上扎的麻花辫。小麻花辫？我心中一动，在野外似乎见到过这种花，叫什么名字呢，想了半天，应该叫蓼花或者蓼草吧？忙用手机搜索出图片，递给母亲，母亲"咦"了一声，说有点像，又摘下老花镜，仔仔细细看了几分钟，说："对，就是它！"

那张图片，是红蓼花。

叶绿得青翠，花红得热烈，六月到九月，最炎热的季节，它开花结果，一穗穗沉甸甸垂下头来，向大地致敬，那些粗壮的，还真像一条条童年的麻花辫。

终于解惑，终于释怀。

如今，长三角飞速扩张，我居住的小城亦越长越大，野花野草一退再退，当它们退无可退彻底消逝时，我想，许多人也会失去内心一份宁静。

文章即将写完的时候，再上百度查"酒酿花"，时隔多年，发现上面有了一篇原刊发于《富阳日报》的《酒酿花》，作者说用蓼花做酒酿，这就进一步确认了酒酿花就是红蓼花。接着"度娘"红蓼，关于用它做酒曲的内容就更多了，看来，不仅仅局限我们浙江及周边区域，它有着更广泛的群众基础。至于松良兄说的另一种大叶酒药草，待有机会，再与他探讨一番，估计是另一种蓼科植物吧。

清明已至，外婆、父亲都已不在，就像岁月里渐行渐远的红蓼花，蓦然回首，它却静静开放着，在月圆之夜，在风起之时，一束束花穗分明是急急乱敲的鼓槌，让我的心也七上八下。

原载 2020 年 4 月 10 日《嘉兴日报》及《浙江散文》2020 年第 4 期

山居小记

金问渔

　　地图上，东天目、西天目和龙王山、深溪坞几块绿色的风景区串连在一起，极像一条摇着尾巴逍遥的水泡眼金鱼，我们所在的天目书院，大概是她右眼上一点小小麦芒。海拔接近 500 米的坡地，林木森然，蝉和不知名的虫子不停息地唱和，至深夜仍不肯歇工。雾起云散，偶尔飘来几滴水珠，偶尔又一场滂沱大雨，凉意阵阵，而此时，山下热浪滚滚，正是大暑之日，移动信号只有 2G，电话时通时不通，下午还断了一阵电，院门一关，天目书院更像一个与世隔绝的桃源，远离了红尘。

　　院址原属太子庵，传系西汉丞相萧何二十六世孙、南北朝时期南梁昭明太子萧统读书并为《金刚经》断句之处，前庭植有罗汉松两棵和夜来香等草本，几盆春兰摆在台阶上，左右对称两只大水缸，养着小叶睡莲和金鱼，侧院留有昔日昭明太子所用之井和洗眼池——一小股山泉源源不断注入却从无溢出的小潭，墙外瘦长的香樟与柳杉遮天蔽日，山风过处，漏下些许阳光，搬把椅子独坐于扶疏的光芒中，夏日也变得温驯和悠长。

　　除了我们，院内还有一位来自山东潍坊的马先生，他儒雅、安静，却显然比我们更为充实。一大早，便见他穿上高筒雨靴出了院子，不久后便拎了一袋东西回来，倒提几抖，卸下一张张手指长的树叶。马先生告诉我们，那是大叶茶，取自附近野生茶树，晒干后便可泡饮，如果嫌晒得不干，自然可再煸炒片刻。他从室内拿出竹匾，熟练地挑拣、铺开，须臾之间，院内隐隐已有茶叶的清香。一转眼，马先生又换上一件对襟汉服在正堂抚琴了，悠扬的琴声把大家吸引了过去。

一打听，马先生竟是国内赫赫有名的古琴制作非遗传人！不过，他对古琴的"古"有点抗拒。"琴就是琴，何来'古'字！"他说。这些年，马先生每年都来天目书院小住半月至二十天，为的就是制几把好琴。原来，制琴刷"大漆"需要在非常潮湿之地慢慢蒸发晾干，他老家的气候不行，而天目书院的环境正好契合了制琴要求，工作之余，他会采些叶茶，或去山下的农村礼堂表演琴艺。马先生告诉我们，制琴所用大漆，来自野生漆树，不仅黏度高，而且干燥后呈现一种油亮的黑色，对器物的保护性极好，经年不衰，出土的千年漆器依然富有光泽，"漆黑""如胶似漆"两个词就来源于这种漆，日本的漆器工艺也脱胎于此。琴板多为杉木，质地疏松，大漆渗入后却能形成绝好音色，刷琴板时，要一遍遍刷，每次漆渗进琴板后，把表面多余的擦掉，然后再刷，直至木质里大漆成分饱和才算完工，制作时，还要用到鹿角粉，那是比鹿茸硬，但还没有彻底成熟硬化的鹿角所磨之粉，功夫很细。现在野生漆树越来越少，每棵产量也不高，这次带来二十斤大漆和一些鹿角粉，没几块琴板可刷，所以高品质的琴，绝非几千元钱就能买到的，他这把所弹之琴，价格至少八万元人民币。

马先生侃侃而谈，让我们长了不少知识。对于音乐，我向来一知半解，正好有了请教的机会，捡了个空档问马先生：中国古时不是只有宫、商、角、徵、羽五个音吗？传统乐器的琴为何却有七弦？对的，对的，马先生说，琴最早确实只有五弦，分别为宫弦、商弦、角弦、徵弦、羽弦，传说周文王加了一根文弦，周武王又加了一根武弦，就变成了七弦琴，相当于 F 调的 C D F G A c d。说起弦，马先生也来了兴致，又告诉我们，以前的琴弦是用柞蚕丝做的，可惜了，这种技艺已失传，彻底湮灭于 20 世纪兵荒马乱的抗日战争时期，现在的金属弦实是无奈之举，并不是他所中意的。那夜，听马先生再次抚琴，不免觉得琴声中多了份惆怅。

连接天目书院与山下世界的，是一条窄窄的柏油公路，出门沿公路往下走二百米左右，有一个倒 Y 路口，往左的路面比我们脚下这条宽了不少，而以此往下，道上的青苔越来越少了，显见进出这条岔路的车辆不少，路口的大石上，书有"天目山庄"四个红色大字。负责打理天目书院业务的朱经理，丈夫是浙江林学院的退休教授，与我同姓，这些天也在院里帮忙，得闲时对我们讲一些天目山的掌故，还未出院门的时候，金教授告诉我们，此天目山庄，正是今年浙江高考阅卷的地方，前些天一直封闭着，昨天阅卷已结束，不知今天是否已解禁。我们信步走去，一旁还堆放着障碍物，门岗大约是刚刚撤去，四周一道绿色的铁丝网，里面几幢楼房依山傍势错落而立，不时有云飘逸而至，山坡上的青杉翠竹时隐时现，最前面的那幢人进人出，也不知是还未离去的阅卷老师抑或刚上山入住的游客。绕过山庄大楼继续往前走，是颇有些名气的留椿屋，惜正闭关期间，未对我们开放。这幢建于 20 世纪 30 年代的欧式别墅，早已改造成宾馆，携程价每间 580 元起步，它赫赫有名于下榻过许多时代风云人物，蒋介石、周恩来、影星胡蝶等，"文革"期间还做过关押"政治犯"的监狱。百年光阴，在浩渺的宇宙只是那么一瞬，如果真有上帝视角，望下来，此时天目山脉青龙山南麓，我们是有幸和民国名士擦肩而过的人，山未老、水长流，唯一变换的只有人面。是啊，何止以上三位，在天目山，我的同乡徐志摩写下《天目山中笔记》，郁达夫作《游西天目山》《游东天目山》，林语堂记录《天目山的和尚》，还有胡适、梅兰芳、徐悲鸿、于右任、潘光旦……时至今日高考阅卷，也可以说，一个个浙江学子都在这里沾了点仙气，从天目山走向星辰大海。

志摩先生在文中如是说：山居是福，山上有楼住更是修得来的。天目书院得以小住，自然是福气。一院之内皆文友、名士，清茶一杯花生几粒，笑谈古今、闲话文学，前庭雨帘后、侧院槭树下，皆为唐诗宋词之意境，随手一摸，是一棵青翠欲滴的玉竹；出门一探，黄精丛丛，那可都是辟谷求仙之人所食；晚上睡下，窗外窸窸窣窣，像是谁要偷偷推窗进来，天亮后方知是小松鼠拜访……

山居有幸，终要离去，下山的时候，因山体局部塌方，阻断了一截公路，拎着硕大的行李箱在高温中徒步四百余米，自觉身轻体健，难道是附了份仙气？但愿不要消逝得太快哦。

原载《烟雨楼》2020 年第 4 期及《浙江散文》2020 年第 4 期

月光下的笛声

孙亦飞

很少有晚上出去散步的习惯，近日在妻子的一再劝说下，我终于将自己每晚泡在电脑前的身子，移动到了洛塘河公园。台风"利奇马"在海宁的家门外徘徊一阵，尚没做客就匆匆而去，那唬人的前奏仅仅是撒下了一片并不能称之为"暴"的酸雨，留下尚不能让人满足的清凉。天气一下子就恢复了秋老虎的威风——黑色的夜空仿佛是一个蒸笼，整个大地显得闷热，走在洛塘河公园内，没多久就已经是汗流浃背。

洛塘河公园因傍蜿蜒的洛塘河而命名。月光如水，河面上月影随波轻舞，在夜色中披上了神秘的面纱。走入洛塘河公园的深处，远处传来一阵清脆的笛声，在夜幕中更是显得悠扬和幽远。这是久违的笛声，也是曾经让我迷恋的笛声——我曾经的梦想。我驻足树影下静静地聆听那虽然还不娴熟的笛声，让自己在悠扬的笛声中思绪飞舞，穿越时空回到童年的时光。

我曾经学过吹奏笛子。我有一支比较小的短笛，C调，在笛管一个个音孔的边上，扎有一圈圈的红线非常漂亮，不过和那些让我曾经非常羡慕的拆卸式短笛相比，就显得逊色多了。但我喜欢自己的笛子，因为这是我孩童多梦时的乐器。曾经看到笛子演奏家在舞台上身着艳丽的演出服，用自己灵巧的十指在笛子音孔上轻轻地闭开着，就吹奏出了悦耳的笛声，这笛声让我陶醉，让我的心随着音乐飞过那一座座高山，越过一片片大海，到达自己感受音乐美感的彼岸。我沉浸在自己的梦中，致心于自己笛子的学习和吹奏，梦想有一天自己也能站在舞台上，吹奏自己的心曲，让灯光随我旋转，让鲜花伴我左右，让我的笛声在空中飞翔。

我小时候居住的地方名为李广顺，这是一条从周家廊下通到北长埭的深巷，里面庭院深深多达几十户人家。在那里有我的一群小伙伴，几乎都会吹奏口琴和笛子，可谓是一群音乐的小天才。李广顺的弄堂外面有一个空白场地，那里有两棵硕大的枣树。秋天的夜晚，皓月当空，轻风吹拂，枣树下我们一群孩子各自搬了小凳、椅子乘凉，小伙伴们在月光下单独或合奏《东方红》《大海航行靠舵手》等革命歌曲，享受着音乐的美妙，感受邻里小伙伴相处的和谐。悠扬的笛声在宁静的夜晚显得非常优雅，在月光和移动的云层中随风飘向远方。

我最喜欢的是《苗岭的早晨》。有时清晨在家里的东窗前，窗外梧桐树上小鸟的鸣叫中，我自得其乐地吹奏《苗岭的早晨》，或吐音，或颤音，一次次地自我陶醉在笛音声中。在下乡的日子里，这支笛子伴我到了农村。笛声虽然并不专业，却也吸引了生产队里喜爱音乐的青年男女，有两三个会拉二胡的朋友就主动地拿了乐器到我这里组成了一个小乐队。

小松和我相隔一条机耕路，他是当地农民，比我小三岁，很喜欢看我吹笛子，常常到我的屋子里来，用我的笛子学着我的样子吹奏。小松的家庭成分是富农，这对他有着极大的影响。他是家里老大，兄弟姐妹多，小学也只读了两年就辍学了，一直在家务农。笛子让他找到了一种简单却可以宣泄内心情感世界的媒介，所以他迷上了笛子。富农的儿子这个身份让他感到卑微，平时少言寡语，和我却很谈得来。

我的自留地边上有一片竹园，是生产队从广东引进种植的，称为唐芯竹。这种竹子竹节间距长，竹身圆整没有一丝的扁平面。有一日，我去自留地干活，看到他正在砍竹子，把我吓了一跳。一个富农的儿子居然敢擅自去砍集体的竹子，那还了得？小松面对我的责问无语相答。说实话我心里也是有点愤怒，我也不会为难他，急忙对他说："快抓紧离开，让人看到就麻烦了。"

世界上的事情就是这样，越是怕鬼就越是会遇到鬼。正在我帮他分割竹子时，生产队长过来了。他脸色铁青朝小松大声嚷嚷起来："小棺材，偷东西，要吃官司是哦？"队长的出现，使小松吓得面如土色，竟然蹲在地上哆嗦着说不出话语。

"哦，队长，竹子是我砍的，你说过的，如果我有需要就自己砍，我是想砍根竹子做鱼竿。"听我这么一说,队长的脸色有所缓和,说:"那你抓紧收拾一下,不要让别人也看到了,人多嘴杂。"

我是知青,虽说是下乡接受贫下中农再教育,但由于我的人缘特好。生产队需要肥料,我会千方百计找关系去化肥厂搞化肥,去环卫站搞上海大粪,所以也算是作出了重大贡献的人,大家总是把我另眼相待。

晚上我去了生产队长家里,给他送上了五包西湖牌香烟,这事也就慢慢地隐去了。小松很是感激我,从此把我当成了铁哥们。他用砍来的竹子做了几支笛子,虽然音色不饱满,音调也不准,但他却是如痴如醉地学着吹奏。星期天我进城买了支和我的一样的笛子,又去新华书店买了《笛子吹奏法》和一些乐谱书送给小松,他如获至宝十分开心,手握笛子爱不释手。

笛子成了小松的宝贝。我告诉小松,笛子吹奏的音色是个技术问题,但还和笛膜的质量和黏贴的水平相关,我把如何选择和黏贴笛膜的方法教给了小松。此后空旷的田野上,经常会飘荡着小松的笛声。在天色微明的晨曦里,在月色朦胧的旷野中,经常可以看到小松横笛吹奏的背影,宁静的夏夜弦月升空,我的屋前竟然成了一个男女青年聚会交流的地方,两支笛子三把二胡组成合奏热闹非凡,不会乐器的就聚集在乐队外面,欢声笑语一起唱歌。演奏缺乏专业的水准,也没有音响设备,但大家仍然在音乐声中释放自己的青春和活力,悠扬的笛声在那乡村宁静的夜空中显得是那么优雅动听。

我从农村回城里工作后,自然就慢慢地疏远了笛子,二十多年没有问津。我也渐渐地淡忘了小松吹笛的事情,更不知他的近况如何。后来听说小松进城了,而且还当了一个服装厂的小老板,不知是真是假,我没有再去联系他。

早两年我曾经找出童年时的笛子,尝试着吹奏,竟然除了指法还能勉强记忆外,气不足,音不畅,连家中的白猫听了都竖起全身的毛,对我大叫以示抗议。

我站在洛塘河边,在朦胧的月光下看着那个吹笛人的背影,他面对微波荡漾的洛塘河用心地吹奏,听不出是什么曲子,但还是能感觉到旋律的优美和动听。月光下的笛声,不仅仅是单纯的笛声,分明是一种对美的追求,是一种对音乐的热爱。我怀念那丝瓜棚下风中悠扬的笛声,怀念那薄纱般的月光泻在身上的感觉,怀念那笛声中青春激昂的青年朋友。

还我青山绿水

孙亦飞

　　"水光潋滟晴方好，山色空蒙雨亦奇，欲把西湖比西子，浓妆淡抹总相宜。"当我站在神仙湖畔时，脑海中突然跳出了苏轼的《饮湖上初晴后雨》一诗。眼前的神仙湖，水面上升腾出一簇簇白色的雨雾，在悠悠地飘浮，清晨的阳光温馨舒适，放眼望去，宽阔的湖面在微风吹拂下清波荡漾，在阳光下不时泛出粼粼波光，我感觉身处朦朦胧胧的雨雾中就仿佛是进入了仙境一般，那环湖的山上树林郁郁葱葱，而那湖水晶莹透彻，好一片诱人的青山绿水，好一片风景如画的美丽乡村。

　　诗人苏轼对西湖美景的描绘，此刻用在神仙湖上，是最恰当不过了。这首诗仿佛就是苏轼在数千年前，早就预料了神仙湖的美景而给她量身定做的诗。

　　神仙湖是著名武侠小说金庸先生的故乡——海宁市袁花镇的一个生态公园，用他的《天龙八部》里的场景予以命名。

　　神仙湖前身，其实是一个名为庄康岭的矿区。她的华丽转身，正是见证了当今中国的发展历程，见证了中国对生态保护、环境发展的一个正确认识过程，从而提倡人与自然和谐相处、保护生态环境的发展愿景。

　　说实话，我站在神仙湖畔，对这里的一山一水一草一木似曾相识却又似乎不熟悉。说是相识，这个庄康岭矿区是由沈坟山、包家山组成，里面曾经集聚着低小散的数十家矿山企业，国营、镇办、村办、集体和私营的各自为政，占山为王，以经济利益作为企业头等大事，在开矿采石的整个过程中拼命争抢第一桶金。那个时候，我还在公安部门工作，分管那一片区域的治安管理。自然，对矿区采石是作为重点的管理对象，尤其是那些雷管炸药，用十二万分的责任心进行管理，绝不能出现一丝一毫的偏差而让雷管炸药流向社会，产生社会不安定因素。因此，我经常去矿山进行安全检查和监督。站在尘土飞扬的矿区里，面对崩塌的山崖和倒塌的树林，看到自然生态的破坏，我的心在流血。我知道自己没有能力阻挡这种现象的发生，我更不知道这种现状究竟要维持多久？

　　那个地方曾经是一片小山丘。在杭嘉湖平原一带，没有崇山峻岭。所谓的山其实就是平地上凸起的几个小坡，高不足百米，也只能称之为小山丘。但即使是这样的小山丘，在江南平原也是弥足珍贵。庄康岭矿区所在地夹山村就是以夹山命名，据《海昌外志》记载："夹山，高三十五丈，"因夹两山故为夹山，其一就是沈坟山，历史上也称之为龚坟山，"有菊，植有桃、竹、松、桧，禽多文雉、鹳雀，兽有兔、狸……"曾经的庄康岭矿区是山丘连绵植被青青，春天树木一片翠绿，秋天一片金黄，小鸟欢唱，野兔飞奔，给江南平原增添了美丽的景色。更何况，那里距离万马奔腾的钱塘江仅是几公里，百年来观潮爬山赏景就成为这里人们的生活享受。

　　杭嘉湖平原一带，由于地理位置的关系，这里的经济发展，一直跑在全国的前列，勇于创新、猛进如潮成为工作座右铭。二十多年前，在地方经济发展过程中，这些小山丘迅速成了人们挣钱的商品。

　　当庄康岭变成了一片矿区时，就注定了曾经美好的生态环境必然会遭到严重的破坏。在经济利益的驱动下，采矿的企业一个又一个地冒出来。雷管炸药源源不断地运进石矿，隆隆的炮声此起彼伏，只见采石场内落石滚滚飞石冲天，尘土漫天飞扬，绿树成荫的树木没了，手腕般粗的毛竹不见了，在山丘上戏耍的小鸟不见了……昔日蓬勃昂扬的沈坟山、包家山变成了一座座断崖残壁，死气沉沉。在岁月的流逝中，邻近的红石山、钟坟山等小山丘也消失了一个又一个。

　　走进矿区，几十台轧石机隆隆的声音不分日夜响彻天空，尘土飞扬，采石工人虽然戴着安全头盔、口罩，但依然挡不住尘雾的侵袭。摘下帽子口罩后，只见工人的头发、鼻孔边、嘴边、眼角边全是白茫茫的石灰尘土。

城市里的高楼大厦建造了起来，变成一道道美丽的风景线。可那基石的产生地，却是青山夷为平地，绿水变成了污水，晴朗的天空变成飞沙走石，空气变得浑浊不堪，人们在恶劣的自然环境中生存。

庄康岭矿区的所在地夹山村，河边的路上常常是泥泞不堪，而河道里长年停满了从上海、江苏等地赶来装运石料的驳船，停泊在乳黄色泥浆水的河道中。

青山在减少，绿水在消失，空气被污染，道路被损毁，生态环境遭到严重破坏，环境污染导致人们的身体出现各种疾病……当地的村民痛不堪言。但为了经济利益，他们又不得不忍受这种以牺牲环境、损害身体健康换来经济利益的方式，日复一日，年复一年。

其实，在当初的中国大地上，这种状况是极为普遍的现象。为了经济利益而不顾环境保护和可持续发展，急功近利只顾眼前利益不计后果的作为随处可见。

历经数千年形成的、不可再生的自然资源从人们的视线中消失了，小山丘在哭泣，夹山村在哭泣！决定政策的人们终于开始思考。中国经济社会发展过程中，难道必须要以牺牲生态环境作为条件才能得到有效的发展？答案是否定的！当绿水青山就是金山银山的理念深入人心的时候，一幅全面保护生态环境建设美丽家园的宏图展开了。

2012 年，海宁市开始修复矿山资源，全面停止开矿采石，吹响了自然生态保护的进军号。当地党委政府决定对庄康岭矿区以自然生态修复为主，人为修复为辅，采用残山植绿深矿蓄水的修复方式，全面进行生态治理，还老百姓青山绿水和一个晴朗的天空。

不可否认，人们在改造客观世界的同时，免不了会走一些弯路。但能不能改正自己的错误，这是考验决定政策的人们是否以人为本，以科学发展、可持续发展作为经济社会发展的前提。当环境保护与经济发展的关系，越来越清晰地摆在我们面前的时候，我们该如何选择在保护好环境的前提下发展经济？允许犯错误，但必须要改正错误，这才是我们社会得以发展的动力。

　　庄康岭矿区从那平原的小山丘变成伤痕累累的矿区，九十多米的山成为深达近百米的大坑，如今终于华丽转身而成为相当于西湖蓄水量二倍的神仙湖。昔日的山，变成了今日的水，就如是大自然给你关上一扇门，却打开了一扇窗，也算是在保护生态环境中产生的一种形态转换。

　　牛头山和其他残存的小山，又渐渐地恢复了往昔的青春年华，变得郁郁葱葱，河水又变得清澈透明，空气中洋溢着鲜花的芬芳。如今神仙湖的四周开始进行人工复垦，准备种植格桑花、百日草及其他的花卉草种，每年的六月份开始，将会有断断续续的鲜花盛开，把神仙湖点缀得更加美丽。

　　绿水青山回来了。

　　面对绿水青山的美丽景色，我对那地方又似乎变得不熟悉了。阳光下，腾飞出湖面的鱼激起波光荡漾，周边的果树已经开花结果，小鸟在歌唱，眼前俨然是一幅美丽乡村的画卷。当地领导告诉我，神仙湖畔正在着手建立九个小说场景，分别是大理、无量山、燕子坞、曼陀罗山庄、无锡松鹤楼、灵鹫宫、少室山、西夏、大辽，九个场景环绕神仙湖四周形成一部完整的《天龙八部》武侠场景。

　　我期待着神仙湖变得更加美丽，更希望和朋友们在神仙湖相聚，体会金大侠《天龙八部》中的武侠梦，在那里享受青山绿水蓝天空气清新的自然美景。

2020年12月获得《生态文化》（CN11-4472/I）杂志社主办的首届"美林杯"生态散文全国征文大赛二等奖

壮美钱江潮

孙亦飞

钱江潮以气吞山河的壮美，惊艳世界而名震中外，苏东坡的"八月十八潮，壮观天下无"即是对钱江潮特有魅力的赞誉。

今年的农历八月十八，正值祖国七十周年国庆的前夕，钱江潮又以一种新的姿态迎接八方来客。那一日，观潮胜地盐官，万里晴空，游客如云，连绵数里的海塘上人山人海形成了"人潮"，国庆的欢乐气氛和中央电视台的直播给天下奇观钱江潮增添了喜庆的色彩。"我和国旗同框"的活动，吸引了来自全国各地观潮的游客，他们争先恐后地站在鲜艳的五星红旗下，留下美好的瞬间。

海宁钱江潮起源于尖山，由于太阳、月亮和地球引力的相互作用，使得原本平静的江面上忽然间暗流涌动，瞬间宛如蛟龙翻腾激起阵阵浪花，渐渐地出现了一条白色的长龙，最终形成万马奔腾的钱江潮，尔后跨过大坝和安澜塔，向丁桥大缺口飞奔。数百年来，潮水曾经多次摧毁了那里的堤坝，冲入内陆良田数千亩，所谓大缺口的称谓也就由此而来。如今，鱼鳞石塘如万里长城般伫立在钱塘江畔，迎接钱江潮一次次的洗礼。而经过大缺口的潮水气势如虹，拍击着千年的鱼鳞石塘，冲起飞天的浪花滔滔向前。

观潮胜地盐官以一线潮闻名。这个充满神秘色彩的地方历来是闻名遐迩的观潮最佳地点，此刻已是人山人海，人们在阳光下静静地等待着惊心动魄的一刻。

"潮来了，潮来了！"远方传来阵阵的隆隆声，有人激动地大喊起来。放眼东望，只见一条白龙翻腾着、咆哮着滚滚而来。潮水经过占鳌塔时声如雷霆，白龙却成一条直线，犹如阅兵场上那精神抖擞的将士，迈着整齐的步伐经过检阅台一般，以摧枯拉朽气势展现了钱江潮的壮美。眼前那一条排山倒海的白龙，滚滚翻动的串串珍珠，卷起滔天巨浪，而上方白色的鸥鸟随着浪潮翩翩起舞，或俯冲捕鱼或昂扬展翅，与江潮配合得美轮美奂。

江潮沸腾了，人潮沸腾了，阳光、白云、浪潮、鸥鸟、人潮……构成了天下奇观钱江潮的美丽风景画。

钱江潮让人沉醉，让人留恋和敬畏。1923 年 9 月 28 日（农历八月十八），诗人徐志摩约了好友胡适、马君武、陶行知、莎菲及她先生等十位好友到盐官看潮，留下了历史的记忆，而今他们的雕塑站在海塘边，每天欣赏平生喜爱的钱江潮。

1916 年 9 月 15 日，也是农历八月十八，孙中山先生偕夫人宋庆龄等人面对惊涛拍岸的钱江潮感慨万千，挥毫写下了"猛进如潮"四字佳句。一百多年来，"猛进如潮"的遗训给中国社会的进步指点江山，留下了千年绝唱，将钱江潮从自然壮观，提升到五千年文明古国的发展改革和进步的愿景。

"千里波涛滚滚来，雪花飞向钓鱼台。人山纷赞阵容阔，铁马从容杀敌回。" 1957 年 9 月 11 日，毛主席面对气势磅礴的钱江潮思绪万千，在惊天动地的浪涛声中，寻找到了伟大的力量，写下了著名的诗篇。诗词以宏大的气派展现了潮水的壮美，更是面对国际国内的形势，展现了一个伟人的睿智和奋斗的宏大理想，展现了一个领袖为中国人民谋福利的伟大目标。

在海宁欣赏钱江潮，其实在数百年前就已经成为当地的一大奇观。王国维和弟弟王国华就在其父亲王乃誉的携领下，经常上海塘观潮。光绪二十年农历八月十八，王乃誉"午后挈健出西门上海塘，闻潮起声隆隆，适如其会。因迎上，极南门已将至，翘足而待。塘上觌者如蚁，始白茫银涛，如乱絮千万，弹铺飞翻，又如雪练横熟，沸若盈耳震耳"。可见观潮人数之多，海潮之壮美跃然纸上，闭上眼睛也能勾画出他笔下描绘的一百多年前的观潮胜境。

海宁的钱江潮，不仅仅是自然界的现象，它的每一朵浪花也不仅仅是李白、孟浩然、施闰章等文人笔下的诗，而是一种无坚不摧的力量，是我们当今时代改革开放的一种潮流。钱江潮展现了我们祖国七十年来奔腾不息的奋斗精神；展现了中国共产党百年来带领全国人民战胜艰难困苦、建设新中国不屈的革命精神；展现了每一个共产党人"不忘初心、牢记使命"，为党的事业奋斗终身的精神。

　　壮美钱江潮！钱江潮后浪推前浪，翻江倒海滚滚向前，没有任何力量能阻挡它的前行。

　　获《相约耕读，美文人生》全国网络征文大赛（《中华辞赋》、湖北今古传奇传媒集团等联袂主办）特等奖

孤独的树

项　伟

新西兰有棵网红树，称为孤独的树。去年春天，我们结伴自由行去新西兰，从奥克兰到瓦纳卡。瓦纳卡以瓦纳卡湖闻名，地广人稀，一派大自然的风情。

游瓦纳卡湖是过去的说法，现在是说去看"孤独的树"。陪同的小伙子在新西兰生活多年，他这样说，在七年前，有摄影师拍摄了瓦纳卡湖中的一棵柳树，在媒体上发布时称为"孤独的树"。这是瓦纳卡湖中唯一的树，非常的奇葩。2014 年有摄影师再拍摄这棵孤树，图片赢得新西兰年度最佳风景照。于是这棵树在镜头追捧下，越来越火，成了网红树，还列入了新西兰旅游名片中的经典景点。

一棵树胜过一片湖，成了瓦纳卡湖的标志，听来有点奇怪。然而我看到这棵孤树一幅幅惊艳的图片，惊呆了，很美很有诗意。我们从静谧安静的瓦纳卡小镇出发，去寻找"孤独的树"。

那天天气晴朗，蓝天无云，瓦纳卡湖由万年前冰川造就，高山深湖，壮丽山峰环绕四周。湖色呈现湛蓝色，水天一色，水中荡漾着山峰秀丽多姿的画面。沿着湖岸走着，这里植被保留着最原始的面貌，空气清新，让人心旷神怡。瓦纳卡湖非常大，想去找到孤树，还是非常有难度，需要有点耐心坚持走。我们有熟悉环境的小伙子带领，很快发现了"孤独的树"。

我望着大名鼎鼎的湖中孤柳。这棵树长在湖中心，整个湖面上就这一棵树，形状婀娜，像是孤零零飞翔的大雁。这棵树的背景是南阿尔卑斯山，还有一片高耸茂盛的百年大树。三四月是新西兰的秋天，山坡和树木被秋色层层晕染，金黄色的树叶随风飘落到地面。但是，还是来早了，没有到"遍地尽是黄金甲"的壮观场面。我望着远处这棵树，像个地标，沿着湖岸走，走呀走呀，看似很近，其实不近，又花了半个多小时，才右转绕到"孤独的树"的面前。

站在这棵树的正面看，这树离岸边并不远，在浩渺的湖水中孑然一身，茕茕独立，的确像是世上最孤独的树。说是著名的景点，这里顺其自然，没有任何装饰和围栏，就像在荒郊野林一般。晶莹剔透的湖面，湖底的鹅卵石清晰可见，湖边的海鸟和野鸭一点也不怕人，悠然自得在游玩。

我摄影这棵树。她仿佛是瓦卡纳湖的主人，与瓦纳卡湖和山脉紧密相伴，春夏秋冬四季轮回，昼迎朝辉送晚霞，像百变模特，展示着五彩缤纷的靓影和风采，为游客奉献大自然的美景。可惜游客停留时间有限，只能看到她一面两面的美丽英姿。

在回程的路上，我问陪同的小伙子这棵树的树龄。他的回答，有说百年，有说更长。他说，这棵树以前没有人注意她，成为网红树后，有当地人和游客到湖中，爬上这棵树玩耍和拍摄，树枝多次被折断。不知道这棵树能活多久？

时过一年，来自新西兰的消息，举世闻名的瓦纳卡孤树，树枝被人锯断，并被扔在岸边。当地居民表示极度愤怒！我心痛这棵树萧索的命运。我想，尽管这棵树残废了，但她像断臂维纳斯，原始自然美展现的艺术魅力依旧。

原载《浙江散文》2020 年第 3 期

老舍与青岛

朱云彬

　　每当提及老舍先生，我就会情不自禁地想到《青岛与山大》、想到《骆驼祥子》、想到美丽的青岛。眼前就会呈现出以尘沙为雾、以风暴为潮的北国里，青岛好似偶然地放在那黄色地图的边儿上。仿佛自己沐浴在青岛海边的微风里，看高远深碧的天上飞着大雁，使自己忘了一切，但极不会忘记老舍先生与青岛的往事。

　　1934 年 8 月，老舍先生开始在青岛国立山东大学任教。青岛时期是老舍先生创作的高峰期。1936 年，老舍先生辞去教职，靠写作的稿费收入过日子。这时，老舍先生移居青岛黄县路 6 号，这是一栋两层小楼房，房东住楼上，先生一家住楼下共四间房，两间作卧室，一间作会客室，一间是老舍先生的书房。在这里老舍先生创作了著名长篇小说《骆驼祥子》、中篇小说《文博士》。《骆驼祥子》是老舍先生一生创作中的经典之作，也是我国文学宝库中的珍品。

　　老舍先生一生中很少写抒情散文，在青岛的三年，他写了《五月的青岛》《青岛与山大》等美文。这些散文写出了老舍先生对青岛的深厚感情，对祖国的无比热爱。

　　老舍先生在青岛生活的年代，正是中国军阀混战的高峰期，"城头变幻大王旗"的年代，给贫困老百姓的生活带来了很多疾苦。当时青岛汽车很少，那些有钱人想免去负荷之苦，主要靠黄包车进出，东方市场旁的黄包车因此大受青睐。市场旁的小树林是车夫们休息的地方，老舍先生常来这里与车夫们聊天、拉呱，还经常把一些聊得意犹未尽的车夫请进家里，像亲戚似的接着聊。我们可以想象得出，为了创作，先生从住宅里走出来，直奔小树林，和蔼可亲地与车夫们打着招呼，然后用京腔与车夫们交谈："生意好不好做？遇没遇上倒霉的事？家里几口人，日子过得怎么样？"从闲谈中了解车夫们的生活、遭遇，挖掘他们的内心世界，洞察他们的喜怒哀乐，甚至观察他们的一招一式、一言一行。目睹这些惨状，先生通过自己的笔端，描述那段历史。他非常熟悉下层社会的生活，于是就想通过一个车夫的生活变化，反映军阀混战下的市民生活。为了写好《骆驼祥子》，老舍先生入迷地搜集资料，构思情节，一部以人力车夫祥子为中心、交织着北京穷苦社会世俗风情的作品在青岛完成，为中国现代文学史留下了浓重的一笔。

《骆驼祥子》中的主人公祥子来自农村，渴望通过诚实劳动买一辆属于自己的车。他用三年的时间省吃俭用，终于实现了理想，成为自食其力的上等车夫。但刚拉半年，车就在兵荒马乱中被逃兵掳走，祥子失去了洋车，只牵回三匹骆驼。祥子没有灰心，他依然倔强地从头开始，更加艰辛地拉车攒钱。可是，还没等到他再买上车，所有的积蓄又被侦探敲诈、洗劫一空，买车的梦想再次成为泡影。当祥子又一次拉上自己的车，是以与虎妞成就畸形的婚姻为代价的。好景不长，因虎妞死于难产，他不得不卖掉人力车去料理丧事。至此，他的人生理想彻底破灭了。被生活捉弄的祥子开始游戏生活，吃喝嫖赌。为了喝酒，祥子到处骗钱，堕落为"城市垃圾"，最后，靠给人干红白喜事做杂工维持生计。老舍先生通过一个小人物的变化，深刻地揭露出军阀混战时期的下层市民生活。

老舍先生在青岛写了很多文章，有力抨击了日本帝国主义的侵略行为。他的创作具有极为鲜明的民族化、大众化特色；作品非常注意适合人民群众的欣赏口味和欣赏习惯，注意故事的曲折生动完整和人物形象的塑造，特别是塑造性格各异的中国市民社会中的人物形象；老舍先生一生坚持使用充满生活气息的人民大众的通俗生动的口语来描写。

每次去青岛，必须去老舍故居，在那里看到的不仅仅是《骆驼祥子》的影子，更能看到老舍先生那股不服输、执笔为枪的大无畏精神。

　　今天，踏上老舍先生走过的青岛金口二路，就会情不自禁地想起先生。仿佛看到先生晚饭之后，黄昏之前，会同臧克家先生一起沿着海边的太平路正在漫步西行。这里，碧海蓝天，辽阔无际，远处的小青岛也用青眼迎人。他俩迎着西天的红霞，一绺一绺，像红绸纱遥看着一片绿色……

　　青岛的美丽，美在其海。初夏，我光着脚丫走在细细的沙滩上，欣赏着那无边无际海天一色的大海。海水平静时，像一面透明、透亮的玻璃镜；海水奔腾时，犹如一排排整齐的哨兵庄严地在主席台前走过；海水咆哮时，俨然是一只怒吼的大猛狮，卷起千层浪，往海滩扑来。海鸥忽高忽低地飞在海面上，为海滩增加了亮丽的风采。海滩吸引了众多的游客，有的在阳光下玩沙滩浴，有的在碧蓝的海水里游泳，打水仗，还有的在海边挖沙堡，冲洗脚，更有趣的是，有人在海里和小狗一起快乐地游泳，一幕幕水墨画卷，使我大开眼界。

　　看着别人玩得那么开心，我也忍不住在海滩上拾了许多五光十色的贝壳，有时海水趁我不注意跳到了我的脸上，逗得我哈哈大笑，我还玩了挖沙堡。走在海水里，海水不断地拍打着我的脚丫，一个浪紧接着一个浪。在海滩上留下一串串脚印，一个浪花打了过来，那一串串脚印居然消失得无影无踪。

　　青岛的美丽不仅在其海，而且在其山。这里有道教发祥地之一崂山。崂山，距市中心40余公里，面积为446平方公里，它被海水环绕着，群山起伏，青山绿水，远看山峰像被一层薄纱覆盖，被人们誉为"天然雕塑公园"。

　　如今，老舍先生撰写的《骆驼祥子》不仅是一部丰厚的文化遗产，更多的是给青岛这座城市的回忆。对青岛来说，这个意义更加凝重与珍贵！

原载 2020 年 7 月 10 日《青岛日报》

（获全国"四季老舍·冬季征文"三等奖）

钢板刻字的记忆

朱云彬

　　房屋两新搬迁，整理书柜时竟然翻出了五十多年前大队文工团的一本油印演唱资料。那是一本用铁笔、钢板、油墨印刷的小本子，这些温暖的文字保留至今，让我眼前一亮，又一次打开了我尘封的心门，让灵魂经历一次清凉彻底的涤荡。

　　那年代，铁笔、钢板、油墨、刷帚，常使人腕酸、指麻、头晕、眼花，这些都是我当年铁笔刻字的真实感受。这些熟悉的词汇和远去的记忆，如今已不为年轻人所知晓，但上了年岁的人都有着鲜活的记忆。

　　当年在钢板上刻蜡纸，可不是一件容易的事。半透明的蜡纸，比一般书写的纸还要薄，下面垫着有非常细密花纹、如同钢锉一样的钢板，再用像钢针头一样的铁笔在蜡纸上刻字。由于蜡纸薄如蝉翼，用力轻，蜡层刻不掉，油墨透不过，印出的材料字迹模糊不清；用力大，就会将蜡纸刻破，整张蜡纸就会报废。因此，刻字的时候，必须小心翼翼，一笔一画都要用力均匀。甚至，有时要屏住呼吸，生怕一旦出现失误，就会前功尽弃。

　　经历过那段岁月的人，都会深知当时灯光的昏暗，伏案运腕的艰辛；近视的镜片后，目光如炬；冬天冰凉的蜡纸上，文字成排，双手冻疮；漆黑的刷帚下，资料诞生的心情。渍着未干的墨迹，沁着幽幽的墨香，一行行峻峭的文字温暖着求知人的心灵，文字的温度，让我们浸润其中。

　　今天看来，这些油印资料既粗糙又简陋，和现在电脑排版印刷的资料是不可同日而语。一盏煤油灯，一张蜡纸覆盖在钢板上，目不转睛，铁笔吱吱，印刷时控制好刷帚的力度，是当年一门不轻的技术活。那时在农村能有一本油印的演唱资料已经是不错了，我见过很多演唱资料都是手抄本，在大队文工团团员之间传来传去。两相比较，我们刻一张蜡纸可以印上几十本，足够让人羡慕不已。

记忆中，当年大队文工团刻字用的铁笔和钢板还是从大队办公室借来的，而灯塔牌的蜡纸是大家凑钱买的。当时全大队能刻字的人不多，因为我初中练过书法，自然由我来操刀。第一次使用铁笔在蜡纸上刻字，感觉怪怪的，下笔的力道总是控制不好，刻浅了印出的字不清楚，重了又容易刻破蜡纸。那时刻蜡纸一坐便是几小时，七八张蜡纸刻下来，肩酸脖子痛，笔杆压得中指发红起窝，日久生茧。最讨厌的是不小心刻错字，一开始，错一字就作废重刻。后来向别人学了一招，刻错字用点燃的烟头在蜡纸下轻微烘烤，纸面上的蜡油受热后就熔化，待冷却后便可校正继续刻。

经过几次实践，铁笔在蜡纸上刻字越来越熟练，并知道刻方宋字体可对准钢板的45度角操作，渐渐地学会了字体的变化，在大队里也有了小名气。

随着科技的进步，电脑、复印、扫描仪、彩色打印机等先进的排字印刷设备如雨后春笋，实在太方便了。但钢板刻字的记忆及文字留下的温度，让我们这代人浸润其中，乐此不疲，深深留恋。

原载 2020 年 3 月 1 日《青岛日报》

眷恋土地

朱云彬

透过重重的历史烟霭，敲打出一片沧海桑田。循着袅袅余音，跋涉于水乡大地。只要一想起土地，便会产生一种刻骨铭心的眷恋，好像是眷恋生我养我的母亲，让我深深地阅读和回味。

拉开土地的帷幕，凝视每一处土地，土地是一本厚重的书。一颗土粒，就是一个故事，每一页都有动人心魄的传说，都有亘古沉淀的岁月。亲吻每一捧土地，土地是一张滚烫的酥唇，一颗土粒一缕温馨，每一缕都有久久留恋的香甜，都有柔情似水的诱惑；拥抱每一片土地，土地是一腔温暖的爱河，一颗土粒一朵浪花，每一朵都有摄人心魄的梦幻，都有醉人灵魂的旋涡。

土地是人们赖以生存的物质基础，每个人都有一块属于自己的土地。土地以其质朴养育了人间的繁华。三年国家困难时期，我的父亲在河边草丛里开垦了一块荒地。就这么一畦地，竟让我度过了一生中最艰难最难忘的岁月。当时粮食很难弄到，没有粮票用钱是根本买不到的。当时，我正上高中，国家规定农村同学必须带粮上学，可家里连一两米都拿不出，家人只好以杂粮充饥。每周上完课后，我的父亲从那一畦地里摘几个南瓜，挖几个番薯送到学校让我作主食，这样的日子将就着过了一个学期……

翻开历史，土地，几千年饱经风雨历尽沧桑，几千年步履蹉跎道路坎坷，几千年情满胸怀尽显风流。几经衰败几经繁荣，从野蛮走向文明，从原始走向现代。我的沉思里土地始终承载着江南文化的千载厚重，珍藏着对故乡土地的绵绵深情，激荡着大地深层岩浆的涌动澎湃。

近年来，土地无休无止地在故乡的乡村消逝，像一张撒开的大网，挂在我们的眼前。人类从生存上依赖土地，但从精神上已经失去了土地。未来乡村的土地流向何处将成为老一辈的日夜忧虑。

我一直认为泥土的味道是香甜的，尤其是庄稼地里的泥土，黝黑黝黑的，像要挤出油来，轻轻捧一把放在鼻前，我感觉自己和它们心意相通，仿佛自己也和庄稼、瓜果一样，是从泥土里长出来的。

我出生于江南农村，从小和土地渊源甚深，这辈子都甭想和土地脱离干系。孩提时代家里穷，买不起玩具，泥土就是我们童年的全部。泥土加花草便能做出"美味佳肴"；用泥巴捏的小狗小猫晒干了便是童年最好的玩具，连睡觉也要抱着它当宝贝；用泥球当子弹我和小伙伴们打了一场又一场激烈的游击战。大人们在田里插秧的时候，我整个人都滚到泥浆里成了泥菩萨。

我的童年似乎每一天都和泥土混在一起，黏得很紧，用水冲都冲不掉，对泥土的味道是再熟悉不过的，常常虔诚地跪伏在泥土里，俯首帖耳，与清秀的草叶耳鬓厮磨，倾听自然温馨的吐露，那轻风穿越村庄的细腻，那虫儿捅破泥土的呢喃。种种熟悉的声籁，让人浑然忘却了人类的语言。即使是闭上眼睛，砂土，胶土，生土，熟土，一拿到鼻前，便能一一分晓。

土地，是一本读不完的书，是一条走不完的路。眷恋土地，湿漉漉的梦想就会生出翅膀，在蓝天和白云间自由飞翔，就会有春天的葱茏，夏天的繁盛，秋天的斑斓，冬天的纯净，就会听见流水的欢笑，小鸟的歌唱，就会看到四季竞放的鲜花，生命不断繁衍生长，就会心胸开阔，充满力量。

庄稼，一茬一茬一季一季地在这块土地上生长，我们的身影就这么一辈一辈在这块土地上穿梭延续。谁能说得清这块土地上长了多少茬庄稼？哪一粒泥土又能说得清这块土地上播过了多少我和我祖先的影子？泥土就像记不清它曾长过多少茬庄稼一样，它也记不清自己这一片地上生活过多少辈人。对于土地来说，没有长幼，没有尊卑，不管是我，还是我的父亲，我的祖父，以及那些溯远得连名字都叫不出来的祖先，我们都不过是它的一个魂，我们从这里依次出窍，背负着生活和时光又依次回归了它们，许多年后，我们不过是这块地里相拥相挤的一块泥土。祖父是我父亲泥土的前世。我是我父亲泥土的后世，而我的儿子，又将是我泥土的后世。我们都是这片土地凝起的一个精灵，都只是这片土地游移的一缕魂。

古往今来，一代又一代人，对于土地的崇拜，曾经那么丰满地构成了古老中华农耕文明的人文内核。从殷商的"社者，五土之总神"，到春秋时期著名思想家管子"地者，万物之本原，诸生之根苑也，美恶贤不肖愚俊之所生也。水者，地之血气，如筋脉之通流也，故曰水具材也"的精辟论述；从战国时期邹衍以"土"为中央的五德终始学说到秦汉文化中的设坛"社祭"，千百年来，土地崇拜成为民族文化心理中最具活力的原型之一，深深地影响着古往今来文人的人性和品格。诗人笔下，泥土是至亲至尊的母亲，是至高无上的神灵，是多姿多彩生命的襁褓，是脉管里澎湃的血液。

品读路遥《平凡的世界》，书中那些诗化的语言，不难看出泥土在他价值天平上的敦厚和凝重。透过这浸透着情感的文字，感受到作家对于泥土与人的哲学思考，聆听到作家对于人与自然相倚相偎的诗意礼赞，领略到作家对于泥土与生存的悠远的深沉的历史目光。这是一种"共时态"的广度扫描，又是一种"历时态"的纵向开掘。

村里人常说，城里有孩子发展的空间，我却认为，农村有我们的梦想。农村是我们生存的依托，也是城市生存的依据，没有了乡村就没有了城市。夹在城里拥挤的人流中，几乎找不到一张亲人的面孔，周围没有一丝泥土的味道，我诚惶诚恐。感觉不安的时候，我便开始深深地眷恋有大地母亲的怀抱那么温暖，再宽阔的肩膀也没有大地母亲的怀抱那么厚实，当然，世间再美好的味道，也没有泥土的味道那般香甜。只有泥土，那广阔的土地，承载着逃跑溃散的精神。因为精神的源头来自泥土、来自庄稼、来自植物、来自阳光……唯有泥土，才是构成精神家园的内核。

追溯历史，朝朝代代，金戈铁马，封疆划域，都是为了获取土地；多少经济活动，多少建筑工程，都在搜刮土地。有时一边在源源不断地攫取丰富的资源，一边又在毫无顾忌地污染环境。一切都以土地为中心，以土地为焦点；土地，遭受致命的伤痛，紊乱了正常的神经，经常在痛苦地呻吟流泪，也在无声地呐喊祈祷，还有无奈的抗争，愤怒的报复……土地，我们赖以生存的地方，我们心灵的土地，我们该怎样面对土地呢？国土国土，国之土地，土地属于每个人，国乃百姓之母，哪有不叫百姓有安身之所的道理？市场经济，也有它合理合法的运行规律，不能超越规律底线，不能手中有货，就任性。其实，土地也有生命，也是一个生灵。

　　眷恋土地，就要读懂土地，融入土地，热爱土地，珍惜土地；用心感受，用心领悟，给土地以慈悲，给土地以柔情，把土地保护好，美化好，让土地永远张开笑脸，永远歌声不断。糟蹋土地就是糟蹋安身立命的根本，抛弃土地就是抛弃母亲，伤害土地就会一生背负悔恨。因为，你给土地以善良，土地就会回报以美好，你给土地以邪恶，土地就会反馈以丑陋。保护土地就是保护我们人类自身。莫以善小而不为，莫以恶小而为之。土地是民族之魂，是宇宙之魂，是生命之魂。

　　　　　　　　　　原载《鸟声宜人》作品集（文汇出版社 2020 年 11 月出版）

王国维：潮的最高境界

李　力

　　网上曾有一个票选中国十大国学大师的活动，王国维以最高票伫立于榜首。那时我正陪着客人走进海宁王国维故居。

　　王国维，初名德桢，后改为国维，字静安，亦字伯隅，初号礼堂，后更为观堂，又号永观、人间等。浙江海宁盐官人。

　　除了以上这些文字是确认无疑的，其实，没有任何传记或介绍文字能把王国维短暂却又传奇的一生写完全了。他就像家乡那著名的潮一样，不接触他时，如看潮落之江深沉如海；而一旦接触到，恰似观潮起之状浪高势大且多变，让世人除了惊叹就只能崇拜。20 世纪以来，中国人文科学的发展，许多方面都带着他的痕迹——王国维是学术界绕不开的里程碑，是一个对中国近现代文化的推进有着不可磨灭贡献的巨人！

　　清光绪三年十月二十九日，即公元 1877 年 12 月 3 日，王国维出生在浙江海宁州海宁城（今海宁市盐官镇）的双仁巷王氏旧宅里。这个刚出生的小婴儿并不知道他的家族曾是赫赫有名的安化郡王王府，也不知道他的远祖王禀是在北宋末年抗击金兵失败时跳汾水自杀的，他更不知道他将来会给中国学术界带来怒潮滔天一般的震撼。当时，他只是皱紧了眉头哼哼唧唧地哭了几声，便展开了他曲折厚重的人生。

　　王国维 4 岁的时候，生母凌氏便病故了，父亲王乃誉为了维持一家生计终年奔波在外。幼年失恃的王国维和时年 9 岁的胞姐蕴玉，就全赖年迈的祖姑母和叔祖母抚养。家境贫寒、童年寂寞再加上身体羸弱，使得他的性格日益忧郁寡言，但这也养成了他沉静好思的习惯。

　　7 岁启蒙，16 岁应试中秀才，王国维初露文采就名噪乡里，被推为"海宁四才子"之首。如果没有意外，他也许会像那时的许多秀才一样一生汲汲钻营科举，以求谋一官半职，重振起安化郡王府的家业。然而，命运的齿轮却把他推到了另一个方向。

　　做秀才后没多久，王国维在一次与朋友互相切磋学业时，偶然看到了《汉书》，翻阅后十分感兴趣，就拿着从小积蓄下来的钱跑到杭州去购买了前四史。这首次的独立置书，也开启了他真正的读书之门。从此埋头读史的他对八股文产生了强烈的厌恶感，以至于 17 岁时去杭州应试，不到考试终场就弃笔离开。

　　和故居里那尊青铜像面对着面，他无语，我却听到了海宁潮呼啸而来的声音，于是想，那时的王国维正值血气方刚，八股文束缚得住凡人却是一定绑不住他那自由奔腾的灵魂的。果然，第二次府试，王国维又是未终场即离。在他心里蛰伏着的潮头已蠢蠢欲动。

　　可是，究竟要干什么？究竟该做什么？王国维还没有找到他的"杭州湾"。

　　万幸地是，他出生在一个好地方。

　　海宁城并不大，可这个小地方却从不落后。海宁人乐于也善于接收吸纳各种新思潮。"西学东渐"之风吹到了海宁，让 18 岁的王国维看到了另一个广阔的天地。

　　毅然抛弃了科举应试范文的王国维，于 22 岁踏进了上海的十里洋场。那一年，他题在别人扇子上的一首诗"千秋壮观君知否，黑海东头望大秦"被罗振玉看到了。罗认为王日后必成"伟器"，便开始资助他的生活与学业。从那时起，王国维才真正开始他的学术生涯。

　　海宁潮起了。

　　踩着故居吱嘎作响的木楼梯一步步走进那精彩人生：

　　成为中国译介西方人本主义美学的第一人；

　　倡言审美的"三种境界"之说；

　　动笔撰《宋元戏曲考》；

为国际新兴科学甲骨学、敦煌学奠基；

被溥仪召入宫担任"南书房行走"之职，成为清代大学者朱彝尊外的另一个布衣帝师；

终应了清华园的聘任，与梁启超、陈寅恪、赵元任并称为"清华四大导师"……

少年才气俊发，中年蓬勃外铄，晚年大器宏深，而贯穿一生的是对学术如涌潮般猛烈热忱的追求与献身精神。他视学术即为自我之性命，尤视学术为国家与民族命脉之一绪。用别具眼光的透视角度，自觉地从世界文化背景来观察中华学术在近代、在传统轨道上发生的震颤与位移，又从而自任学术使命，导引辟径，树起了中天之帜。

他创"二重证据法"，拓学术区宇，历练三级境界；他考证义据精深，方法系统缜密；他创新说却又未废旧闻，尊前贤又不为虏属；他的学术论文雕龙而典雅，绵密却练达，他蕴蓄深广，采择精博，是真正与世界学术对话、接轨的国学大师，世人对其"高山仰止"。

但最令人不可思议的是，他一生虽然涉猎广博，却难得地杂而精，在他涉足的每一个领域都取得了斐然的成就，学术著作六十余种，其中四十三种由商务印书馆编成《海宁王静安先生遗书》出版，即有一百零四卷。

陈寅恪说：王国维之所以能在学术上作出如此卓越独特的贡献，首先在于他"能热情地投入新潮流"。而我们完全可以说是他自己在引领新潮流。

但，始终立于潮头的王国维却在 1927 年 6 月 2 日突然纵身一跃，永远地沉入了昆明湖底，把中国"可以想望的一座九仞高台击了个粉碎"，只留下一个如海宁潮般复杂神秘的谜……

谁也看不透王国维，谁也追赶不上他的步伐，谁也无法抗拒他的学术魅力。他说："古今之成大事业大学问者必经过三种之境界。"他这里所称的"境界"是指修养的不同阶段，但也许今天的我们亦能借其言评其人：王国维，潮的最高境界！

原载《莽昆仑》2020 年第 1—2 期合刊

听蝉记

许培源

炎炎夏日，自然界中的好声音，莫过于蝉声。

我视为天籁，它在季节的耳边，扯开嗓子，准时开唱。四季衔接，唯有夏，以热情似火、骄阳逼人的日历，挂于天地之间，它一直向前奔跑。

盛夏的早晨，当你从梦中醒来，第一声就听到蝉的叫声，鸟声淹没，夏天火热的气氛，被它渲染得分外热热闹闹，面临新的一天，你立马提上了精神。

蝉声，是在午后或者傍晚时分，其声最响。夕阳西沉，暮色慢慢地爬在窗口，那蝉停在高高的树上，声音叫得响亮，叫得透彻，叫得热辣，听的人心里，假如有不顺心的事，间或还有烦恼，这时，浑身上下便陡然又增加一股莫名的怒火，好像是蝉声加了油似的，在他的心里燃烧。

不过，人生本来就不会一帆风顺，总有一些不愉快的事，在人生路上兜兜转转，起起伏伏。

蝉声，叫得最火的时候，我记得是在傍晚雷雨前。你见惯了傍晚要下雷雨的情景。河边柳梢不动，没有一丝风游动，天空乌云密布，气温仍爬在高处，蝉声依旧此起彼伏，响彻旷野，人被蝉声叫得精神涣散，周围涌动的，是一股股又闷热又烦躁的气息，人无法抗拒身上黏黏糊糊的、燥热无比的感觉。这时的人们热烈地期待，赶快下一场大雷雨，把这样的鬼天气冲走。

有时，人的期待会得到上天的恩准，一场及时的雷阵雨，伴着大风，"唰唰"地从天而降，劈头劈脑地扎下来，"哗啦啦"地下雨了，地上、屋子瓦片上、门前树丛间，发出了不同往常的雨滴响声。人们的眼睛放出光亮，这场大雨，瞬间浇灭了大地上的火气。城市水泥地上，还咝咝地冒着暑气，雷雨后，天空有时还会出现美丽的彩虹，映在蓝蓝的天上。可蝉声次第又响起。

对于蝉声，我有种特别的亲近感。少时，曾与小伙伴们一起捉蝉，记忆犹生眼前。情形大抵如下，找一根长长细细的竹竿，一头系上一个开口的塑料袋子，制作成本极低，那时在乡下较普遍。有时，我们去河边的楝树上，一边听着树上高声唱歌的蝉，一边小心翼翼地弯着腰走近它，然后，把长长的竹竿伸上去，再伸上去，等到靠近树上的蝉时，手用力猛地往它身上扣下去。有时，遇到机警灵敏的老蝉，我们的努力付诸东流，我们会听到"吱吱"蝉的尖叫声，眼巴巴地看着它，忽地从树上振翅高飞。有时，也有收获，捉来几只老实胆小的蝉，几个人快步走在路上，彼此兴奋地笑着，看着装在塑料袋中跳动着的蝉。但每次捉回家养着它，起先，在家里能听到它的声音，可养不过三天，蝉就不出声，咽了气，我童年捕蝉的乐趣，也就止于此了。

现在，听蝉声最佳的地方，不在闹市，不在乡下，是在深山密林中。几年前，我在磐安的一座深山里，听到过一种有别家乡的蝉声，其声短促，却十分嘹亮，好像人愤怒时，发出歇斯底里的吼叫声。那个夏天，我们一行数人走进深山，听见附近的大树密叶中，传来它一声声的尖叫声，声音如烈马嘶鸣，汪洋恣肆，一发不可收拾，我第一次听到那样的蝉叫声，非常惊讶，非常震撼，感觉像是天外之音，整个人被蝉声镇住了，迷住了，它叫一会儿，忽而停止了叫声，我寻不到它是在哪一棵树上鸣叫，大有"不识蝉声真面目，只缘身在此山中"之感，我如是耳闻，深山的蝉声，我引为最佳。

窗前，蝉依旧亮出它的歌喉，一声声仿佛吐露着"热死了、热死了"这几个近音词，那词语之声在人的耳朵里，早听倦了，耳朵起茧了，可不管你喜不喜欢，它却反反复复地，高一声低一声地叫着，把夏天火辣辣的气氛，叫得如痴如醉，在这样漫长炎热和慵懒的夏日时光里，我们倾听自然界的蝉声，也是人生一种享受。

午后休息，我爱泡一杯绿茶，手捧一本书，一页页翻着，读着书里记载一件件人与事交织的情感世界，面对窗外一片片蝉声，让心慢慢平静下来，虽然屋外阳光灼人，但内心盛满愉悦和宁静，此刻，你再听听窗外蝉声，改变了说辞，好像被你的内心悄悄替换成了"休息下、休息下"，我喜欢用这样的方式，在火热的夏季，让匆忙的脚步慢下来，心灵静静地徜徉，度过蝉声飞扬的夏季。

听蝉声是"结缘"，记蝉声是"结缘"。

原载 2020 年 10 月 18 日《南湖晚报》

茶　事

许培源

　　大概在我读小学三年级的时候，有一天早晨，在广场上做早操的我们，看见教音乐的朱老师手握茶杯，从办公室踏着方步走出来，一边走一边端起茶杯面向我们，慢悠悠喝上一口，看着他喝茶的情景，眼睛是微微闭着，嘴里似在回味。茶杯是玻璃透明的，透着里面碧绿晓清的茶叶水，看着挺诱人。当时我想，喝茶一定是天底下最有味道的一件事情，我费了好大的劲，猜想茶中滋味。我心中许下一个心愿，等我长大了工作，也要像朱老师一样，喝着茶上班。

　　朱老师三十多岁，高个子，能识五线乐谱，拉得一手好风琴。每次他来上课，总是边拉琴边教我们学唱新歌。记得有一次上课，他教大家唱《劳动最光荣》，他坐在教室门口面朝大家，胸前背着黑色手风琴，双手在两边的琴键上飞快拨动，琴声仿佛从他怀里飞出来，流淌在同学们中间，他像变魔术一般，风琴在他的怀中收放自如，他整个身子一会儿向左移动，一会儿向右移动，这么来来回回，有时他的眼睛还会闭起来，陶醉在大家合唱的乐声中。每每这个时候，我们唱得可起劲了，声音也更响了：太阳光金亮亮，雄鸡唱三唱，花儿醒来了，鸟儿忙梳妆，小喜鹊造新房……

　　小时候许下的心愿，暗合着人生某个阶段的境遇，听起来似乎有些神奇和邪乎。1987 年，我们 6 个同学从学校毕业一起分配到当地一家园林部门，单位有个公园茶馆，坐落山脚下。当时茶馆紧缺人手，领导便安排我去茶馆上班。每天早晨，天还没亮，公园大门刚打开，候在门口的茶客便涌向茶馆，人没到，脚步声就轻快地传进茶馆里，天天如此。

茶馆是一间木结构平房，灯火通明照亮四排桌子凳子，我把"炮仗"锅炉里的水烧开，用水壶灌满水，再拿到煤炉上加温，烧开了水的水壶嗤嗤地冒气作响，屋子弥漫水蒸气，装好红茶绿茶的纸盒子，一排排整齐地放在柜台上，静候茶客。

来喝早茶的茶客，老年茶客居多，每天来喝茶的茶客寄存茶杯，有的自带。大部分的茶客，都喝普通茶，茶钱一元。他们一个个泡好了茶，三五好友围坐一桌，喝起一天中的头开茶，喝喝茶，看看公园里的风景，与朋友说说闲话，茶馆里飘起一缕茶香。

在茶馆里，我每天面对茶客闻着茶香，很快学会喝茶。每天去上班，不是吃早饭填饱肚子，而是先泡杯绿茶，让茶水清洗肚子。当时喝茶倒是不很讲究，特级炒青，泡出来的茶水浓，经泡又耐喝。一般的绿茶泡了三次之后，寡淡无味，有的茶客便起身挪动脚步走了。

这个春天，是汪曾祺先生诞辰百年，自然想起汪老喝茶的事情。

他喝茶的经历，是他祖父培养起来的。汪的祖父汪铭甫是眼科医生，在高邮开药店。他祖父喜欢喝龙井茶，泡在一个深栗色的扁肚子的宜兴紫砂壶里，用一个细瓷小杯倒出来喝。他喝茶很酽，一次要放多半壶茶叶。喝得很慢，喝一口，还得回味一下。有时候喝高兴了，也拿个杯子让汪曾祺一起喝。从此，汪老有了喝茶的习惯。

后来，汪老在昆明西南联大读书，经常与同学结伴去联大附近的茶馆喝茶，写有《泡茶馆》一文，记述那段茶事：从西南联大新校舍出来，有两条街，凤翥街和文林街，都不长，这两条街上至少有十家茶馆。

每天一早，汪老与同学坐在一家茶馆靠窗的一张桌边，各看各自的书，有时整整坐一个上午，彼此不说话。这些茶馆除了卖清茶，还卖沱茶、香片、龙井。红茶色如玫瑰，绿茶苦若猪胆。

文末，汪老对联大同学泡茶馆给予肯定，还作出三点总结。一是可以养其浩然之气；二是出人才。联大学生上茶馆，并不是穷泡，除了瞎聊，大部分时间来读书的，不少人的论文、读书报告，都是在茶馆写的。第三可以了解接触社会。汪老自诩"我这个小说家是在昆明的茶馆泡出来的"。

的确是这样，汪老一生嗜茶，去世前还在想着再喝一杯龙井茶。

现在，我人到中年，喝茶成了我的生活习惯。每天上班，或在家休息，总喜欢泡上一杯绿茶，看茶叶在杯中浮浮沉沉，绿水萦绕杯中，当热气腾腾的茶水从口中慢慢浸润喉咙，瞬间流入丹田之中，好像浑身充满了力量，而那股茶香中的滋味便在体内漫溢。

有一天上午，我在家喝着茶，忽然想起朱老师，现在他身体是否健康无恙？

原载《海外文摘·文学》2020 年第 11 期

银杏之恋

许培源

　　两棵六七百年的银杏树，参天耸立，像两个惊叹号，高高地矗立在那里。

　　记不清，是哪一年冬天的晚上，我去散步时，走进绿树围绕的火炬社区百年银杏文化园，遇见了高大威武的两棵银杏，大的要两三个大人才能合抱，那棵小的，也要一个大人方能抱住。我须仰头才能看到整棵银杏树，大树高三十余米，小树高十多米，相互依偎，矗立在两个大花坛里，树上叶子早已落光了，光秃秃的，树皮呈褐色，枝条旁逸斜出，高高地伸向四方。我站在树下，心底油然而生一种崇高的敬意。

　　想起读中学时，我读到著名作家郭沫若的散文《银杏》：

　　你是真应该称为中国的国树的呀，我是喜欢你，我特别的喜欢你。

　　但也并不是因为你是中国的特产，我才是特别的喜欢，是因为你美，你真，你善。

　　你的株干是多么的端直，你的枝条是多么的蓬勃，你那折扇形的叶片是多么的青翠，多么的莹洁，多么的精巧呀！

　　那天晚上，当我目睹两棵百年银杏，枝干粗壮、树形高大，叫我的心怎能不激动、不雀跃起来呢。

　　当时的我，心中十分震撼，被它们深深吸引住了以后，我晚上若出去走一走，总要走到银杏树下，与它们见上一面，放松白天紧张工作的心情。在树旁，或徐徐散步，慢慢走上几圈，或驻足抬头看树，默默注视一番，才离开。时间久了，我与银杏有了感情，结下了银杏情结，成了我人生路上的忠实朋友。

在两棵银杏树花坛前，平放着一块黑色大理石碑，上面写着树的身份：银杏，银杏科，银杏属，树龄 670 年，国家三级保护树种，立碑时间 2002 年。

我从来没有这样留意过银杏。

（一）

秋天的一个晴朗夜晚，月亮升上了天空，照着我与妻子脚步，我们又来到银杏树下散步，树下秋虫呢喃声声，萤火虫一闪一闪的，飞舞树丛间。我们绕着银杏树一圈又一圈散步，听见南面的一条小路尽头，走来一对母女，谈笑风生，母亲有六七十岁，女儿三十多岁光景，她们径直走到银杏树下，来看今年银杏树上长出的果子。

她们借着树旁一盏发出的明亮的白色灯光，抬头朝树上凝望银杏果，又绕树走了好几步，仔细打量树上的果子。于是，我听到下面的一段母女对话：

母亲：哎，今年树上结的白果，不多呀，你看这里，才结着几颗白果。

女儿：姆妈，我去采采看，够得着哇？哦，采不着。

母亲：我来看看，比去年树上结的果子，小多了。

女儿：姆妈，明朝清早我们再来仔细看看。

母亲：好呀。

看到这对母女在树上寻找白果的情景，我妻子笑着走过去，跟她们讲起了去年冬天捡到一袋子白果的事情。

妻子慢悠悠地说，去年冬天有个晚上，我们在树下散步，踩着地上一颗颗东西，捡起来仔细一看，原来是树上落下的白果，白果皮都烂了，有一股酸臭味，我们俯下身子，便在地上摸索着，捡到了一颗又一颗白果，装了一袋白果，回到家把白果用清水洗了一遍，第二天，放在太阳下晒干。

这时，有一个操外地口音的年轻女子，坐在旁边长廊上白相，听见我们说白果的事情，她来了兴趣，也走过来凑热闹，轻声问我，白果怎么个吃法？

我说，把白果放在微波炉，转上几分钟，就可以吃了，味道像咖啡，淡淡的苦涩，营养价值却蛮高的。

那位母亲听了，又接着说，我听老人家讲，老底子，这儿坐北朝南有一座睹谷庙，壮观肃穆，香火旺，靠着庙的南面还有一个戏台，两边是厢房。庙里经常请戏班子来演出，附近桐乡、海宁县城的戏迷，皆远道而来看戏，其时场面火爆，闹猛来。

（二）

据史记载，睹谷庙建于元代元统二年（1334），庙前有座睹谷庙桥，横跨睹谷庙桥港。明正统年间（1436—1449），因庙成村，人们繁衍生息，遂成如今人丁兴旺的火炬社区。

据民间说法，这两棵百年银杏，一雌一雄，迟落叶者开花，早落叶者结果，相伴成长。有一首诗描述两棵银杏的夫妻之情：恩恩爱爱谈风云，相伴相依永不分。两水合流名睹谷，马龙驰骋现乡村，鸳鸯共沐双山露，喜鹊同恋斜日曛。携手春秋凡六百，刚柔连理送清芬。

听这里的老人讲，许多年前，这两棵银杏，长在睹谷庙的天井里。盛夏的时候，附近的孩子总喜欢在树下游戏玩耍，田间劳作的农民，则把它当作纳凉休息的好地方。但是，"文化大革命"时，因各种原因，睹谷庙被拆除，而两棵银杏树却被保留了下来，它跨越六七百年沧桑，至今依旧长得葱葱郁郁。

在乡村，有这样两株银杏树，是村庄的骄傲，是村民的幸福，它们是时代的见证者，阅尽人间沧桑，经历了岁月艰难坎坷的许多往事，一任风雨飘摇，年华老去，直到今天，它们依然有着满腔热情，它们有着甘于寂寞、无私奉献的精神，它们是乡村文化的精神象征，被一代代村民传承了下来，成为人们追求美好生活和实践奉献精神的注脚。

银杏树旁的火炬社区，有493户人家，分东、西、南三个居民小区，一排排四层楼高的漂亮的村民新居，这儿民风淳朴，邻里和睦，团结友爱。社区环境整洁，家家门前停着私家车，户户门前栽树种草，一年四季，花香四溢，果实挂满枝头。每当晚上我去散步，路过社区民房前，一股羡慕的心情，从我内心不时涌现。

时光荏苒，两棵百年银杏古树，传递的是自强不息和福泽乡里的精神之光，激励和鼓舞着火炬社区人，他们都有着银杏情结，也有着银杏一样的美好风尚。

新一代火炬社区人接力，发扬光大，福耀千里，翻开了新时代崭新的一页。

火炬社区南区居民、中学教师左春泉，不慕名利。2002 年至 2003 年，他不仅连续两年远赴四川剑阁县支教，还慷慨解囊，捐资 10 万元爱心善款，为鹤龄小学建起了两层楼的餐厅，他乐意助人、无私奉献的善举，至今仍被村民们津津乐道。

有一年，左春泉在剑阁县山区鹤岭小学支教时，得知学生没地方吃饭。为这事，他几天没有睡好觉，夜里苦苦思索想尽各种办法。他心里清楚家里没多余的存款，也没有其他经济来源。他考虑再三，终于做出一个惊人的决定。他便偷偷瞒着家人，从自己家房屋拆迁补偿款中，拿出 10 万元，捐赠给剑阁县山区鹤岭小学。不久，左春泉这笔特殊的捐款建起了两层楼的学校餐厅，解决了学校无餐厅的历史。这件事传开后，他的妻子知道了，她并没有责怪丈夫，相反，她心中更加敬佩丈夫的为人，支持他大爱无私的善举，为学生们撑起一方温暖的晴空。

（三）

每年秋冬时节，正是银杏一年中的最美时光。

到了深秋，银杏叶子由绿变黄，宣告季节更替。当阳光来临，一树橙黄的银杏耀眼、明亮，老远就能看见它美丽的身姿，迎着一道道亮丽的光线，在枝丫间温暖地穿梭，沐浴在阳光中，阳光的线条透过树叶间，带来一种光与叶的律动，银杏叶随风舞蹈。在树下，多少人惊艳它的美，多少人看白了头发，多少个难忘的故事发生，感受银杏生命无穷的力量和诗意。

在银杏树的前面，有一个六角亭子叫睹谷亭，飞檐翘角，气势不凡，一副对联写得妙：曾梵音滞雨合流夹谷，仰银杏千云历证沧桑。它们合唱一曲不老的乡音，传出淡淡乡愁，洋溢新时代乡村文明的新风，更成为乡村一道永不消逝的美景。

在附近创业或工作的外地人，都喜欢在这里生活，爱上了银杏。工作之余，他们三三两两，结伴而来，来到银杏树下游玩休憩，坐在亭中，或坐在文化长廊，操着不同口音，谈天说地，享受银杏树下的绿荫，四周绿意葱茏，环境宁静而优雅，呼吸着清新空气，享受火炬社区宜居宜业的生活氛围。

火炬社区的银杏树，它们是美丽的、令人心动的，它们像一首诗、一幅画，在新时代的光芒照耀下，焕发出更加夺目的光彩，诗意浓浓，处处和谐，人们爱上这片神奇土地上的花草树木，爱上这里的万家灯火，爱上这个美丽家园，为潮乡谱写一曲美丽乡村的赞歌，讴歌美好时代，憧憬未来更加美好的生活。

当刺骨北风没有刮来，当树上黄叶还未落尽，你若要我作向导，陪你去看一看银杏，我会欣然答应，选择一个初冬暖阳下午，或者一个早晨出发，带你去看望老朋友一般的银杏，它默不作声，可我会告诉你，遇见这么两棵有年代感的银杏树发生的许多故事。

此处心安是吾乡。

原载 2020 年《莽昆仑》第 1—2 期合刊

夕　阳

叶小渔

　　菜已经端放在桌子上，母亲还在厨房里忙着做最后一个菜——西红柿鸡蛋汤。我们坐在桌子边已经开始吃了。父亲倒了些许白酒，没了以往的谈笑风生，一个人闷闷地喝着他的酒。母亲做好汤端了出来，怕汤烫碎了餐桌的玻璃，她每次都在汤盆的底下加一个垫盆。由于放得不稳，汤水稍溢了些许出来，洒在了桌子上。

　　"叫你不用加底盆你就是不听，这桌子的玻璃是烫不碎的。"闷声喝白酒的父亲厉声数落着母亲。母亲瞧了他一眼，也不吭声坐下来自己吃饭了。我觉得父亲的火气有点大，觉得他这样数落母亲不对，心里窝着对父亲的不满。又想到这对老冤家一直以来都是母亲占上风，父亲一直让着她的。每当母亲数落父亲的不好时，我们总是说她嫁对了老公，父亲是从不对母亲发脾气的人。说到这个，母亲总是点头的，你爸脾气是好的。

　　为了让气氛好一点，吃饭的时候我故意东扯西聊。母亲倒是开口说了几句，发生了禽流感肉类都不敢买了以后只能买蔬菜了。父亲还是沉默。平时他是话最多的一个，说的总是让人发笑的事件。吃好饭妹妹和妹夫走了，父亲坐在沙发上，我和女儿也坐在沙发上。我觉得今天的父亲心中肯定有什么事，我得想办法让他开心一点。

　　父亲点上了一支香烟，烟雾慢慢地弥漫开来。他静静地凝视着缭绕的烟雾，仿佛在想着什么。我还在找话题和他聊天，问他今天的工地上有什么好笑的事？父亲还是呆呆地望着前方，安静里没有一点表情地对我说：老根今天倒下了，是我扶着他等医院的救护车来的。

　　老根是父亲的发小，从小一起长大的，比父亲小一岁，今年该是六十九岁吧。由于乡下的房子搞"两新"都在造新房子，村里的老人们都天天忙在工地上。其实每天的事也不多，他们就是聚在一起聊聊天，说说家长里短，来回递几根香烟，一天的时间就这么打发了。

　　老根家的房子就在我家的前边，老根倒下父亲是没有亲眼见到。先发现他的是隔壁的吴婶，起初以为是他脚下受滑了，可他迟迟不起来就不对劲了。吴婶一个人拉不动他，就急急地喊父亲一起将他拉起来。等救护车赶来的时候，老根已经不省人事了。

　　"现在不知道怎样了？"父亲忧心忡忡地自言自语。我感觉到了一个老人的无助感，对于生命无常的无奈，还有对于未来的茫然。

　　我竟然找不到一句能安慰父亲的话。他们这一代人，吃过很多的苦受过很多的累。可儿女们都大了有了自己的家，顾及他们的感受是越来越少了。在儿女们的眼里，更多的只是关注自己身边的孩子，却忽略了他们。每次有父亲的老朋友离去，他总是很感慨，我们活着是一天比一天地少了。

　　人老了后是越来越怕死，身上只要有一点小毛小病就会想着去医院检查一下。他们不图吃的不图穿的，只要身体安然无恙。

　　心软的女儿听见了我和父亲的对话，一定要拉着我们到她手机里看一个广告。母亲收拾好了厨房解下围裙坐在父亲的身边一起和父亲看着视频。女儿让我们看的是一个公益广告，故事源于一次重逢——五位平均年龄81岁的老人相聚在昔日好友的追悼会上，对着大家年轻时候在海边拍的照片，勾起了他们年轻时的梦。照片中的七个人里面，有两人已经离开了人世。活着的五个人，他们拔掉了吊针，丢掉拐杖，扔掉药丸。在六个月的准备过程中积极锻炼身体，最终穿上帅气的机车装，带上两位故去朋友的照片，毅然跨上摩托车踏上了环岛的旅程。最终五个老人来到了年轻时候合影的海边，他们举着朋友的遗像面朝大海，站成一排就像年轻的时候一样，依然是七个人。

　　依然是这片海，没有丝毫物是人非的感伤，只有梦想实现后的豪情万丈。夕阳的余晖映红了天边的晚霞，这一刻的风景是那样的壮美。一位老骑士在车头还挂上妻子年轻模样的照片，背后则背着已经去世好友的遗像。执子之手，与子偕老。不仅是在老去之后还能相濡以沫，更是即便生死两茫茫，我仍然时刻惦记着你，没有忘记他们当初的约定。

看好广告，对父母说出去旅行吧，趁还能走得动的时候多走走。母亲说家里是最好的地方。老底子有话说金窝银窝都不如家里的这个狗窝。父亲说你妈换个床，她睡不着的。其实父亲还是很为母亲着想的，就在三天前母亲胃部不舒服去医院，检查结果一切正常。我忘了给正在工地的父亲一个电话，倒是工地上的父亲迫不及待地打来电话问我母亲的病况。当得知母亲一切安好时，他只简单的一句"没事就好"。

电话的另一端有父亲如释重负后的一声沉沉的叹息。

父亲母亲一起走了这么多年，他们也都娴熟地彼此了解对方的脾气。现代人研究如何经营婚姻，从他们的身上就知道，婚姻其实根本是不用研究的。就是一个发火了一个不吭声让着，仅此而已。

儿女们都会飞的，到老的时候，能真正陪伴他们的只是彼此。每天黄昏他们顶着越来越多的银发踱着越来越蹒跚的脚步，牵手走在小区的广场上。广场的远处是黄昏的落日染红了天边。

原载《浙江散文》2020 年第 6 期

航在冬雪

钱金霖

　　江南运河两岸的雪景很美，河水是墨绿色，有厚玻璃的色感，雪花飘入水中是悄无声息的，两岸的树叶、竹林、村庄在一大片白色中显得更静，静得能听到树枝轻轻抖落雪块的声息，河面因为一大片水草被积雪覆盖，呈现在人的视线中是窄窄的小道，时而弯曲时有笔直。

　　有水草成片的水域，岸旁的芦苇丛中肯定热闹，当船队经过，总有雁群、野鸭弄出动静，发出声响，这无疑给风雪一路的船长们带来一丝生机和兴奋，至少瞌睡少了七分。

　　远望有乡里灯火依稀，忽暗忽明，朦胧闪烁。再远处，有一排排窗户，看清楚了，是移动的窗户，听清楚了，是火车奔驰的节奏，那从铁轨上发出的"咔嚓咔嚓……"或者是"咯噔咯噔……"是在大雪压掉所有的喧哗后，显出了非常非常骄傲的一种声音，一种鼓舞人心的呼唤。

　　前面是横跨运河的大铁桥，列车吐着白烟，鸣着汽笛，光亮在眼前一晃又一晃。船老大也鸣响了轮笛，似乎在回应列车的欢叫，表示着一种感谢。因为列车过桥，汽笛是禁示旅客们不要从车厢里向桥下扔垃圾、铁罐等，船队自然要感谢的，岸上水上汽笛、轻笛前呼后应，使黑夜不寂寞，雪夜更抒情。

　　过了大铁桥，又是一阵静悄悄，有人在船舱护着孩子盖严了棉被，有人开始温酒，煮面条、水饺，孩子们在舱里听着船帮擦着冰块的碎裂声响渐渐入梦。舱面上船老大欣赏着由船体推开的波浪，波浪爬上冰层的表面向两侧蔓延的细节，又见远方亮色一抹，那又是一座城镇，然而还远着呢，远着呢。

　　船老大微笑了，他点燃了烟，他从纷飞的雪飘中，从浪花的波纹中，从两岸的能见度，以及芦花、水草的姿态中，以及冰块碎裂的声响中，判断出明天是阳光更灿烂，而雪后的灿烂那会更美更美。

　　冬雪，飘了一整夜，船上昨日的冰碴尚未消融，又添上新的冰雪，船老大一阵咳声，煤炉便烧旺了，看水壶张着小嘴吐出了热气。而天色，依然阴着，风未停歇，寒风抚平了一河冰面，孤单的桅篷冻得僵硬了，厚厚一叠结成冰的雪块压着船篷，远看一抹白雪，船篷是几笔深褐色，眯眼有船的水墨效果。

　　大雪弥漫时，船上人家在舱盖上会堆起稻草，在舱底也铺了一层，铜炉里的炭火必须是炉内无烟且温度在降落时放入舱底，如此，即不会灼坏了舱内空气，又能保暖驱寒。

　　夜很静，静得能听到冰块在舱面上时而碎裂的声响，是从竹篙、木板船体以及水上冰块被风推挤在船帮，发出咯吱咯吱的声响，船上阿婆对调皮的小孩说，外面有鬼在逃，有神在追，鬼是坏蛋，对付坏蛋就是要冰寒的风，这个本事只有神能做，神有法力，看神仙经过的地方扬起的尘灰，就是雪花，天上的尘灰能不晶莹剔透？冰冻封死了妖魔鬼怪，明年就是一个丰收年、安稳年。

　　是真的吗？阿婆不会说谎，更不会说神仙的假话。

　　看太阳升起，一船积雪在非常美丽的蓝色天空和绿色水面上，金属性质的阳光悄悄滑入水面也是静静的，大约鸟儿、鱼们能听到，小孩们醒来了，移动舱盖，已有生命在欢呼，拨开梆硬的稻草，尽管草面上是冰雪，草底却冒着一丝暖暖气雾。整个船体罩上了一层薄薄的冰，被船老大的温开水一浇，用拖把一抹，风吹过，便干燥，便能行走；否则，跳板看似光滑，如贸然行走，十有八九跌入船舱。

　　风雪是怎么回事？冰寒为何如此，凡人不会理解，理解深的，体会多的，一般总是绝望过的、痛苦过的人，或者是辛劳极致的人，而漂泊于船上的人抬眼望天、低头见水，水又能映天，天又会将水落在湖面，恢宏的气势是上帝手笔，这一切对于享受温暖却失去对阴寒的体验，便会影响到对阳光的欣喜。

原载《烟雨楼》2020 年第 1 期

情人节前的告别

高叶青

　　医院 6 楼的过道上，一个个巨大的行李箱并排打开。棉衣、防护服、口罩、尿不湿、雨鞋、药品……清单上列出来的 51 样物品，叠得整整齐齐，被一样一样地放入了行李箱中。

　　他顾不上一一查看，急急地穿过通道，奔向过道尽头的一个房间。

　　推门而入，他的她，正端坐在椅子上，任由理发师的剪刀飞舞，在"咔嚓咔嚓"声中，她的长发随声而落。

　　和她一起的，还有其他 4 位护士，都是他的同事。

　　33 岁的她，是在医院呼吸内科工作的一名护师。今年是她工作的第 13 个年头。他呢，则是同一家医院普外科的副主任医师。

　　2 月 13 日的早上，夫妻俩难得都是白班，坐着同一辆车进了医院，各自进了科室。8 点 15 分，她接到了医院护理部主任的电话，告知医院要立即选派 5 位护士作为浙江省第四批医疗队队员援助武汉。

　　立即、马上，刻不容缓。

　　接到她的电话告知，飞奔赶到行政楼 6 楼的他，看到正是剪刀起、青丝飞落的场面。

　　他的心头一紧，鼻子一酸，她那么爱护的一头秀发，记忆中从两人相识起，她就一直是长发飘飘的模样。

　　趁着理发师的一个小停顿，她扭头看了一下他。四目相望间，便已知彼此的心意。本市第三批医护人员出征时，他就有预感接下去会轮到自己的妻子。因为，此前，她积极向医院报名"请战"，而他，早已提前到超市为她购买了必需的生活用品。

10 点钟，他与她坐在了医院欢送援鄂人员的会议室内，他紧紧地握着她的手，不舍得松开。作为医院双职工夫妻，忙碌是他们平日的工作常态，同在一个医院上班，在院内见面的次数却很少。而同为医务工作者，心底里涌起的使命感却让他们彼此心意相通，更有了普通夫妻少有的默契。

结婚 10 年，这是第一次，他没有陪着她远行，目的地还是疫情笼罩下的武汉肿瘤医院。

"能出征武汉也算是圆了我老婆的梦想，因为她一直想去，我很尊重她、支持她。如果需要我们外科医护人员去，我肯定也会冲在第一线的。"表态性发言时，他就说了这两句。

然而，提到家里 9 岁和 5 岁的两个儿子，原本在现场一直乐呵呵的她，眼圈瞬间红了："虽然舍不得孩子，但我相信孩子们会理解'有国家才有小家'意味着什么。"

"儿子，你们要在家乖乖的，妈妈去打怪兽了，加油！"这是她出征前对着电话跟两个孩子说的一句话，然而说完这句话以后，她放声哭起来。

他抱住妻子，轻声却有力地说："你要照顾好自己，孩子我会照顾，我会为你加油。"这一声声满怀深情的叮咛，是他对她最朴实而真挚的表白。

目送她与她的战友们坐上大巴车奔赴机场，他一直保持着的微笑终于在脸上凝固，转身，泪落。

晚上，他的朋友圈里，发了一条信息：执手相看泪眼，竟无语凝噎。念去去，千里烟波，毒霭沉沉楚天阔。多情自古伤离别，更哪堪明日情人节。

原载《烟雨楼》2020 年第 2 期

两个母亲

朱沈荣

我有两个母亲,一个是生育我的母亲,一个是养育我的母亲。两个母亲就像天下千千万万的母亲一样,平凡而伟大,她们在我人生中都起着不可替代的作用。

20世纪60年代末,秋收农忙时节的一天,我的生母十月怀胎,在我生父的护送下,乘着一只木头手摇船,从海宁市伊桥公社双凤大队一个老地名叫作"西岗兜"的一条小河驶向海宁的母亲河——洛塘河。生父身强力壮,竟一个人摇船摇到了老塘桥的轮船码头,又一个人搀扶我的生母到了人民医院。

在人民医院,生母顺利地生下了我,一个新生命偶然地来到了这个世界上,正开启着他风雨无阻的人生道路。

生母看着这个活蹦乱跳面色红润可爱的小生命,眼里流露出分外的喜悦之情。但是,这种喜悦之情持续不了三天时间,生母就满脸痛苦和悔恨地独自从医院的妇产科病房站起身,不顾产后的羸弱和头晕目眩,疯子一样地跑回了那个闭塞的"西岗兜"家里,躺在床上不言不语,不吃不喝。因为她辛苦孕育的刚落地三天的孩子竟然不翼而飞了。生母责问我的生父,孩子到底哪里去了?我的生父沉默以对,三缄其口。生母在床上躺着,因不明不白丢失一个孩子而痛苦万分,身子日渐消瘦。后来,生母的母亲只得把孩子的去向一五一十地告诉了她,并答应生母等孩子长大一些后再去寻找。

原来,生母生下我三天后的一个下午,有一个陌生女人(我后来的养祖母）走进人民医院要抱养一个孩子。生父心想我的生母一定不舍得把自己的孩子送人，就等生母上厕所的间隙，立马送掉了孩子。等到生母从厕所回来，病房里已经不见了孩子的身影，生母撕心裂肺地大哭一阵子后就奔出了医院……

生父送走孩子的时候，就草草地跟抱走孩子的陌生女人达成了简单的口头协议：大家都不要公开孩子的信息，以后不来不去，这样就当是抱走孩子的陌生女人家自己生的一样。但是，陌生女人还是大概告知了生父有关孩子的去向——伊桥公社迎丰大队二小队。

那么，生父为什么要送走这个刚出生三天的孩子呢？原来家里已经生育了五个孩子，大的孩子已经十多岁了，再添一个孩子，家里的负担就承受不起了……

幸运的是，出生三天的孩子被抱到了一个普通却仁慈的家庭。这个家庭的主母，我后来的养母，那时却与我生母同时间生下了孩子，但不幸夭折了。

两年后，养母生了自己的一个孩子，就是我的弟弟。弟弟的到来，给这个原本融融泄泄的家庭带来了更多的快乐。养母却不因自己孩子的到来而放松对我的疼爱。反而，养母对两个孩子一视同仁的情况下，有时还偏袒我一些。

等我长到八岁的时候，在我的人生旅途中发生了一件大事，生母和养母相遇了。伊桥公社统筹全社社员派遣到迎丰大队开挖河道。生父和生母刚好派到了迎丰大队挖掘河道，顺便一打听，就知道了他们曾经送走孩子的下落。生父生母找到了养母家，要看一看孩子。我站在水泥场上看见了一个陌生的男人和一个不熟悉的女人。养母走过来叫我叫他们"寄父寄娘"。我有点莫名其妙地叫了声"寄父寄娘"就逃开了。但是，从此，"寄父寄娘"就经常到养母家来看我，还分糖果给我吃，给我留下了美好的印象。

迎丰大队的河道挖了一个冬季，"寄父寄娘"到我家来了一个冬季，有时候干脆吃住在我家里。于是，我跟"寄父寄娘"熟络起来。等到"寄父寄娘"要回家去时，他们跟我的养母提出了一个请求，请求把我带走，带到他们家去住几天。养母答应了他们的请求，就送我和他们一起走到张店以南金龙大队再南的一片田野里。往东，来到一条小河边上，跳上一只小船，摆渡到了对岸。对岸就是双凤大队的"西岗兜"。

养母在河的西岸望着我的背影摇晃到河的东岸，眼神里有一种不舍，似乎还含着泪光。这是养母第一次送我出远门啊！我登上东岸，回过头去，也依依不舍地望着养母，眼泪几乎要流出来，我要到一个陌生的地方去了。

我在"寄父寄娘"家住了一个星期后，养母养父来到"寄父寄娘"家接我回家，却发生了令人意想不到的事情。"寄娘"拉扯着"寄父"，要求"寄父"把我留下来；"寄父"推搡着"寄娘"，叫养父母把我带走。一时间，"寄娘"就大哭起来……养父养母看到"寄娘"的哭相，也忍不住眼泪汪汪，竟使我也潸然泪下。我不知道当初是为什么而哭，只觉得那情那景，仿佛一场生离死别。

回到家后，我终于知道，我是这两对夫妻共同的孩子，我一下子就长大了一样，对养父母的养育之恩就想以自己小小能量去报答他们；对生母生父的生育之恩，就想以自己的一颗小小心灵铭记他们。

我对于养父养母总是言听计从的，做着自己力所能及的事情，割羊草，喂猪食，下田耘草，入地锄草，什么农活都干。因而小小年纪就赢得了村里人的赞许，养母养父也因此为我自豪。我也经常在养母养父的陪伴下去看望亲生父母。

岁月如梭，人生无常。在我读大学那一年，生母得了一场大病，据说得的是心脏病，因为无钱医治，因为救治误时，得病才一个多月就被死神夺去了生命。我从读大学的城市赶回"西岗兜"送生母一程……心里过早地尝到了死亡带给我的悲痛，生母去世时才五十九岁啊！

2004 年 2 月 4 日，我还在学校里做着期末监考工作的时候，家里传来噩耗，生病卧床的养母停止了呼吸。我的最最亲近的母亲啊！你怎么也这么早就走了呢？养母走时，年仅五十九岁，与生母同岁。为什么两个母亲都这么年轻就离我而去了？我将再不能孝敬她们，只能默默地用文字用灵魂祭奠她们，怀念她们……

原载《浙江散文》2020 年第 3 期

送　米

朱沈荣

　　20 世纪 80 年代末，海宁市湖塘初中的校门是朝东开着的，且开在围墙东北角上。校门口的大铁门从来没有关闭的意思。它们向南北两侧靠着围墙，敞开着胸怀。大铁门锈迹斑斑，像一个风烛残年的老人，驻守在校门口。校门口也没有传达室，父亲就经常从这个没有传达室的大铁门进进出出的。

　　父亲到湖塘初中来做什么？他是来送米的。我曾经不止一次地关照父亲，不要给我送米了。但父亲认定了一定要给他刚上班的大儿子（我）送米这个事情后，从不懈怠，他觉得为儿子送米是天经地义的事，就像儿子小时候需要他喂饭似的。为儿子送米成了他的一种责任，甚至一种荣耀。

　　父亲送米，骑一辆迷你型的三轮车。三轮车中间刚好放置一袋五十斤重的大米，从伊桥乡迎丰村三组出发，沿着农村田间的泥路、石沙路过沪杭铁路一隧道到达旧时硖斜公路。再从旧时硖斜公路到硖石镇，走硖新公路往南（硖新公路也是石子路）到马桥与湖塘交界处的紫人路口，往东骑行 01 省道（当时也是石子路）两公里就到湖塘镇街。湖塘镇街到学校就不远了。

　　但是，父亲第一次来学校送米，到了湖塘镇街却一下子找不到我的学校。他只好在街上打问湖塘初中的具体位置。湖塘人见到一老者问路，都热情地为他指路：湖塘街就一条南北向的主干道，走过北桥，到十字路口，右拐不远就到湖塘初中了。父亲从 01 省道下来往南走，推着三轮车，推过了湖塘北桥，来到了街道十字路口，右转往西，看见了一所学校。父亲激动地推车进校门，逢人就说，吾拉沈荣有了踏教书哇？被问的老师就说，这里没有"沈荣"这个教书的人。父亲有些傻眼，有点尴尬。过了一会儿，被问的老师接着说，您说的"沈荣"在初中还是小学？此时。父亲终于弄懂了怎么回事。他到的地方是湖塘小学，我是新来湖塘初中教书的，自然，小学老师是不知道我这个老师的。

小学老师热心，就引着我父亲到湖塘初中校门口。父亲看见了初中校门边挂着的几个大字"湖塘镇初级中学"，就眉开眼笑地谢了热心的老师，独自走进校门来。

父亲推着三轮车上的一袋大米，神情轻松地推在校园的泥路上，又不知往哪儿去找我。校门进来靠右手边是一排破旧不堪的平房，平房有七间，东西三间做了教室，中间一间当了教师办公室。教室办公室走廊地面全用青砖铺就，走廊外面泥地上矗着两株高大威武的泡桐树。时值秋天，树叶儿无声无息地飘落下来，在地面上铺了一层落叶，秋意浓浓，秋风送爽，于人是适宜的。父亲在泡桐树下停顿了一会儿，朝校园的南边望去。他看见南边两层高的教学楼里坐满了学生。父亲想，他的儿子"沈荣"就该在那里教书了吧，就再次起步向南边推过去。小三轮在泥地的操场上"叽哩嘎啦"地响着，寂静的校园就流淌着这个美丽优雅的声音。

我坐在平房中间的办公室里批作业，猛一抬头，就看见了我父亲的背影，就像朱自清看见他父亲爬过月台去买橘子时的背影一样。我父亲的背影瘦弱矮小，几丝白发就黏贴在他的小脑门上。微风吹过来，白发的发梢翘起来飞起来，好像父亲抽烟时喷出的几缕烟丝，袅袅娜娜的，给人一种饱经风霜的人生况味。父亲穿着土布做的蓝青色上衣、卡其布做成的灰色裤子，左右摇晃着前行。我似乎还看见了父亲脊背上渗流着大把大把的汗水。我一时感动不已，从办公室里跑了出来，朝着父亲追奔过去。

我在父亲的背后喊着："爸爸，爸爸，我在那个平房的办公室上班，我看见您了……"父亲听到我的喊声，缓缓地刹住了小三轮，回过头来。这时，我看见父亲瘦削的脸，满布麻子的丑陋的脸。我的眼泪禁不住滑了出来。父亲小时候得过麻疹病，没有治疗好……这是祖母跟我讲过的事情。我觉得父亲悲惨，但他不觉得自己悲惨，总是爽朗地尽着做一个父亲的责任，尤其是对我的好，至今想来历历在目。

我马上扶住父亲说："爸爸，您下车吧，我来推三轮车。我就住在操场南面两层楼上的格子间里。"父亲从三轮车上下来，很腼腆地说："沈荣，从伊桥到湖塘挺远的。没什么事情的话，你星期六星期天不用回家来，米我会送来的……"听着父亲的话，我的眼泪差一点流到脸颊。我转过头，不看父亲的脸，后脑勺对着父亲，父亲就在我后面跟着。我们一起来到了二层楼下。父亲要把米搬到二楼去，我阻止了父亲搬米，说："爸爸，我自己来搬。"五十斤重的大米，对于我来说，一只手就能拎起来，拎到二楼上去。但对于父亲，可能就有点沉重而吃力了。

我把米拎到了楼上房间里，父亲跟着我到了房间。我叫他坐一会儿，等吃了中饭再走。可是父亲坐了几分钟后，就站起来说："沈荣，你还要上课，我先回家去。家里还有农活要做的。"我拗不过父亲的执着，只好尊重父亲的想法："那，爸爸，您小心点骑车，靠右手走，不要急……"父亲点点头，走下楼去。我们一起来到校门口，父亲跨上三轮车，慢慢朝前骑过去，骑到湖塘小学门口转了弯，父亲的背影就消失在我的视野中了，我的眼泪就像朱自清《背影》里写的那样："等他的背影混入来来往往的人里，再找不着了，我便进来坐下，我的眼泪又来了。"我是转过身朝办公室走去，一边走着，一边很快地用手抹一下眼泪，低着头走进办公室坐到自己的位子上埋头写起教案来。

我在湖塘初中工作了十一年，父亲为我送了十一年米。父亲总是在我快要吃完米的时候，及时把大米送来。大概一个多月送一次米。我曾经跟父亲说，用不着这么麻烦给我送米，我每个月都有粮票发，买一斤米只要一角四毛钱。父亲说，粮票可以卖钱，反正家里种的大米吃不光，他有力气有时间给我送米。我就不再推脱父亲送米的事情。我想，父亲总是想着我的，他给我送米，就是想经常来看看我，满足他想我的愿望以及他的自豪感。父亲驮着一袋大米骑过自己村庄的时候，碰到村人，就会扬起头说："我给我在湖塘教书的儿子送米去！"他那张满溢骄傲神情的麻子脸就在阳光下闪烁着坑坑洼洼的亮光了。

后来，我调至狮岭学校工作，父亲依然给我送米。起先，我和妻儿租住在市区南苑五里的农民房里（那时，南苑五里还是城中村，没有拆迁）。父亲送米来的时候，就说："沈荣，住这么小的地方，太苦了点。要么住到家里去吧！"我说："爸爸，住到家里不行，去上班太远。"父亲不言语了。父亲送米来，连个坐的地方都没有。父亲把大米放在我们租房的外面说："沈荣，记得搬进去。"说完话就跨上三轮回去。我有时再跟父亲强调说："爸爸，现在不用送米了。家里已经是弟弟当家了，您再拿家里的米送给我吃，弟弟弟媳会有意见的。"父亲说："没事的，你弟弟弟媳都是老实人，他们有时候还叫我送米给你呢！"我听着父亲的话，心里除了感激父亲以外，也默默地感谢弟弟一家人的淳朴厚道。

到2000年的时候，我和妻儿在市区买上了自己的房子。居住条件改善了，生活质量提高了。父亲依旧给我们送米。父亲送米来的时候，我们就叫父亲住在我们家。父亲看到我们的生活有了很大的变化，他就乐呵呵地说："好啊，在大儿子家住几天再回乡下去，过过城里人的日子。"于是，父亲就住在我们家了。到了晚上，我跟妻子说："你跟儿子睡，我跟我爸爸睡。"这样，父亲在我家住了几个晚上。我和父亲睡在一张床上，我们聊一些生活故事。父亲总会把乡下的家长里短说给我听。我好像在听一部发生在乡间的小说，认真听着父亲的叙述。

但是，父亲住不到一个星期就要回乡下去。回去的时候，就对我说："沈荣，没米了，跟你弟弟打电话，我送过来。如果我没有空，就叫你弟弟送来。"确实，弟弟也给我送过几次米。弟弟送米的时候，米就涨了斤两。弟弟年轻，有力气，送一袋一百斤重的大米到我家。我们家一吃就是好几个月。

2007年12月，父亲在市区联塘路摆摊卖菜时，突然浑身无力，手脚不能动弹，人倾斜着坐在了马路的路肩上，幸亏有同村卖菜的人看见，马上打了电话给我弟弟，弟弟又打电话给我。等我赶到人民医院的时候，父亲已经送到急诊室挂上盐水了。父亲在医院住了半个月后，就出院了。我打的士送父亲回到乡下家里，关照父亲要按时吃药，不要再干重活。父亲答应了我的要求后说："那以后，送米只能叫你弟弟来了。"我说："爸爸，您不用惦记我家吃米的事情，好好在家里养病，我会每个星期来看你的。"可是过了一个月后，父亲骑个小三轮又给我送米来了。这次送的米是三十多斤。也是父亲生命里最后一次给我送米。父亲到了我家楼下，就喊我的名字。我马上从楼上跑下来："爸爸，您怎么还给我送米？"我有点生气地责备父亲。父亲笑笑说："我今天早上刚好到你们小区摆摊卖菜，顺便带了一点米过来……"

我带着父亲走到楼上，叫他坐下来歇息。吃过中饭，和父亲说了一会儿话。父亲就提出要回乡下去。我说："爸爸，今天就住我家吧。"但是，父亲还是坚持他的想法一定要回去。我说："爸爸，那你一定要小心骑车，以后不用送米，要送，就叫弟弟送。"

我送父亲到楼下，看着父亲跨上小三轮说："爸爸，过年给您买一辆好点的三轮车。"父亲说："不用。"就往前骑去。

到了过年的时候，父亲却躺在床上走不动了。他给我送米的小三轮就停在弟弟家的堂屋里，渐渐地积满了灰尘……

父亲在床上躺了十个月后，在国庆和中秋双节交汇的日子里永远地闭上了眼睛。

父亲为我送了几十年的大米，我却无以回报，我本想给父亲买一辆新的三轮车，到最后，连这个最起码的孝敬之心都没有实现。想起父亲送米时的音容笑貌，我的眼泪禁不住又簌簌地流下来了……

原载《浙江作家》2020 年第 3 期

消失了的鸭头湾

张利荣

仰望天空，秋天的风，秋天的云，会把我的思念传送给你……

——题记

"鸭头湾呢？鸭头湾在哪里？"与其说是问别人，还不如说是问自己。

"什么？什么鸭头湾？什么黄泥浜？"刚下班的四川帅哥歪着头，一边拔下耳机，一边迷茫地看着我，又转过头，望着前面那一片高高低低的厂房，像是反问，又似在寻找。

"木有，木有，连一根鸭毛也没有！鸭头湾，从来就木有听说过……"

"就在这里！肯定在这里……"我坚定地说。我听见四川帅哥嘟哝一句"痴人，梦话！"

梦话？是的，是梦话。三十多年前，这里是一个广袤而神秘的鸭头湾，还在。此后，就一直在我的梦境。我相信，这位外地帅哥确实没有见过那鸭头湾。那鸭头湾边长满了茂密的芦苇，虫声啾啾，刺猬、野兔出没。夏季与秋季的晚上，"嘎嘎，嘎嘎——"有成群的野鸭在这里飞翔，盘旋，栖息……

那一片野性的鸭头湾属于我，属于我的姐妹们，属于我喜悦与忧伤参半的童年，是我童年记忆和梦境最鲜活的一部分。

那里有一片两平方公里的水塘，密密麻麻拥挤地长满了芦苇，那里是鱼虾、螃蟹、小鸟的乐园。

　　当和煦的春风吹拂我们的头发时，当鸭头湾柳树丛里，传来唧唧的鸟鸣时，一些竹笋般的芦苇芽破土而出，紫红的芽尖与旁边的嫩绿的小草呈现着浓浓春意。傍晚时分，小叔在河边支起了提网。春田的水淙淙地顺着水沟注入那里。小叔的提网提出大半时，渔网乱晃，水花飞溅，肥硕的鲫鱼、鲤鱼左右冲突像跳动的银子……

　　当杨树上的老蝉放声高歌的时候，当鸭头湾芦苇越发茂密、密不透风时，酷热的夏天到了。我们村上的男孩偷偷地把小木船划到那里。离开了大人的视线，少年们的胆子就大起来了。我们十多个半大的孩子，分两侧摇晃木船，水花四溅，船进了一半的水，再摇晃，木船就翻了，倒浮在明亮的水面上。我们跳进水里，大叫着用力拍打水面，大家呐喊着又把小木船翻过来；游泳开始了，有的站在摇晃的船舷，高喊着：打倒日本帝国主义！纵身跳入水里；有的少年潜入水底，水面上冒出一长串细密的水泡，很长时间才窜出油光的脑袋，像鸭子一样摇晃；有的开始仰泳，展开的双臂像小船上有节奏的划动的双桨。最调皮的要数阿发，他把乌黑的污泥涂满整个脸，只露出眼睛，怪叫着恐吓我们，接着，又一个猛子扎下水底，鼓起的浪花，惊起跳跃的白鲢……

　　晚上纳凉，遥看天河对着自家大门的时候，我们惦记的馄饨节到了。包馄饨可是当时我们孩子的重大节日。约定的日子，邀请了自家所有亲戚的小孩来吃馄饨。奶奶要蒸糖馄饨，就要我和阿姊、妹妹到鸭头湾剪苇叶。那里的苇叶最宽大，最厚实，最清香。那里的芦苇在高岗之下，一半伸向河面。芦苇岸势非常陡峭，我胆子大，也是小心翼翼地滑到下面，挑拣宽长的苇叶剪下来，传给姐姐妹妹。她们一叠一叠的，整齐地叠放。回到家里，奶奶将苇叶用井水清洗，洗过的苇叶愈发碧绿，清香。奶奶又教我们把苇叶镶编成小小的苇席，一排排放上馄饨，再修剪齐多余的苇叶后，就入锅蒸煮。

　　一会儿，蒸好的馄饨出锅了，叠放在翠绿色苇叶上的玉色玛瑙似的馄饨，非常可爱，厨房的空气里弥漫着馄饨与苇叶香甜的味儿……

　　馄饨节过去，我们要读书了。鸭头湾的芦苇丛里，常常有黑白相间的水鹁鸪飞出芦苇，掠过绿油油的水面，唧的一声，叼起一条扭动的小鱼，飞向远处去了。我坐在船舱，父母送我姐去镇上读书。妈妈总是说："好好读书，将来到远方去，到城市去……"

阿姐放假，我们相伴着，就去鸭头湾割羊草。蓝天白云，秋高气爽。那里有一种叫"茅拉根"的野草，刨开泥土，露出一节节白嫩的小根，用手一掠，衣袖一擦，便把"茅拉根"放到嘴里咀嚼，甜津津的，味道好极了！

芦苇的穗子由白开始变灰，像长粗的灰猫尾巴时，我就和姐妹们去撸苇叶，顺着滑溜的苇秆往下一撸，枯黄的苇叶就撸下来了……

秋天收获，一船船金黄的稻谷经过鸭头湾摇出去，一船船红红的硕大的番薯经过鸭头湾摇出去……我们孩子随着大人坐船到镇上去。我们唱着歌经过鸭头湾，我们在满船的番薯中，挑选鸭头湾上长出的红心番薯。啃咬掉皮，白玉般的肉，红心的番薯，脆梨的味儿，比普通的番薯味道自然要好得多……

漫长的冬天来到了，鸭头湾结了厚厚的坚冰。太阳一出来，这里雾凇沆砀，白雾迷茫。在这里狩猎的英中伯，戴着厚大的毛茸茸的雷锋帽，端着猎枪，牵着棕黄的猎狗，嗷嗷地从冰雪覆盖的田野上跑来，追赶着被猇猇住的还在吱吱叫着拖着猇逃窜的黄鼠狼……他的麻袋里早已装有几只皮毛油一般光滑的猪獾。

太阳升起来了，从鸭头湾散去的晨雾里，我七十多岁的外祖母太太，摇着小脚，提着蓝色的包裹，颤颤巍巍地给我们送好吃的来了……

太阳升高了，从鸭头湾传来笃笃笃的声音。一只有篷的小船缓缓驶来，是讨要年糕的疯子船。船上的人唱着悠悠的歌，伴着凄惨的二胡，如泣如诉，边唱边讨。从一家一家的石埠边挨过去。我们孩子一听到声音，大喊着爷爷奶奶。爷爷、奶奶总是从小缸里掏出珍藏的一大块年糕，让我们送到石埠边，端坐船头的人伸出长竿的网兜，接过年糕。苦命的人咿咿呀呀唱了一番，表示感谢。油亮的小船划过来又划过去了……

铿锵铿锵，咚咚哐哐。那是我的堂姐出嫁。新娘的船搭了船篷，我的姐妹们做伴娘，提了火炉送堂姐。后面的船装着嫁妆，是红漆的箱子，箱子上面是一叠叠整齐的花花绿绿的被子，红色的面桶里有热水瓶、玻璃杯、三五牌台钟……鸭头湾一过，在岸上奔跑的我，再也见不到新娘的船影了，鸭头湾的水波还在荡漾。铿锵铿锵，咚咚哐哐的锣鼓声也渐渐消失了……

如今，鸭头湾也消失了。消失在一些高高低低的厂房下面。我童年的鱼呢，我童年的水鹁鸪呢，我清香的芦苇叶呢，我的红心番薯呢，我的甜润的茅拉根呢，还有雪地里吱吱逃窜的黄鼠狼呢，我百灵鸟一样会唱歌的堂姐呢……

鸭头湾，我童年的鸭头湾，我找你，你在哪里？

仰望天空，一阵阵秋风，一朵朵白云，会把我的思念传送给你……

原载《烟雨楼》2020 年第 2 期

东坡肉之祖

张毅强

　　说起海宁缸肉，嘴巴里的口水自然而然会多起来。你看，那靓丽的色，如玛瑙般红润晶莹，那醇厚的香，未曾起缸即随空气飘忽而来，那滋滋的味，舌尖刚那么一卷即已酥化成汁。

　　乡间但逢喜事婚宴，这缸肉乃是最后的一道大菜，一桌子10人，尽管前面各式炒菜吃得热乎爽快，然而当这一大块滋润发亮的缸肉端上桌子的时候，筷子不禁还是频频举起，你一块我一块，最后来个底朝天。"好吃，好吃。"啧啧的脂肪油露还在嘴角边淌着，赞叹声便随之而起。

　　汹涌澎湃的钱塘江大潮，在海宁形成潮文化，而这潮文化里要说食的话，这缸肉绝对是拿得出手，几乎可以和北京全聚德烤鸭媲美。

　　海宁缸肉浸润在江南深厚的食文化中，成为大众的普爱，当然是有历史渊源的。它的制作技艺，从民间而来，可是让其名扬天下的，据说靠的还是苏东坡这个大文豪。据传在北宋熙宁年间，海宁缸肉已是乡间遐迩闻名之美食。熙宁八年（1075），苏东坡到海宁盐官撰写《安国寺大悲阁记》，尝到当地的缸肉，大为赞许。元祐四年（1089），苏东坡知杭州，喜美食的他念念不忘缸肉，将海宁缸肉煮法按自己的口味添油加糖改良一番，传播至杭州、扬州等地，故彼时亦被称为"东坡肉"，其实海宁缸肉是东坡肉的娘。至于海宁缸肉究竟始于何时，要考证那是历史学家的事，对普通老百姓来说实在无关紧要。在民以食为天的普世法则下，这缸肉制作技艺让一代又一代海宁人始终薪火相传，边做边吃，直到现在依然"不绝于缕"，为啥呢？就三个词"好色""好香""好吃"!"色、香、味"才是食之硬道理。

海宁缸肉制作有一定讲究。首先是猪肉的选择,要选取薄皮猪,取其肋条下的五花肉,将肉切成重约 750 克的方块,用稻草在肉中间呈十字花扎紧,烧好后一整块装盆,上桌时剪去稻草,一般用于喜庆婚宴,俗称"酥肉",又称"天堂肉";其次是配足佐料,绍兴黄酒、葱、姜、红枣、白糖、老抽、盐等一样也不可少;其三是烹煮所用的器具,传统都用陶缸,因陶缸壁厚,传热慢,慢工出细活,烧出来的缸肉味道才正宗。具体做法是:陶缸底铺上稻草垫,放入粽叶、姜块、葱结和红枣,将扎好的块肉放入陶缸,以大半缸为宜,水要浸没原料;旺火烧沸腾后撇去浮沫,再加黄酒、老抽、盐等佐料,用盘压住肉块不使其上浮,不用加盖,再旺火烧沸腾约半小时,等肉块表面上色后加白糖,再以中火及小火烧三四个小时,随后旺火收汁,起胶即可停火。需注意的是烧煮期间肉块要翻动两到三次,以防肉粘连陶缸而发焦,加热要用传统的柴火。

海宁缸肉这道民间美食,糅合着大上海海派的浓油赤酱,也糅合着杭帮菜的咸中带甜,巧取中庸之道,油而不腻、酥而不烂、香气浓烈,回味无穷,其制作技艺已列入嘉兴市非物质文化遗产名录之一,也曾在《舌尖上的中国》闪亮登过场。

地球村里,饕餮天使们不仅需要色、香、味俱全满足观感与口感,而且需要满足各类营养价值之摄取,这对于民间美食而言无疑是一个走向世界大舞台的绝佳机会。陶缸、稻草、桑柴烟熏火燎下的海宁缸肉,在 2008 年第六届全国烹饪技能竞赛(浙江赛区)暨浙江省第五届烹饪技术比赛上一亮相,就倾倒评委,顺利摘取了金榜桂冠。想吃海宁缸肉,不妨快马加鞭到海宁,在钱塘江大潮的滚滚隐雷中,坐在古城盐官江边的春江饭店里,听着涛声,来一碗缸肉,加一坛陈阁老宅花雕酒,品尝苏东坡的"净洗铛,少著水,柴头罨烟焰不起。待他自熟莫催他,火候足时他自美……",岂不快哉!

原载 2020 年 7 月 14 日《中国旅游报》

长安闸

余素兰

在烈日和蓝天下一幢灰瓦白墙的建筑物上，黑色的大字写着"大运河（长安闸）遗产展示馆"。就是这里没错了，刚入门就见"长安道上"几个字，印在一巨幅的水墨《运河全图》上。

我们被展馆的管理员带至一船舱，坐下欣赏电子屏上的立体影像，原来屏幕上正播放的乘船从杭州一直行船在悠悠于长安道上直至海宁长安镇的影像。水声潺潺，我们随着船前行在航道上，两岸房屋林立，不时有小儿打闹，有三两农人荷农具行走在岸边的路上，遇到相熟之人便停下来闲聊几句，好一派勃勃生机的乡间景象，如穿越一般，我们忽然就回到了古时。

我们恍若穿着古装，从杭州出发，沿着上塘河来到了长安。一路上车船喧闹，鸡犬相闻，有许许多多的桥如飞虹跨于河道上。穿梭于其中，我们也成了画中的一景。

原来由杭州流出的上塘河，经过长安，与东苕溪流域的崇长港相接，继而逶迤向北，即为江南运河，上塘河崇长港，上下河流，高低悬殊，因此，长安镇上筑起闸坝，称之为长安闸坝。而这条通运要道，称为长安道。

当船只从上河驶进下河，开启上闸，关闭中闸，上闸室水位与上塘河形成"平水"；上澳的功能以蓄水为主，打开上闸门，上河水注入上澳储存，船由上塘河驶入上闸室内，随后关闭上闸门和下闸门开启中闸，上闸室和下闸室之间形成"平水"，打开下澳闸门，部分水量注入下澳储存船只驶入下闸室，关闭中闸，开启下闸，下闸室与下河崇长港形成"平水"。

　　船驶出三闸，进入下河，去向崇福，嘉兴。从下河过三闸进入上河亦然，只不过这时候是两澳的功能从蓄水变成了为闸室补充水量。长安闸自北宋末年开浚两澳后，三闸两澳系统就正式成形，三闸两澳系统是江南运河上最复杂最具有科学价值的船闸。看过三闸两澳的模拟操作。我不禁惊叹古人的智慧，这个三闸两澳系统简直是一套哲学体系，运用到人生中也一样适用。

　　人生路上何其多的上下河啊，却又有几人懂得并能运用长安闸的智慧平稳度过？我自己不也总是在人生的河里浮浮沉沉，时而为一点点小利而狂喜，时而为一些些失落而伤悲，时而为放不下的过往而阴郁懊悔，时而为看不清的未来而迷茫纠结。

　　今日河上喧嚣不在，长安闸坝遗址仍伫立在风中，见证了中国大运河昔日的辉煌和曾经的科技高度，述说着水运在经济文化当中作出的突出贡献。如今，时隔千年，尤令人神往赞叹。

原载 2020 年 9 月 11 日《中国水运报》

我的素色乡情

张小春

浅秋，剪一角莫兰迪色系的江南秋色为邮票，把那些梦里依稀的乡愁写满信笺，以朝觐的心向西，问道崆峒。

道教圣地，崆峒山脚下的平凉市，那是乡愁伴随我一生的地方。"近乡情更怯，不敢问来人"，此时，除这两句诗外，没有其他能表达我的心情。黄土地依旧保持着千年不变的颜色，干净、纯朴，看一眼心就宁静。

城市的轮廓、村庄的框架在黄土高原的晨曦中慢慢展开，草木清香依旧，城市气质依旧。乡音浓烈到流泪，远处的清真寺也依旧透出神圣，同最淳朴的黄土地一样，永葆那最初和最终的理由。在心底沉睡了多年的文字，还未来得及梳妆，只因耳边的一句乡音，便在眼角泛滥流淌。

记忆中乡间骨感的山路，依旧留有父辈们走过的足迹。远处炊烟中，焚烧玉米秸秆清香，唤起了童年的记忆。那些一眼看不到边的青青麦田，守望着未来和希望。黄土地的根也在一代代守望者心里，在最素朴的坚守中行进。草尖上的露珠，把相思包裹在内，盈盈欲滴，等待乡音点燃，如潮之瞬间！

午后，拿一把未上油漆的小木椅，坐在淡粉色的荞麦田边，那些竖格中排列的宋词也款步走向田间，和着蝶翅的律动，展示最富有诗意的 T 台秀。

黄土高原外在的粗犷中也蕴含着内在的细腻柔美，如泥土的千层叠加，可以剥离出数层，然而叠加起来，无论叠加还是剥离，都体现了西部的文化底蕴。也许是江南待的时间长了，浸染了多的杏花烟雨，驻足观看已经不能满足，需倾听，需冥想。

着新娘妆羞涩而骨感的高粱在风中摇曳，黄土地的秋季乡野，水墨和油画两种风格并存。一切一切，足可以让你想起，在追求物质的过程中，我们的双脚总是走得太快，以至于把灵魂远远地落在后面的论断。

此时，山风轻轻送来了顾城的诗："草在结它的种子，风在摇它的叶子，我们站着，不说话，就十分美！"

原载 2020 年 10 月 17 日《交通旅游导报》

亲近裸心谷

俞晓红

　　对莫干山"裸心谷"的向往，缘自公司一位忠实的客户，她每年都会去裸心谷酒店，我很好奇那里有什么值得她这样流连忘返，今年终于加入了一个 VIP 团队，我也想看看她心中神往的地方，是怎样的人间仙境。

　　八月初的一天，阳光明媚，我们经过两个多小时的车程，终于来到了莫干山，迷失在莫干山森林半山腰。这是一个纯洁无瑕的自然天地，这里是未被世人所打扰的桃源，保持着原始的中国乡村的意境。在大堂拿房卡等待时，我看到许多家庭，偕老带幼的顾客，亲密爱人的伴侣，也有世界 500 强企业的高管，你可以只带一个笔记本和双肩包，听音乐，放松心情，把纷杂的工作暂时抛开了。

　　这里没有我想象的奢侈、豪华，只有全新的野奢概念，价格从五六千元一间的山顶别墅，到一万多元的独栋树洞别墅，可以"闭门阅佛书，开门迎嘉客，出门寻山水"，哦，那是浪漫诗人徐志摩说的。

　　入谷，先看到一片宽阔的跑马场和长长的林荫步道，扑面而来的山野气息，立刻让人生出策马奔腾的豪情气魄，入住树顶别墅架在树林之中，以居高临下的姿态让我们的游客如鸟儿般在树洞别墅嬉戏，这里的酒吧、烛光晚餐和三个游泳池依山而建，有的面临宽阔的草坪，有的别墅长在密林深处，随自然风貌的变化，形成多变层层入深的艺术景观空间，让人可以像美人鱼一样自由自在，徜徉在碧水蓝天里。独特的露台剧场顺应原本的梯田结构，形成的观众席是独一无二的创意，无边泳池和大自然融为一体，实现 360 度的美景视野，可以找到属于自己的惊喜和风景，打开门窗便是一片葱绿的林湾，那翠竹，那清风，那高山，仿佛来到了童话世界。

晨起，爱意满满，美好的一天从一顿丰盛的早餐开始。餐后，徒步裸心谷，虽然没有一丝风，但每处皆风景，我跟着领队的脚步，拿着登山杖走遍裸心谷的好山好水，累并快乐着。下午，我又驱车来到了裸心堡，那是在 1910 年建的，55 岁的英国医生梅藤更来到莫干山选定了这里，作为浙二医院的创始人，他大概没有想到，自己留下的这个英式古堡百年后经过两个亿的投入装修，已经成为莫干山山顶最顶级的度假酒店。这里弥漫着玫瑰芬芳的下午茶，我想象梅先生当年与朋友们在这里品着下午茶的惬意，他帮助村民免费看病，收获着爱戴与尊敬，这座城堡仿佛是山林中的灯塔，用爱和温暖成为孩子们的依靠。

这里没有 KTV、桑拿房、棋牌室，却有着露天机场、射箭水疗中心、山间徒步等项目，尽管有中央空调，房间里仍装着一把电风扇，在房间里的落地浴缸中一边洗澡一边可以欣赏远山的风景，仿佛生活在云端，裸心就是让我们放下心中的束缚，远离城市的喧嚣，闭上眼睛，眼前就会浮现出春暖花开的情景。虽然床位是如此的小，却能够容纳我整个的心。喜欢游泳的朋友还可以在山顶泳池尽情地畅游，俯视整个山谷美景……

窗外窸窸窣窣，似乎要下雨了，登山追云走，扶竹听雨落，走一个！

原载 2020 年 11 月 28 日《交通旅游导报》

连襟恐病

墨　樵

　　我妻子是长女，连襟却大我几岁，他生得瘦小，也不太修边幅，看上去颇显老相，可能也正因此，明明刚过知天命之年，却把自己归入了老人行列。有一天下班后，他忧心忡忡对我小姨子说，我可能真不行了，得绝症了。小姨子吓了一跳，忙问哪里感觉不好。连襟双手一摊，你看你看，两只手一片乌青，上次单位里老杨也是这样，去医院一查，癌症！小姨子捧起他的手仔细观察，却是越看越狐疑，她用拇指轻轻一搓，乌青色便传染到她手上了，原来，连襟当天换上的新牛仔裤有些褪色！

　　这件事很长一段时间成为家族聚餐桌上的笑谈，连襟颇为火冒，时不时地找借口怼小姨子几句，如果是小姨子掌勺烧的菜，则必然这菜淡了那汤咸了，小姨子被他坏了心情，自然也不客气，对他说："你味觉不对，要不我明天陪你去趟医院做个全身 CT？"一听要做 CT，连襟就吓得乖乖闭嘴了。

　　做 CT 对于连襟而言，有如儿童上牙防诊所或进输液室，赖在地上拖都拖不动。他以前常去住宅小区外的棋牌室搓麻将，热茶一杯、老烟一支，烟雾腾腾中小赌怡情，空麻袋背米，多数是满载而归，不料麻友一个接一个被 CT 出肺癌，不久后名字就全定居在墓碑上了。两口子拌嘴，小姨子如果气急，有更厉害的招式：要带着连襟到省城医院做 PET-CT，每每遇此，连襟无不缴械投降。有一次也是在饭桌上，我妻子的表弟说起前不久打羽毛球手臂脱臼，做了个 CT，感觉像是被推进火化炉……旁边坐着的亲戚忙在桌下踢表弟鞋子使眼色，再看对面的连襟，已脸色惨白，大汗淋漓。

连襟的身体似乎没有完好的一天，首先是当然是生命不息咳嗽不止，然后不是腰酸就是肾疼，前天胳膊抬不起，昨天头疼欲裂今天胸口郁闷，医院是常去的，医保卡也用得基本无余额，但就是拒绝医生开 CT 单。如今门诊不少的医生包括外来坐堂专家离开了化验单和 CT 报告就有些手足无措，看见了连襟就头疼，极力怂恿他去上级医院细查，连襟呢，上级医院肯定是不会去的，有时药也不配，本地医院转一圈像是完成了任务，但回家后仍不时"作一作"。

那日周末去岳母家探望，连襟也在，岳母说起楼上一位邻居肩膀痛，结果一查竟也是肺癌，而且骨转移了。"原本蛮开心的一个人，前天去医院看他，老头子吓煞忒了，唉声叹气泪流满面，看来时间长不了。"岳母说。我注意到连襟的面孔又变白了，还下意识地抖抖肩膀，见我观察他，连襟有些不自在，然后感慨说还是古人幸福啊，没有这么多先进的仪器，不晓得自己得了病或得啥病，至少能多活几年，看毛病弗抽血、弗开刀，至多服几帖中药，死了还可睡棺材。

我拍拍连襟的肩膀，对他说经常感冒其实是身体免疫系统敏感，推而广之，身上这儿不舒服那儿不灵光，说明免疫系统和信息系统在工作，而免疫系统灵敏一般就会将癌细胞什么的消灭在萌芽状态。所以呐，你看成天病恹恹的反而多为长寿之人，而从不生病的人一旦得病就是大病。

连襟问，真的？真的？心情由此大好了许多时日，人也光彩起来。

原载 2020 年 7 月 24 日《嘉兴日报》

诗　歌

盛夏，在温泉降一下温

汉 江

温泉接地气，却在季节之上
日复一日，始终是度数宜人的酒
让人微醺，不让人沉醉
我在其中，会降温降到童年
降成一颗青梅的样子

千万年底蕴和功力的温泉
该怎样慢慢浸泡与细细体味——
才能汩汩渗入我的体内
才能让自己从一颗青涩的梅
变成黄熟的梅？

盛夏，在温泉降一下温
黄也好，熟也罢
总会褪去青涩，避免干瘪
在水中，我任万物消长
只管滋润自己

原载《2019 中国年度诗歌》漓江出版社 2020 年 1 月出版

上善若水（组诗）

汉　江

在水中，彼此才能素颜相见

在此，舞文弄墨的人都会像我
决意投笔湿身洗尽风尘
决意暂且忘记水域野性的辽阔
忘记一夜会白头的芦苇
忘记波澜不起的水面
会隔空送来让人牵挂的音讯

在水中，彼此才能素颜相见
如同一瓶矿泉水
只贴着半透明的纸片
此刻，如果有谁身怀一朵刺青
我会看成为我绽开的繁花

水纯净，名惊艳：美人汤
轻轻拍打，听
捣衣声从哪个朝代传回？
此刻是谁在“一低头的温柔”
潜身贴近这美人的裙摆

构思波光闪烁的诗句？

我注定是个与水有缘的人

与一池温泉相处，最好
把欲火降到最低，情调恰到好处
高歌大江东去，无意泼水难收
四周的石头丰满，那块青苔
是谁与生俱来的胎记？

单凭名字，我注定是个
与水有缘的人，不会喝酒、浇花
不擅长泪流满面，只偏好
用身体汲取露水、雨水和泉水
汲取波纹湿润的唇语

睡莲之上，温泉之中
一样是天的湛蓝、云的纯白
心底原始的欲望
收敛于微澜的波纹中
不露半点锋芒……

把自己交还给养生的水

四周彼岸环抱
蹲成礁石或躺成浅滩的人呵
请允许我闭目抱膝静坐

想象自己是一朵轻盈的睡莲
有根知底，却没有给水
增添丝毫重量或压力

我也曾闭目抱膝静坐
在一位将为人母的女子腹中
四周是养生的水，水的四周
是可靠的彼岸，无法预感
我的重量是她的倚重
她的压力是我的活力……

半生已过，今天有幸在此
把自己交还给养生的水——
暂且不用思考
该怎样用水去冲刷和磨砺
那些世俗粗糙的石头

划水时荡漾出去的想象

双手划水，每划一下
身体的重量就会减去一点
慢慢轻盈成云了
还会触礁，或者碰碎些什么？

多划几下，才发现水有曼妙的腰身
才感知双手竟然合着
水的心跳节奏，竟然让水面
有了明暗相间的表情

划呵划，身体的重心慢慢往前
感觉自己从鸳鸯中的鸳
慢慢变成一艘能量充足的快艇
感觉温泉是摇篮
摇着不太平的太平洋

水呵我将睡成深蓝中的小岛——
不地震，不海啸，不台风
保持稳定的湿度和温度
一如与生俱来的水

我一生必然从善如流

没有百叶窗把阳光拉成金丝
捆绑我的身体与灵魂
没有切肤之痛，只有想象——
我已轻巧地跃过
更年期的栅栏

想象"野渡无人舟自横"
温泉是舟，我自横
许多人事流过我记忆，像一盘
突然松开的默片，场景只有
水面雀跃飘离的瓦片

瓦片的磨砺，让我肤色泛红
温泉是幻化的天池

我被放生，不是龙龟不是鱼
是婴儿。感觉自己
天池般辽阔，预料一生
必然从善如流……

在温泉我无须洗心革面

一入温泉，体内蛰伏的不祥之物
霎时消遁，如憋屈已久的泪
堵塞了毛孔的油脂

知道温泉不宜游泳，我却穿了
一条仿鲨鱼皮泳裤——
滑爽、透气。我是入定的神针
坐禅的锚，不介意
谁会劈波斩浪
不在乎水天一色的尽头
有没有防鲨网

风在悄声传说：这人是艘沉船
秘藏难见天日的物证
我想温泉有足够的矿物质
能漂浮我，清白我
在温泉，我无须洗心革面
请允许我借水的光色
抿一下鬓发，起身上岸……

春日诗（组诗）

汉　江

等

请相信，这个春季因了你
才准备并等了那么久
色彩、芳香，包括迟到的
鸟鸣声，都是！
就等你敞开胸怀了
这个有色有味有声的春季
会一下子涌入你心扉

口罩已摘下，还在犹豫什么？
长廊悬挂那么多灯笼
保持间距。你说"唯独一只
是鸟笼，在等一只鸟"
我只是灯笼，只想不负春光
等着让你执手，等着让我
——惹火烧身！

甜

蜂与蝶，口中都有采蜜的
吸管。它们不在乎油菜花铺垫的
是金，梨花招摇的是银
它们所喜悦所选取的只是
一丁点的甜，它们的嘴
不会因为亲吻而锈蚀

这些专属春天的小精灵
翅薄，身弱，却承担着
庞大厚重的使命：运来春天
又载去春天，不远万里……
真欣赏狂蜂浪蝶这个词呵
我想生活在其中，哪怕——

被抽空全部的甜，扎上浑身的刺
成为仙人掌，即便半截埋土
却能坐拥春天

春夜未央

为汲取夜的墨汁，提炼几行字
我带了一张与我一样
清白的 A4 纸

墨黑墨黑的夜，将多少人的

踪影抹去。生死簿怎么会这样薄
封面揭开是封底，让人
落不了笔

如果没有梦想这盏灯
在缓慢执着地走
夜，会多么沉闷和孤寂

这盏灯是我童年的萤火虫
让一只玻璃瓶、夜和我
一次次生动，虚线般
延续至今……

原载《浙江诗人》2020 年第 2 期

域外吟行（组诗）

汉 江

躺在新西兰牧场

慢慢躺下去，沉静久一些
我想我会绿起来，绿得与这片牧场
浑然相融？恍惚间——
我被深耕了一遍
三叶草、黑麦草、苜蓿草的种籽
均匀撒满我的全身
随即我就绿得起伏有致

饱胀的花白母牛排队在我胸脯挤奶
穿背心的马在我腹部负重奔跑
被直升机赶得乱跳的鹿
踩踏我的四肢，而憨厚的羊驼
轻轻舔着我的脸……

我先后被排毒、换血、植皮
然后——原生态地醒来
忘了自己和导游，究竟是谁

才是被一根草拴着的蚂蚱
难以随意蹦跶！

复活，在绿岛

游轮轻轻晃动
让我多年前选定的电脑桌面壁纸
渐行渐近地复活
除了绿还是绿的绿岛
一颗被蓝天碧海呵护的绿宝石
浪花、树或游人的手指
谁能将它戴成戒面？

阳光下，它不断眨着眼
引诱我去它的绿里养眼、润心
纵向穿过它弥漫的绿
我意外发现有株硕大的枯树
横卧海滩，像一条
被绿宝石排除的裂痕……

这枯树，恍若是我的前生
在期待来世复活。哦，绿岛的前生
不也是一堆不甘在海底沉寂
才复活的珊瑚礁石？

罗马的慢

地中海酝酿出硬的阳光软的风
让人患上一种慵懒病——
路边，三三两两的人坐在时间上
慢慢地喝咖啡，聊是非
不在意行色匆匆的过客
也不在意吸一些摩托车尾气
一对恋人或情人
慢慢地对视、接吻，慢慢地相拥成
一个人，而我苦于分身乏术
必须猛兽般赶路，赶在
下午五点钟天黑前抵达斗兽场
借着夕照，探寻这座废墟青苔下
暗红的血斑，慢慢感受
这些血斑曾怎样迅速锈蚀
古罗马最后的辉煌

路　饮

我没说酸，但葡萄园接二连三
从意大利到法国
接力赛似的一路追着我
非得让我感觉眼馋、心醉
口边沾染酒滋味……
或许多年后，对着空空的酒杯与酒瓶
我会亲吻它吹响它

让虚拟的香味弥漫记忆
慢慢酝酿、发酵

在服务区，我下车破天荒喝了一杯
嘿！红酒也是一辆车
在我体内的高速公路奔驶
车轮摩擦得我全身发热
让我难以守口如瓶并开始胡说
——前半生已赠予美人
后半生就留给江山中
能陶醉我的旅途……

原载《延河·诗歌特刊》2020 年第 1 期

梦回西安（外一首）

汉　江

七情六欲的孔，没有吹响
——那只拳头大的埙
灰黑色的药罐
治不了无法言说的病

多少年了？抽屉没有上锁
一册诗集抱紧一帧书签
始终不肯释怀，而彼此的手
伸不过一臂之长的桌面

伸过了又能怎样？
一握，冰凉；再握
满掌的悲凉——"悲凉有多凉"：
半壁江山七损八伤
仅存一只形状如埙的乳房呵

断臂的陶俑入土为安
不食人间烟火，脸色渐黑
一双战靴在城墙飞奔
彼此之间，惶如惊恐之鸟

不敢拉下半步……

惜　别

站台，一盏易碎的壁灯
紧贴墙壁的胸膛抽泣
候车室的窗户，一明一暗颤抖
那道呼啸而来的灯光
刺穿的只是夜色？

恍惚中，铁轨翻身跃起
站成禁行的栅栏；相聚的情节
铭刻枕木，生根于植树的三月
车轮拆卸叠成一摞摞硬币
被永难破译的密码收藏……

谁像一匹踟蹰不前的马
被汽笛拉长的缰绳
猛烈扯了一下？"哐当"声中
又是谁在列车卧铺上
——痛失前蹄？

原载《百年新汉诗典藏》（百花洲文艺出版社 2020 年 9 月出版）

梦中的皮影戏（外二首）

汉 江

哪一年，群羊的皮肉
被剥离后出卖
撑大、绷紧、晒干的皮
在裁剪彩绘后
——复活？

灯光不表明真实的背景
那些失去血肉的皮
演绎一段段故事，鲜活得
像撒欢奔跑的羊群……

哪一夜？梦中有把干草
塞进我的胃，床脚撑着我
亲近幕布的床单
我想反抗想反刍但不想
成为一只听凭摆布的
——羊！

途 中

今夜坐她的车，一座飘移的城堡
没有王子与公主，只有兄妹
城堡之外是迷宫
她把车开得迂回曲折
台风来临，雨大，车在飘移
仿佛在爱与爱之间徘徊
——"汽油够吗？"
——"够！你饿不饿？"
我忘掉江山、美人，接过
一根温暖的玉米
"一粒一粒吃，吃完到湖州"
我想到今夜的守灵
想到今夜的她——
或许有一天，会与她
在另一个方向相遇

俯视碎浪区

半个火山口，形成一湾浅水
风和暗流
让波浪绽放的不是花
是花瓣，就像一个汉词
在此必须拆解成多个
英语单字

多少被撕碎的花瓣，粘贴在
鲨鱼围堵掠食的餐厅上
没有芬芳，只有恐慌
看！一些花瓣泛现血色
莫非它们就是这样
——复活的？

礁石上，一只泄气的救生圈
像错失蜜月期的婚戒
在指证——荒凉
并非与生俱来。此刻
红嘴鸥在振翅欢呼
在空中留下嬉戏的折痕……

原载《江南风度·21世纪杭嘉湖诗选》（北岳文艺出版社 2020 年 5 月出版）

向日葵（外一首）

王学海

向日葵

燃烧的向日葵是凡·高的
淡褐色的向日葵是我的
它们的姿势都在热恋
它仰望上苍
我俯瞰大地

河　边

不是总那样淡漠
每天傍晚
你去散步，看它时
是你的匆匆
踏不着它的心跳
你在岸上
看它流走
它在岸下
也看你流走

好像日月
虽有距离
但从不失信
你却有时却不去河边
对吧，想一想
当你不再为散步去河边
当你的心魂
潜入另一深处

且
落一滴
写一滴

原载《人民文学》2020 年第 12 期

诗的蜡烛（外二首）

王学海

诗的蜡烛

在无数废弃的诗行里
我高擎对汉语祖先崇敬的大旗
也许会有些许咖啡滴落的印渍
那是太极借力的推手
自筑起堵堵高墙
也学了半个世纪的飞檐走壁
却始终让绝望在墙外悲悯
是一厢情愿
把你爱得迷失了时间
宛如水手甘愿让大海吞没
飞行员无悔让蓝天化烟
到时不管是否节日
我们都会受到祈祷与祝福
那一行行诗就是一排排点着的蜡烛

你会俯下身来吗

当你有了阳光，我几乎
就成了树荫下的苔藓

太阳从此看不到我
那些大虫子也不屑一顾
只有腐烂了的树叶
极不情愿地被风推向我怀中
它们发出最后的臭气表示不满

后来，连自己也不知我是谁了
热情只能在寒湿里保持最后的敏感

一声鸟鸣唤醒了我
它以飞行提升着生命
其实苔藓也有雌雄
当我还原为一个浑身是血的女子
你会俯下身来吗

让白云放马

如浪的热拥中你像捏不实的海绵
仿佛大地都是床垫我却坠在深渊

摘一口你的爱浪放在我脚底
又如腾云的马直冲你的草窝

这时如果有人喊我去上课
我会写下教育史上最动心的诗篇

静静地只有空气感受星星的寒寂
你的花开释放我身上所有的春暖

知道喜欢雪就是喜欢她的赤诚
虽然会消融但大地到处有她的暗香

当河流再次来计算你一生的时间
你就抬头看树尖如何让白云放马

原载《江南风度——21 世纪杭嘉湖诗选》（北岳文艺出版社 2020 年 5 月出版）

江南（组诗）

王学海

江 南

没有威武展开的双翅
只有小翼扑扑的少飞
没有高耸入云的伟岸
只有比平原高些的起伏
没有奔腾咆哮的巨流
只有绵绵静去的平水

同样是在浩日与朗月下

那些糯米似的软
那些丝绸般的轻

气息在胸膛中点燃的火
是否也会讲饱量和恒力

像泡沫爆灭前的坚强

温　暖

总是乘冬季的风雪
掠过冻僵的田野
岗霭里有一丝热的炊烟
也被你当丫环掳走
我常常在想
那些躲在屋中取暖的人
是否有自由
掉落在瑟瑟发抖的路边
那些要发芽的种子
又是否在冻土里跺脚
看来，暖炉红火
不一定就是温暖
只有撒开大步
走在隆冬里
踩碎冰雪
迎挡寒风
才不会
坐在虚拟湿冷的阴坡

书　房

每到下午
我比傍晚先入睡
在书房的小山坡
酣然入梦

上面万字飘荡
中间芳草茂林
脚下踩的
是一片片可驾的祥云

没有角度可言
只是一往情深在
理解和不解的旅程
时光过去，我也过去

总是出不了关
哪怕是西出阳关
可我还像骆驼在跋涉
即使皮囊中只剩一口水

原载《浙江诗人》2020 年第 2 期

所有的山，都是我怀抱的绿色

冬　箫

所有的山，都是我怀抱的绿色
只是，有些树
长得很慢

它努力向着绿色生长
只感觉所有的山水，疾风
都有着过分的孤独，而它
是孤独中的孤独

这样的孤独，与我们旅人无关
甚至和所有的绿色无关
它只是一颗种子
偷偷把那个不小的欲望
凌驾在深刻的恩情之上

原载《中国诗歌 2019 年度诗歌精选》（人民文学出版社 2020 年 1 月出版）

飞蛾（外一首）

冬 箫

不再用习惯的方式飞翔
空中，它不紧不慢
似乎有很多的语言表达

更似乎，我看见了祭台
喋喋不休的语言
如阳光，普洒下来

我不由自主地站着，洗礼，宣誓：
扑火，将换一种方式

盲人歌手

白天唱，晚上唱
对她都是一样的
在黑暗里唱

她在寻找生命的碎屑

那是她的光亮

我远远，静下心来看她
那两片薄薄的发亮的
带着节奏颤动的粉唇
分明是
一对已从黑暗中存活了下来的
悖论
矛盾着，刚强着

原载《诗刊》（上半月刊）2020 年第 7 期

时光，堂而皇之成为一种色彩（组诗）

冬 箫

我听到有明朝的声音

这次，我听到的
是一些明朝的声音
而且那么有秩序地向我飞过来

仿佛一群从明朝宫殿飞出来的蝴蝶
飘飞中有着丝竹的委婉
停留中有着书生的雅气

它们，也是排着队
颇有节奏地飞过来
把那些声音和影子
留在整个楼塔的上空
构成一张硕大的网
而我，只是网里
一个还在明朝声音里滞留的
匆匆过客

当时光可以慢下来的时候

当时光可以慢下来的时候
我似乎正在融化

像一杯把自己灌醉的酒
里面是方言、菜饺和细十番
我也是自己把自己迷路的风
一边穿越，一边怀旧
一边还从身体里取出童年
替换着另一半的现实

当然，不仅于此
我还让时光在日光下
堂而皇之地成为一种色彩
翻越了江南的篱笆

走过楼曼文纪念馆的楼道

在你走过的楼道上行走
脚步声总是特别地复杂
甚至，有举步维艰的感觉

我似乎在穿越
看一个人走在这里
打开窗，迎接一缕阳光进来
然后，屋宇亮堂起来

你身上的披肩也瞬间更加鲜艳

这时，有一阵风吹了进来
似乎要把这里残留的黑暗吹走
吹成天空蔚蓝的模样
最好还有鲜花和嫩草

我感觉到了幸福
我的，也是你的

原载《延河·诗歌特刊》2020 年第 6 期、《长白诗世界》2020 年 12 月号

随风而动（组诗）

冬　箫

今年冬季的那些红

今年冬季的那些枫叶
长在了眼睛里
这越长越旺的火，公然
在天空上结成一个又一个的花园

这些火的花园
也开一些花
不在寒冷的冬季
只在温暖的内心，或者
笑靥里

跪　拜

可以遇见，从山顶到滩涂
所有对着天跪拜的人
三三两两或者密密麻麻

有时是雪莲，有时也是砂砾

从侧面看过去
那些高高低低的人
都是小草
所有的头都随风摆动

太阳的波纹

水面上的波纹
是太阳撒下的网
由此可以相信：
太阳也在捕捉大海的自由

当然，风吹得大些
网也会密一些
再大些的话
这张网就会壁立起来
像一场囚禁与反囚禁的搏斗
很久都停不下来

梦 境

两个凸起物
像尖锐的冰山
雪白中，我这个细小的黑点
随时有可能毁灭于冰

也可能，很轻盈地在两个山峰之间跳跃
像一个钟摆
保持着我的黑色和沉默

但我的感官是敏锐的
每一丝风和白色的间隙
都可容纳我的栖息

我还给冰山做了些标记，并用标记
寻找着冻死的野草和气绝的鸟鸣
我知道
这里曾经也有过爱，有过
一些人躺在绿草丛中
看着满天的星球在移动
看着另一些人
用大象的羽翅
追寻着流动的温暖

一堆麻雀与太阳的种子

一堆麻雀挤在晒谷场上
像一堆饥民

它们无力飞起来
翅膀像装饰在身体上的一对哑铃

而那些金黄的太阳
正在那些小小的但密密麻麻的头颅之下
种子般等待复活

刨地板的人

刨地板的人带着闪电
每一次用刀都颇为犀利
他们对着一块块光洁的地板
就像对着人间的木纳
一刨的坑洼
一刨的锯齿
一刨的伤疤
都有俯视的光芒闪现

我注意到了这即将转世的森林
注意到了让我不得不眺望的诸多原始
包括呼吸，晨雾，碎石，青苔和黑影
但我
却不急于离开现在的视线
我要看着他
给我制作一座更大的
不曾做作的森林

夜里的光

夜里的光，都是从黑暗中漏过来的

我不知道它经历了怎样的磨难
抑或有打通的关节

它那么明亮地存在着
四周拥挤着一层又一层的黑

我保持着静谧
看它的安详，从容，坚定
也感受着黑
那些焦躁，狂野和肆意
不断推搡着我
要我冲进光
占有光明中的一席之地

原载《延河》（下半月）2020 年第 7 期

雪中的石头

冬 箫

它挨冻，是因为内心的火没有燃起来
它像一尊修行的佛
一动不动

我看着，也一动不动
试图找到它该有的眉目、嘴唇和耳垂
或者内心包藏中的偈语
我也想象过，为什么那么多人从它身旁走过
而没有一个去理会

它一定有一个不为人知的秘密
多少年的席地而坐
似在等一个人
近距离开始一场纯白的交流？

我当然不是那人，我这样近距离地
看着它
仅仅是一个刀客平静之后的又一副面孔

原载《中国当代诗人诗选》（浙江工商大学出版社 2020 年 1 月出版）

弧形（两首）

冬 箫

钻进瓶子里，四壁透明
弧形的脸印在瓶壁上

瓶外有灯，灯光弧形
来来往往的人弯曲着，有的高兴
有的悲伤。有的扭曲着大腿
走在弧形的路上。有的没有走
目光中
有猫头鹰的光亮
也是弧形，被我的瓶壁反射了回去

那圆圆的屋子

我要跟随寂静
和你一起站立，怀念一片土地
怀念一份怜悯

在圆圆的屋子中央
成熟的果实发着绿光

那是你病容而呆板的脸蛋
还有凝固的泪——那片枯叶

我用你的心境思考
偷偷看我到底融入了你多少的灵魂
一丁点还是一整个，或者
把屋子的任意角落
把空间的魂传递给我，让我延长一点
延长一点
其实，你并不知道
我现在是靠在根基松动的松树上
和透过来的阳光偷偷谈论着死亡

原载《百年新汉诗典藏》（百花洲文艺出版社 2020 年 9 月出版）

深夜走出车站

金问渔

深夜走出车站
被一只流浪狗撵着吼
你心头一热
吠声竟是浓浓的乡音

离开多年后，变成了
狗眼里的外乡人
你暗自苦笑，又庆幸
故意选择的抵达时间

此刻，那些睡梦中出现的亲人
一定还在睡梦中
只有这只脏兮兮的狗
嗅出了你的卑微与不安

原载"中国诗歌网·每日好诗"（2020 年 5 月 12 日）及《星星·理论》
2020 年第 12 期

碧云路（外一首）

金问渔

过江南道，上碧云路
或下碧云路，过江南道
这是我日常生活，必须的折返

一路紧跟着问号，浮起古诗和断句
"愿借老僧双白鹤，碧云深处共翱翔"
那取名的官员，有些浪漫的情怀？
"愿以碧云思，方君怨别余"
当年筑路的工人，正相思远方？

"碧云日暮无书寄，寥落烟中一雁寒"
我偷藏起一个书名号
把它变成自己的忧伤

这些天，路边的草丛突然钻出了
一长排绯红的彼岸花
哦，农历八月了，白露微凉
它们真像一束束散开的焚香
我想起了彼岸的父亲

叶落归川

叶落归川，恍若赶赴一场盛宴
绯红的，金黄的，绛紫的……
山之裙袂，一缕缕被秋天扯落

眼前，微澜清澈的湖面
往下，跌宕湍急的溪流
失去了傲视群山的天空
只剩下踉踉跄跄的归程

此刻，我独坐无名之巅
一个行将五旬的人
满目都是过往的烟云

叶落归川，归于沉寂与腐朽
归于流水相携最后的浪漫
等风来呗
把我吹成一片落叶

原载《2019 中国年度优秀诗歌选》（齐鲁音像出版公司 2020 年 10 月出版）

短章：仰望或怀念（组诗）

金问渔

风轮记

海边风能基地
列队的风轮，让鸥鸟
渺小成几片落叶

面朝万顷浊波
他们更像端坐的僧人
缓缓转着经筒

身后，村落散布
或是一节节走失的梵音

北行记

列车钻进隧道
驮起一山的秋色

前方又一个隧道

它会披上针叶的斗篷

巨大的山峦
都是它的外套
最后那件
雪白雪白

红蓼红了

红蓼红了

一束束花穗
小小的麻花辫

起风时
又像急急乱敲的鼓槌
让我的心，也七上八下

蓼子
那是为我未能出世的女儿
取过的名字

谒径山寺

径山茶颇有艳名
上山问茶的人
始知林中有寺

老僧汲泉温火
斗室氤氲袅娜
两盏紫砂，三片雀舌
这一刹那
佛在茶中

鸡鸣寺

头声鸡鸣时，僧人起床
如厕，穿袜，折被
开窗，与一片云亲近

鸡鸣二遍，焚香，敲钟，早课
复刻昨日肃穆与庄严

鸡鸣三声，摆正清空的功德箱
山门洞开，信众鱼贯而入

惠力寺

泥塑与金身曾被砸烂
搬进了图书馆与文化馆
三十年前，大雄宝殿还卖过
三块钱的舞票
我在里面学会狐步与伦巴

如今，梵音重新唱彻
烟雾缭绕中伸出窗洞的手
索要门票三十

觉皇寺

先觉皇后灵隐
它的自白里
有隐晦的得意
这儿的香火
却从未旺过灵隐

浴火，重生
再毁，又建
总有善男信女
在历经劫难的大殿祈福

夊山寺

从北入城的人
先看见它
和它身旁粗壮的银杏

绕不绕开，随缘
但众多驻足谒拜者
读它的第一个字
就卡住了

谒东湖弘一法师纪念馆

千亩碧水
只为滋养一朵莲

长亭外的风掠过湖面
这朵莲，一动不动

或许
东湖亦是一大坛美酒吧
而它这只盛开的酒盅
固执等待着
曾经送别的知交

守夜人

馄饨挑子出现了

当夜色包裹小镇
它是唯一的光

从人民桥到建设桥
再过菩提寺桥
河水死了
只有馄饨挑一路走来

肩膀的厚茧
承受这小小世界的平衡
希冀和向往
封存在一头的抽屉
另一头的炉火
时而满腔愤怒
稍后几声叹息

馄饨挑慢慢移动着
一支夜光的秒针
踢踏踢踏走向黎明

云之变

一朵云在天空

曾是怒狮骏马
也幻化过木乃伊

现在，它一动不动
看不出
站着，还是睡了

或者突然变成个圣人
又随风而逝

故 乡

她身份证的地址
黄菩提寺村××号
问起寺庙的情形
却茫然不知
"从没见过，早没了吧……"

她的故乡
定不止一座菩提寺
只是无法揣度
那几抹庙宇的色彩
是否
集体走失于春天

回 家

雪还下着，一棵棵树不修边幅
下面经过的人，携回厚厚的行李
快春节了，村庄臃肿，富足

像留守的亲人，门口的树有些不安
悄悄抖抖身子，掸掸衣服
一团欲喜又怨的雪坷垃从天而降
险些砸中了
最后一个进屋的人

内陆河

河流纠缠着大地，终在沙漠放手

请原谅我越走越羸弱的躯体
再不能让你满身葱茏
但定会有三五个烂漫儿女
驻守我消失之地

原载《文学港》2020 年第 1 期

故人（组诗）

金问渔

祭　祀

冬至，墓地祭父亲

这么多亡灵局促于一隅
在另一个世界
大伙住得也不宽敞

各家锡箔燃起的浓烟纠缠于一起
人间的恩怨，不是说散就散了

忽一阵乱头风
几炷香灰烫着了手腕
眼睛，更被呛得热泪直流

父亲走时我没哭
该流的眼泪，终究是藏不住

邂　逅

进出于同幢高层
你三单元十楼，我一单元三楼
只会偶尔地下车库碰面

当年，我俩是发小
你住街首，我居巷尾
没被老师罚站的日子
总会一起上下学
成年后勾肩搭背
常骑着自行车东游西荡
一起吞云吐雾，一起撅着嘴唇
向漂亮姑娘吹口哨

人到中年拆迁进同一幢楼
又购了车，就难得碰面了

去岁大年初一，城里空空荡荡
我们竟邂逅于高速公路服务区
你挤在买水饺的人群里
一边喊我的名字，一边提防有人插队

最近一次，心血管专家诊疗室外
两人都候着号，你前我后
很害怕，从此不再相逢

路过衙前旧街

现在，它只是一截
糊着皮影的舞台
从这里穿越，担心自己
也成了戏子

岸边掌故，水里传奇
都来自刊行的剧本
黑瓦，青街，老泡桐
这里仿佛周庄
拱桥，檐廊，美人靠
那边效法同里

从清朝出发
抑或在民国穿行
排门板铺面里
店员套着旧式服装
装模作样的游客
把玩丰乳肥臀的赝品
昼夜高悬的红灯笼
似乎点燃这虚拟时代

绕过检票处，就是人民路了
政府和法院都在那里
它们从当年的县衙搬出
短短几步，路程不远

原载《浙江诗人》2020 年第 2 期

短章（组诗）

金问渔

与你书

无法留住今天的雪
无法封印昙花的幽香

这些美
我可以等待
下一次　或者明年

唯有你　一天天老去

冬　眠

十一月　飘满告别的符号
落叶　离雁
一本即将读完的书

山岙里的村庄
正被凉风打扫门扉

静候着大雪封路

我想　我就是那个
把自己关进村里的人

一盏白炽灯下
看很久前的信

来年春天　起床　沐浴
在村口植五株水杉
填完那首绝句

搬　家

把家搬到河心岛
你我便成了花蕊
这环绕的河多像花瓣
一瓣系太湖余韵
一瓣漂之江流觞
一瓣直入东海
最后一瓣　想再撒一次野
拐个弯　跑往了无尽的远方

原载《延河·诗歌特刊》2020 年第 6 期

物语（组诗）

陈忠祥

古　筝

微信里琴声如秋水
敲键盘的纤指，在琴弦上飞，
二十一根钢丝，
暗合二十一轮年岁。
一度春秋该有一度春秋的迷恋，
一只小鸟飞出了灵魂的色彩。

右手，勾托劈挑，
左手，按滑揉颤，
涓涓细流，
滴滴清泉……
神凝手底，
高山流水天上来。

微信里心音似花卉，
敲键盘的纤指，在琴弦上醉。
一米六三琴身，

恰如一米六三的妹妹。

一寸光阴该有一寸光阴的价值，

一条小鱼游进了生命的大海。

右手，勾托劈挑，

左手，按滑揉颤，

湖光山色，

天高水远……

情入弦中，

渔舟唱晚梦中归。

围　巾

寒风里，你如一缕有生命的阳光，

暖暖地围绕在我的身上。

无论天多冷，你的血液由此流进我的脉管，

便会热烈地沸腾着我的心房。

我愿一年四季都是冬天，

你就会每天每天陪在我的身旁

一条围巾将两颗心打结，

心心相映的世界里有美丽的风光。

骄阳下，你如一阵有诗意的春风，

悄悄地停留在我的心上，

无论天多热，你的心意由此涌进我的灵魂，

便会悠悠地凉爽着我的胸膛。

我愿一年四季都是夏天，

你就会每天每天离开我的身旁。

一条围巾让两颗心暂别，
分久必合的世界里有无限的风光。

照　片

剪一段运河风光，
在摄影的背景中流淌。
咔嚓一下，将小火轮的汽笛声定格，
让一长串货轮有序地驶进心房。
头船上那面迎风招展的红旗，
荡漾着春天的芬芳。
船尾后那簇激情飞溅的浪花，
奔腾着太阳的光芒。
自然的景色多么美好，
同行的两个人终于走进了同一个镜框。

取一处乌镇的景色
在摄影的背景中珍藏。
咔嚓一下，将大景区的喧哗声曝光，
让一长溜游人悠然走过身旁。
故居中那段揪人心肺的文字，
诉说着爱情的担当。
石桥上那处风霜雷劈的残痕，
隐藏着岁月的无常。
心灵的画面不会凄凉，
分别的两颗心会跳动在同一个胸膛。

原载《浙江诗人》2020 年第 2 期

无问（组诗）

小 雅

无 问

别问我，别
用急促的呼吸
扰动黄昏
叶子落了满地，蚂蚁也
急着回家
我需要静静，仅仅想
天山上的雪水

怎样流过沙砾
冰湖上能不能留下脚印
一条路要横着爬上去
还是，潮湿地滑落
如果突然尖叫，突然
倾斜着靠近
你的指尖

风月在摇晃，山外的山

一直等风，吹起时
石头露出锁骨
沙漠隆起皱纹
而我，终于明白
半空中伸出的十指
不为祈求，只为

交出我自己

自　在

楠溪江上雨在下
嫩的风，脆的夜，桃花掐灭了
一池灯火
无数的漩涡向上也向下
未可知的未来
过去的过去
陌生人，今夜我在诵诗
向着浓浓的黑夜
无数个星辰中偶然的一刹
容许雨滴到发梢
声音在眉角搁浅
哥哥，今夜我不只想你
我还想
江上的风冷了几回
鹅卵石何时放过自己
随水奔流？

一代人

太阳底下光鲜的人
拖着黑魆魆的影子，在走

原载《延河·诗歌特刊》2020 年第 6 期

镜子落地（组诗）

任少云

猫蹲在时间的墙角

猫蹲在墙角上，世界
被她的眼睛看似寂寞
谁在探索阿基米德原理以外的存在

说是谷雨就断了霜雪
但黑夜仍然会归来，沉默
在猫的眼睛里沉默

为什么猫的眼睛会竖起来
天空的痛苦也会跟着吗，同样
没有人告诉你假如的情节

时间在猫的游戏里一文不值
它总是把春天的尾巴踩得
六神无主

镜子落地

镜子落地
水一般飞溅天地
满心的痛楚浸入心肺
抚摸曾经的诺言
心绪惊慌无言
爱，本来没有描绘清晰的纹路
写满怨言的季节走错了房间

要知道
星星如何躲避月色的眼睛
连呼吸也贪婪的梦呓
左右着血脉的涌涨起伏
镜子打破了季节的准备
那就让悲凉的草木
准备寂静的冬夜
长过日历的安排

天空剥开一片灰白

天空剥开一片灰白
都说从这棵树开始，我
认识了你的夏季
一切皆可遁有形的缘由
炎热的语言
只是始于一片叶子的鸣啸

有多少死里逃生的鸣叫声
无情沉入它的诞生之地
仿佛你的存在本来就是虚无的象征
爱，隐藏着许可的原本
曾经给予的每一句警告
那么地恰如其分适合你的心律

原载《浙江诗人》2020 年第 2 期

在砖石木质的篆刻里醒来（外一首）

任少云

在砖石木质的篆刻里惊醒
陪你去做新旧交互的梦

记得旁门左道侧身而入，有你
还有我的情绪一再瘦身
灰暗色的可能跃上悬梁

心灵之鹿呼唤厚禄高位之魅
不用你节省那番平淡表情
守望时间与空间的经营谋略
留下旧去的日历缀连得天衣无缝

真正的感觉一定多于看见
寻访者为何这般黯然神伤
是否太多的新压着了爬上天空的防火墙
鸣喧了一辈子的虫语也会失去夜色的庇护

走在古镇的拐角处

走在古镇小巷
触摸被岁月消磨得平和的砖瓦泥墙
灰旧的色彩风一般跟着感觉
拐弯抹角，无拘无束

鬼神不肯与自己打赌
逆行于世满心满肺长着杂草
石头被石头征服
一个个世纪咬紧彼此
无声无息地拐弯抹角

谁与我同样有这样的念想
等待春雷等待雨季，等待
你我彼此拥有雪一般的情怀

一扇扇厚重漆黑的台门
在缠绵历史的吱吱呀呀里开启
迎来的却是满世界石蛋路
支离破碎，纠缠不清

原载 2020 年 12 月 9 日《交通旅游导报》

论风的皱纹（外一首）

王 铮

清晨 6 点被手机闹钟的振波
推醒，起来早读
坐在池塘边
坐在风的皱纹里，风的速率
即是风的形而上形而下
莺啼燕语缔造了成语
破茧成蝶后的瑰丽
源于它本体的熬煎与磨砺

一只螳螂在晨露中徒步，它
熏陶我怎样洞察，成为
首次观察，黯夜的冷风凝固我
各个时辰的肖像，长期
存储在形象银行
人世间无任何金科玉律
人世间唯有咱们没法挣脱的
天然伦道之理

晨曦，一束旭光

晨曦，一束旭光历历在目
宛如临风的玫瑰
又仿佛少女怀春
羞怯却彰显出奇异的韵味

几根缆绳束缚了航船冲动的欲望
光光的桅杆却裸露了它曾经伟岸的身姿

那么，就让我纵情
浏览着这瑰丽俊俏的奇观吧
我想将这光阴搁置
留在瞬间的场景中——
一抹晨曦一抹朝晖，与
一个伟岸的身姿

原载《浙江诗人》2020 年第 2 期

静谧覆盖凡尘

王 铮

在前朝曾瞅见过这朵睡莲花

而今成了观音的底座

观音寺远古的飞檐斗拱

滴涎着大慈大悲救苦救难

寺院的飞檐上栖息着两只白鸽

蕴含着无与比伦的皎洁

它们在檐上彼此紧挨相互取暖

空旷里靡然的尘埃罅隙无过剩的光亮

渗出，故而尘埃看不见本我

好像滴落的光阴，被凡尘在静谧内覆盖

然，静谧并非安谧，而那

环宇的孑立，偶尔隐约可见

当我映现在夕阳前与我的魂魄邂逅

N 年中一直承受着深思熟虑的锤炼

遍池枯荷在碧波里雕刻

仿佛上苍摇晃着一群骷髅

原载《都市》2020 年第 8 期

情泪（组诗）

王 铮

红尘边缘

眷恋红尘，亦憧憬天国
玄水在火苗中嗟叹
晨曦令百花争奇斗艳

冰水汲纳了全盘传说轶事
积淀的是巨大的汉语仓库

韶华夭亡，而
一束不能枯黄枯萎的情泪
仍在红尘边缘虚悬着

小 巷

咱们的居所间隙很近
一起共享小巷拐弯角朦胧的街灯光亮
我们向来形同陌路，或者
改成互换目光，偶尔我们

往同一个目标徒步
偶尔一致偶尔相悖，我在
日志里抒发她的生存
要么觇视她的伶仃
黎明，她推着品种各异早点的车
从小巷到大路口，正午归巢
有简便的饮食充饥，又推着装有品种
各异水果的车到大路口，黄昏
以小巷路灯深邃路人寥寥无几时返回
循环往复的岁月里依然存在很多闲暇
没法充盈，我夜半返家，她恰在
自家屋前敲开一枚枚坚果
我急忙离开，与昔日相似
暮夜包裹着坚果的韧性，唯独实质柔嫩

隐　遁

远避尘世隐逸深山，而
峡谷只亏负寺院的晨钟暮鼓，那么
凡间烟火倘若没被夭折者
九转三回地说起，那么被
纰漏的恰是
凡间烟火，却非家喻户晓
诧异于峡谷的僻静幽径
幽径从容地延伸，和雾霭关联
大自然的形骸的措辞，从
深山中一个老中医家的西楼腾跃

溢散着餐饮的馋香
这方土适合隐遁，和禅和百鸟
共食共饮，和寰宇众生共存

跌落的银杏叶

浅黄色的景色跌在路上
湮没无音中下着秋雨
斜风细雨的夜晚我不曾打伞
于是我走进小巷
拐弯角黯黄的街灯
仿佛老头黝黑的眼球
迷惘浑浊
行走中，突然在眼前飘曳几把
小扇子，浅黄着纯真
璀得骇心，璨得动目
秋雨中湿润了意象，而在
真切的日光下蒸发出一丝馨香

静谧如睡莲

静谧得宛如莲花
睡莲叶铺开墨绿纨扇
茶花树开玫红花卉，数根木桩
围拢一棵贴梗海棠，湘妃竹个性刚毅
嘲讽与世态炎凉穿越枝杈
却不恐慌任何次第

或许你能耳闻黄昏后黧黑携带

样式各异的响音，池塘中的绿水

仿佛是庞大的青酒坛，昆虫

莺啼燕语，蟋蟀腾空起池

浑圆地阻隔，浑圆地恬静

然，你却清心寡欲恰似禅的虔诚者

你成了自身骨骼的涟漪，而

倒影竖起来站成你

你不妨迟疑观望某个诡异的凌波仙子

你或者忐忑不安或者劈一块小瓦片

砸碎水平面皱纹的烙印

把飓风中莲花的影子给予广袤的旷野

原载《浙江作家》2020 年第 7 期

故人的旅途（外一首）

笛　都

那些经过的路途曾留下什么讯息
有如候鸟，在村庄盘桓
有如在节庆，祝福的人把心事藏在锣鼓声之外
我关心的，与任何人无关

在空地拢起火堆。寒夜里，就能等来几个好故事
人这辈子，几个好故事就足够撑过去啦
那个我认识的朋友，他再不给我写信
假如他回来，故屋早已上锁
他寻到一丛荒草
和一个无名的石碑

不要惊讶，他只是迷了路
他回返的城市，就有山门
我曾在梦里一次次重重叩响

一个夜晚，偶遇

一间行程之外的民宿

推开门的刹那，仿佛与它一齐
隐身。隐身于名山脚下这片无名所在

壁炉生起火。落地窗外
雨。森森的竹林摇摆
木格窗半开，我一点一点收集
微暗的光，火焰灼热的气味

他说，白日的风景会很美好
天目地黄，空啤酒瓶里插花有复杂的名字
一只雪白的猫眯起眼睛，从深色的桦木桌底牵长长的线索

雨停。天晴
晚樱大片大片地落
樱桃树要结鲜红的果

原载《浙江诗人》2020 年第 2 期

乡路（组诗）

金建新

机耕路

耕田有了拖拉机
那是上世纪七八十年代
机耕路应运而生
大都是水渠旁的道路加宽
就近挑土堆筑的泥路啊
晴天里尘土飞扬
一下雨泥浆泛滥成灾

两旁种下了一行行树木
护路基挡阳光恰似卫兵列队
整齐而又修长的水杉树啊
挺拔秀丽可惜你木质松软不成材

从此孩子们的作文里
常出现这样的句子
看到大路旁一排排树木
想到了解放军叔叔守卫在边界

渐渐机耕路开始铺上煤渣
自行车也多了起来
也有乡镇浇上二条窄窄水泥路
悦耳的车铃声让人们笑逐颜开

乡村老路

孩提时代的记忆
乡村通往外面的道路
总是那样的曲曲弯弯
穿过田野　穿过村庄
斗转星移　不知走过了多少年代

三尺宽的泥土路　也被称作为大道
偶尔某一段　也嵌着小石板
那是做善事的人家
虔诚地修桥铺路
为乡亲们奉献出一份挚爱

路边长满了铁丝攀头根草
那草根多叶少　极其顽强　耐碾耐踩
记得炎炎烈日下路面发烫
我们总爱光着脚

踩着野草行走两边
那种软软的　痒痒的感觉
至今还在心头徘徊

一路总有那么多的石桥
毛草芦苇　守护着桥堍上的几级台阶
二块大条石的桥梁　总是干干净净
可怜啊　两边却没有栏杆
每逢狂风暴雨
总让行路人心惊胆战
多少回梦中哭醒
过不了这雷雨交加中的桥面

磐安十八涡

浙地中心最高处
被一把不甚锋利的斧子
狠狠地劈开
那裂缝曲曲弯弯　纵然大小不一
却是深浅有序

云遮雾盖下　谁把琴弦调拨
十八度的音符
一涡紧扣一涡
十八涡谱写的三支乐章
堂而皇之地把碧水染蓝
晶莹的山泉
三江之源
从此在浙江大地
多了三条江河

秋风在山峡中打转
陪秋水翻过一坎又一坎

凌空的栈道上有人驻足
那晶亮的眼光
抚摸着潭中甘甜生津的波澜
那竖直的耳朵
被十八涡音符的天籁之音灌醉

在孔下水看天

顺着下行的石阶与凌空的栈道
我们来到神仙居住的地方
呼啸的山风望而却步
只有白云在头顶张望

山路崎岖峡谷中一片安静
悬崖上的树木
峭壁上野草也憋住了呼吸

孔下水有什么奥秘
谷底生机盎然
山泉潺潺
山雾缭绕　遮掩洞中的菩萨
雪白的罗汉瀑把我们的眼睛刷亮

菩萨也在此修行
普度众生　不纳香火同样福泽一方
我们伸开双臂　一个长长的深呼吸
心渐渐在宽广

喊　山

一声呐喊　在群山中奔跑
奔跑累了　就展翅飞翔
从未有过的疯狂　肆无忌惮的释放

多想把秋风吓退
让那青翠碧绿泛滥成灾　铺向远方
树木与小草　还有些叫不出名来的野花
一定会欢歌雀跃　欣喜若狂

多想把云层推开
让深秋的阳光直泻谷底山岗
暖暖的　满眼的艳红与金黄
多想把山泉拥抱
让那雪亮瀑布把山歌唱得更响
把那散了的　数不清的珍珠
串成一道彩虹　装点龙的故乡

多想把大山唤醒
汇成一片金色的海洋

一声呐喊　在我们心头久久回荡
忘却了白发悄悄染两鬓
岁月无情

原载《浙江诗人》2020 年第 1 期

天平山红叶（外一首）

金建新

轻轻剥开初冬的晨雾
潜入太湖北岸的山峦
除了浓妆，便是艳抹
一拨又一拨游人，倾斜了
天平山的天平

满天的红霞，无边的伸展
耀眼的金光又在挑逗
枫林丛中，一抬头大海息风了
一凝目，又恰似踏浪归来
是醉了，还是醒了，我一概不知
我恍若随你穿越了千年

一湖碧水把寒风拒之园外
一团枫叶的烈火
锦鲤般把冬日的波光揉暖
范文正公捋须在笑，北宋的北风
哺化出一方嶙峋怪石，今日的浓霜
又趁机将满山的红叶点燃

慢下来—拈花湾的夜晚

一片荒郊，一弯山脉，一张白纸
顽石已雕刻成了玲珑的一湾

释迦牟尼的"拈花一笑"
只能意会，不能言传
种下这佛教经文中的经典
生长成一方游览观光、休闲度假的乐园

灵山大佛的禅意弥漫
信佛的，游玩的，慕名而来
千年前的市井，唐宋韵味浓郁
绿茵茵的草坪如洗，开不败的花海

拈花木塔上的光柱，佛手抚摸众生
莲花喷泉，水珠儿舞姿，色泽斑斓
水幕电影，一轮明月伴佛祖显身
抄经阁内，笔尖淌出谁的教诲？心灵渐渐沉淀

徜徉在拈花小镇的夜晚
雾气的白与五彩的灯，悄悄地缠绵
慢下来心跳，慢下来呼吸
慢下来脚步，慢下来生命的衰退
地球的转动也慢了下来
在佛光里益寿，在禅意中延年

原载《浙江诗人》2020 年第 2 期

鱼鳞塘（外一首）

言一文

筑塘的人都已
长眠。退回到乡村的祠堂

静静的鱼鳞塘
没有一点昨天的疼痛与颓丧

石塘之外是一片浅滩
是一声声潮汐拉近的黎明或黄昏

霞光遍照生灵，霞光
一定拥有着，远比我们纯粹的深情

人生海海，潮起潮落
每一片鱼鳞，仿佛一只只警惕的眼睛

匆匆那年

晚点的绿皮火车

急匆匆离开
随之消失的汽笛
定格成唯一的画外音

那个背着草绿色书包
提着一网兜课本的
少年，就是我
我只是简单地挥挥手
嬉笑的牧童
吃草的牛，便一晃而过

左边的溪流
右边的春山
在列车经过之后
又组成同一个蜂群
丝毫没有被切开的疼痛

一节节车厢
远去。隐没在油画里
暮光的山谷中
只剩下养蜂人寂寞的花海

原载《浙江诗人》2020 年第 2 期

桃花岭（外一首）

蒋月明

我认识的那个黄昏春雨霏霏
桃花尚未盛开
仲春的舞台
一些梅仍在抱残、守缺

桃林里唱歌的人，在岭上
挽一枝花蕾
嗅了嗅，盈泪
自己也站成了一棵桃树

落英也在歌唱，在岭上
花语随溪流远去，只闻得
浣纱的女子一声轻叹：
慢些，西风

我无法用一生的花色装饰整个山岭
蓦然忆起——
"桃花坞里桃花庵"的那个拈花人

紫云英

从不提紫云英
喊你"花草"，实在是太熟悉

童年。旷野。飘雪
红的，白的，紫的，黄的，粉的
你把风姿裸露在凛冽冬季
触手可及

我的生满冻疮的小手攀折过你
我的露出脚趾的布鞋踩踏过你
我的月牙儿镰刀刈杀过你
甚至，我用铁耙将你深埋泥底

直到那年秋后
推土机隆隆碾过村子
我在城里也谋得一份营生
淡忘了土地的颜色

呵，我的花花草草
我的紫云英

原载《浙江诗人》2020 年第 2 期

一个春日下午（外一首）

张有松

交出自己那一刻
如搬去门前石头
通往世界的路豁然开阔

太阳，唯你有资格独坐天空
审判我的罪过——
给我从严处罚，或是既往不咎的理由

晚 秋

一丛菊，一壶酒
哦，杯酒里，一半是月光
一半是心情。晚风凉
喝下这杯酒，再斟一杯
正好暖胃，再暖暖身体

梁间燕早已南飞
那巢，已是一只空巢

有蟋蟀，不知在墙根边
还是在堂屋里
拨弄一腔心事，其声泠泠

让人不禁泪眼欲滴
忍不住，以手指弹桌响应
口诵诗词几篇，以平心绪
比如：长歌吟松风，曲尽河星稀
又比如：咸阳古道音尘绝。西风残照，汉家陵阙

其时，月色如华衣
披在我的身上
也披满了身边水井的石栏上
妻问我：菜是否热一热
我答曰：不必，不必

原载《浙江诗人》2020 年第 2 期

铁环（外一首）

何永智

铁环转进了童年的小巷

折射出灯光　月光　阳光

这是我送给小外甥的礼物

他乐此不疲地奔跑

一支支童谣在耳旁萦绕

风暖暖地吹

我抬头眺望

夕阳这只铁环

正拐进时光的隧道

立　冬

我站在山的高处

萧瑟的风

缓缓地推开立冬之门

落叶纷纷

飘在我霜染的华冠

那是一场雪的预演

回不去了
那蓓蕾绽放的季节
新月如钩投来怯怯的疑问
寻梦的人呵
揣着你的乡愁一路漂泊

原载《浙江诗人》2020 年第 2 期

人鱼的愿望（外一首）

余素兰

夜夜在你的窗前歌唱
歌唱永恒的苦楚和欢畅
却不曾想
要半次回望
你夜读的灯光
就足以照亮我的整片海洋

你晨光中的一瞥
让我羞怯不已
连最宽大的水草
也无法遮掩这惊喜

我要潜到最深的谷底
沉到最深的谷底去

不是不愿放下王族的荣耀
也想为你而服下毒药
只是我的笛音嘶哑
无法撕开世俗的重幕
只能在远远的海域

隔着雾
给你送去祝福

南方的叶子忧愁着北风的愁

一片水面上的叶子
随着你情绪的风
忧愁向西   快乐向东

一片水面上的叶子
伴着你感情的潮汐
时而腾跃   时而低落

一不小心
跌入你怀旧的雨的漩涡
旋转   旋转   不停旋转
来自南方的叶子啊
如何在怀念北方的风
来自南方的叶子啊
如何也传染了北国的乡愁
有风的水面上的我
辛勤地跳跃、翻腾、旋转、徘徊
这辛勤的跳跃能否少许鼓荡你的人生
这辛勤的翻腾能否稍稍点亮你的行程
这辛勤的旋转和徘徊啊
能否稍稍减轻些那凭空的没有依靠的虚空
这辛勤当然于你无益
她只是旋转自己的旋转
徘徊自己的徘徊

原载《浙江诗人》2020 年第 2 期

窗口（外一首）

冯 琎

我和你面面相坐
欲语无话
窗外是什么
我们最不关心

我们握着手
这是漫长岁月中第一次
两颗心在颤抖
短暂的相遇却成了最后一面

秋雨编织着透明的窗帘
徒劳地隔着渴求的视线
多情的秋雨啊！
可知道这里是那么多的辛酸

原来你所看到的
只是花草树木的凋萎
却为什么没想到
那上面早已果实累累

无 题

深深的黄昏
听不到一点声音
凄冷的月光
只照着他孤独的坟
孤独的坟里
深埋着无声的凄冷

攫一把泥土
将泪水浸润
在沉默的你面前
我不再沉默
明天我将化作太阳的温馨
照耀潮湿的新坟

原载《浙江诗人》2020 年第 2 期

如果春天需要唤醒

—— 致所有奋战在一线的抗疫者

朱利芳

疫情如风刮得天地剧痛

寒意笼罩　病毒肆虐

戴着口罩的回家路

红灯笼摇摇晃晃

春在天涯　漫长又漫长

枝头的花骨朵裹上了冰霜

团圆桌前　喧哗已然冷场

春水停滞在天青色之外

谁还驻足等待　在远方？

武汉呻吟

响起在风暴最深的阵地上

呻吟　泣血的呼唤

呼唤　噙泪的号召

梅花在冰雪中突围而出

共同扛起生命旗帜飞扬

白大褂即是战袍

红袖章亦是枪矛

寒梅盛开　凄风苦雨里的希望

英雄溯流而上

无须渡口来告别

誓言无声　红梅庄严绽放

以春风的名义洗一个热水澡

把长发剪下　背起行囊

将幼儿紧紧地拥吻

对深爱的人

不说再见　相信再见

春色浩荡　无边无涯

你奔赴前线　我守护城市

卡点的白昼与黑夜　无眠

无眠的勇气汇合成信仰

把悲凉裹进胸膛　将黎明照亮

如果一场春天需要唤醒

自有朵朵红梅站上悬崖

泼出春之序章

我相信　相信报春花

有凿开冰凌的力量

谁也挡不住一条大江

涌出春的洪流

奔放　奔放

时光寒冷彻骨　永远掩不住繁花

最美逆行　最美绽放

众志成城　志愿奉献力量

驱走千里严寒的百花将次第开放

向天空喊出一个春天的响亮

原载《中国人民防空杂志》2020 年第 4 期

故事与网络小说

少年神探之狴犴说（节选）

李　力

传说龙生九子，虽不成龙却各有所好。而其中的一位狴犴，外形似虎而有威仪，不仅急公好义，且能明辨是非。平生爱侦缉审判，爱秉公而断。《龙经》便有云："狴犴好讼，亦曰宪章。"

因着狴犴的脾性加形象，自古就赋予它司狱之职，除了装饰在狱门上外，还常会请它匍匐在官衙的大堂两侧。行政长官衔牌和肃静回避牌的上端，就是它的形象。据说有了它，每当衙门长官坐堂，它便会在旁虎视眈眈，环视察看，以维护公堂的肃穆正气。

然而在最初的传说中，狴犴可不仅仅是司法公正的象征，更是鉴别人心的神兽。

子之道狂狂汲汲，诈巧虚伪事也，非可以全真也，奚足论哉？

——《庄子·盗跖》

案二、佛心错

"都查过了，内承运库丢了窖金近一百五十万两，掌库的少府丞案发当天就自尽了。"

说话的中年人是如今神捕门的总捕头宋严，也是宋昭兄弟的三叔。他长得面目无奇，一双眼眸也精光内敛，然而虽只是淡淡陈述着案情，却自有一股镇定人心的气质。

"江南急报，钱塘江溢潮，苏松太常七郡受灾。陛下欲以内帑金赈灾，万没料到会出这事。如今调你回京也是想另辟蹊径，借助你心细如发、善察毫末的天赋，早日求出真相……"

宋韶点点头，他正在看少府丞自尽的现场。尸身早已搬走，但现场仍维持着原貌。

"少府丞出身豪门，从没缺过钱；他是太后的娘家族亲，深受皇恩，没受过什么委屈；为人略耿直，位高贵轻。"宋严看着小侄儿似乎漫无目的东看西看，也不催促，依旧不急不缓地说着一些相关的情况。

"不为钱，不为怨，性格还好，压力不大。"宋韶喃喃地总结了几句，突然盯着书桌上的一部手抄的《地藏经》问，"这经文是完整的，但没供起来，莫非是少府丞临死前抄的？"

宋严点点头："当时墨迹犹新，可以断定他是抄完了再服毒的，去得很安详。"

"去得很安详?!"蹲一边当背景半天的宋昭忍不住插嘴了："干了这么一票大的，还搭上自己一条命，他图个啥呀?"

宋韶眸光一闪，看向三叔："他是信士?"

宋严赞许一笑："还看出了什么?"

"《地藏经》意在劝人知因果、孝亲长，讲的是前生做什么事、后世受什么果报。"宋韶皱着眉，托着下巴沉吟，"一个拥有累世富贵的高官，只要不是谋逆叛国，至少三代无忧。而现在，就如昭哥所言，他闹成这样子究竟图的什么呢? 前因后果，一个信士求的因果……难不成是想修成正果?!"

"说到点子上了，你果然不错。"宋严笑意更盛，转而说到了另一个关键点，"据我神捕门的探查，此案中摩云寺绝对脱不了干系。"

宋氏兄弟对视一眼，都没有插嘴，静静地听宋严说下去。

"摩云寺位于京都城外三十里地的摩云山上，原也不过一座普通的寺院，承的曹洞一脉，无甚出奇。但自从现在这位方丈真慧禅师主持以来，却是日渐繁盛，声名远播。五年前太后梦佛，曾召其入宫说法，十分信重。后来几次三番显露神迹，便愈发的圣眷优渥，赏赐隆重。去年真慧还曾经携了三百余弟子在宫中做了将近一月的普渡法会，声望可谓鼎盛之极。"

"我们在内承运库里发现窖金被铸成了长条，而按例该是马蹄或元宝金。"

"摩云寺，法会，长条金……"宋韶咀嚼了几遍，眼神一凝，"莫非怀疑是和尚们利用禅杖偷运窖金？"

"八九不离十。只是掌库的少府丞自尽，线索断了。而摩云寺在朝野上下已成声势，圣上虽心急案件侦破，但孝字为先，且又要顾及信众心理，亦不敢下旨明查。现在的关键就是找出那笔黄金在哪里，如此巨额若花销在市面上不可能无声息，所以必然大部分还藏着……"

咮聿聿——

乒零乓啷——

"哎哟！""找死啊""作孽作孽……"

一阵勒马声和物品碰撞声、吵闹声交杂传来，打断了宋韶的思路，循声望去，原来是有人御马而行却因人潮拥挤，马匹不慎踢翻了小货郎的摊子，立时便骚乱了起来。

"脑子有病，这么多人还敢坐在马上走。"宋昭看了一眼争吵处，随口议论了一句，回过头来对宋韶说，"今天是不是不合适过来啊，怎么香火旺成这样？这才到山脚下就人山人海的，还怎么去嗯，那个啊？"

宋韶抬眼向山上望去。

这摩云山不算高，但植被茂密，整个摩云寺只有几处黄绿色琉璃屋脊隐露出来，在阳光下折射着光华。山间石径呈"之"字形蜿蜒而上，每个转折间都是一百零八阶，每一段间皆设照壁或摩崖刻字——只要上山，一路必见殷红"佛"字当头罩下。据说这些都是真慧禅师近年来花大力气苦心布置的，为的便是佛光普照，警醒世人。

"不能拖，理由三叔已经说得很清楚了。今天是浴佛节，所以人才特别多。人多虽嘈杂，但也给了我们便利，纵有些'得罪'之处，佛祖应该也没工夫来怪罪吧。"宋韶眯起眼意有所指地说，阳光虽刺目却也是让阴暗暴露的。

宋昭点点头："都听你的。那我们这便上山去？人可真多啊，这摩云寺今天大概赚翻了……"

"老板你是想赚钱都想疯了吧？"那头争吵似乎升级了，"你的甘草贵重，我的小摊就不值钱啦？干嘛就一定得给你让路啊？"

宋韶又扫了一眼那处，马主人正气急败坏地和摊贩争执，圆胖的脸上油汗肆流，那形象叫人看着就心生厌恶。但宋韶只是淡淡地收回了目光，"走吧，咱们好好地去拜拜'真佛'！"

一路行去，尽管进香拜佛者摩肩接踵，几乎要堵塞山径。可是那清风松涛、云岚梵唱，却也实实在在地荡涤着襟怀。

"真不敢相信这种地方也会藏污纳垢。"宋昭接过寺门口小沙弥奉上的结缘豆，嘀咕着。

宋韶却轻轻一笑，低声道："佛祖也是人变的，人心有所欲，成了佛也是有所求的，只不过想要的东西不同而已。"

"是啊，人人求佛祖保佑，保佑这保佑那的，佛祖也在拼命求人保佑，保佑人人都信佛嘛！"宋昭又开始嬉皮笑脸，说的话却引来了旁人侧目。宋韶忙扯着他快步入寺。

摩云寺是传统的轴称布局，中轴线上自南至北有天王殿、大雄宝殿、八角琉璃殿、藏经楼等，东西两侧阁楼、庑廊等相对而立。其中的大雄宝殿面阔七间，有月台托底，鹤立于众建筑间，端的是气势恢宏。兼之重檐歇山、鸱吻高翘，黄绿色琉璃瓦被日头照得熠熠生辉，望者顿觉一股威压扑面而来。

"嚯！"宋昭嗟嗟嘴，"去哪里看？"

颔首，宋韶也不迟疑："三叔说门里已经把里外摸了个遍，就觉得这地方最古怪，但又说不出个所以然来，索性就直捣黄龙吧。"

两人不再多言，径入大殿。才入得门来，一抬头，却都忍不住惊叹了一声。只见——

殿内供奉有药师佛、释迦牟尼、阿弥陀佛三世佛，均高一丈三尺，通体金黄，斜披袈裟。佛像面若满月、眉眼慈悲，头髻右旋螺，顶光呈火焰状。红蓝宝石、祖母绿、珊瑚、珍珠、琥珀、琉璃、砗磲等佛门之宝，更是遍饰上下。在满殿的佛灯映衬下，简直就是光芒四射到夺人双目。

"这，这……"宋昭艰难地咽了口口水，啧啧称奇，"这得费多少金子才能把这佛身鎏得这般光鲜亮丽？！要花多少银钱才能装点得这般奢豪啊？！"

宋韶也一脸凝重，虽然早听三叔描述过了，但亲眼目睹的震撼感绝不是道听途说能比拟的。

宋昭又愣愣地说："一定是他们没跑了，绝对的！肯定是拿来贴金买珠宝了！"

点头，又摇头，宋韶沉吟不语。神捕门早已经把目标锁定在这摩云寺，三叔也说起过这大雄宝殿的蹊跷处。问题是证据何在？

寺庙看得出历史悠久，尽管上山路搞得花哨，可寺里没有大动土木的痕迹，各处也没有新掘藏坑、暗道或偷设密室。周边山林中除了后山有一个石窟改成工寮，别无异样。然而那工寮也是报备过僧录司的，就是为了给这大殿佛像重塑金身而设的。

丢的黄金有一百五十万两，可不是一百五十两！给佛像贴金也好、鎏金也罢，就算再加上装饰用的珠宝之类，哪怕把全寺上下所有的佛像都修饰一遍，也根本用不了那么多金子。

"破绽到底会在哪儿呢？"宋韶皱紧了眉头，眼前这种辉煌盛景处处在说不对劲。然而它却是大喇喇地敞着门，笑他们无门可入！

宋昭还在那里嘟囔，尽管已经压低了声音，但吃惊愤懑的表情也够引人注目了："贼秃！把这满寺的秃驴都榨成油卖也攒不起这家当啊！"

"阿弥陀佛，佛祖当面，施主请慎言！"一道强抑怒气的声音在他俩身边响起，一个九戒僧人带着几个沙弥正虎视而立。

宋昭斜睨过去："哟，反应挺快啊！看来这摩云寺里遍布耳目嘛。果然是心虚！"

来人顿了顿，大概没想到宋昭居然会如此的惫懒，一时竟气得面皮紫涨，结舌不能言。

宋韶冷冷一笑，也不多插言语，就在一旁看宋昭怼人。

"啧啧啧，怎么还气上了呢？这是不是已经算犯上嗔戒了呀？"忽的，宋昭又夸张地一拍额头，作恍然大悟状，"瞧我这记性，你们连内帑金都敢下手，还会怕犯什么清规戒律呀！"

"胡说八道！胡说八道！"来人慌忙呼喝，声色俱厉地斥道，"竖子竟敢毁我清誉?！"

大殿中原本熙攘敬香、布施的人都被门口这边一声高过一声的吵嚷吸引了注意力，纷纷停下动作张望过来，互相打听发生什么事情。

"如光师兄！"看到这场面，随侍的一个沙弥不由惊慌地抢上前喊了一声。九戒僧人也是一凛，突然又好像想到了什么，目光严厉地瞪了那沙弥一眼。沙弥愈发慌乱，呐呐着退至最后："是，饮、光师兄。"

见状，宋韶心生古怪，却不及深思。只见那九戒僧人已经收拾好心情，低眉顺眼道："还请两位施主勿扰了其他檀越礼佛。方丈在后院静室恭候，万望尊驾移步一叙！"

兄弟俩交流一眼，都看到了警惕。宋韶漠然道："没什么好叙的，我们又不是来讨教佛法的。"

宋昭更是装模作样地念了个佛偈："我今灌沐诸如来，净智庄严功德聚。五浊众生令离垢，同证如来净法身！"

"哈哈，小爷佛法够精深了吧?！"他叉腰大笑，声震横梁，愈发地引得香客们聚焦，叽叽咕咕的议论声逐渐大了起来。

九戒僧人瞠目结舌，眼看局面失控，不由得急乱起来。

"罪孽罪孽，快扯了去！"他脸色铁青，疾声呼喝随行的健壮沙弥们上前去捉两人。

宋昭两眼一瞪，利索地挽起袖子袍角："嘿，还想动手？来啊来啊，让小爷看看这佛门清净地到底是个什么玩意儿！"

"住手！"外围一个年青僧人高叫，拨开人群挤进来。

"饮光师兄你这是做什么？"来者年纪虽轻竟也已是九戒，"师尊让你来请两位檀越，怎的闹出此等笑话？！"

"阿弥陀佛，小僧欢喜，见过两位宋公子。"他又转过头来对着宋昭两人问讯，"方才师兄情急失礼，万望海涵。两位若是不愿意静室用茶的，小僧也可以陪着到处走走，摩云寺虽小，也颇有几处山景可赏。两位礼佛之心已到，于此处再多逗留也是无益。"

又对着一众看热闹的香客团团致意："全是误会，扰了诸位施主，吾寺辨才法师已往藏经阁前，讲经马上就开始了，恭请共证佛法。"

端的长袖善舞，香客们马上就被转移了注意力。

"欢喜？欢喜什么呀？小爷现在就气不打一处来，哪儿都不想去，就要在这里和你们掰扯掰扯！"宋昭扫了一眼宋韶，见他蹙眉不语，便继续装疯卖傻，"一个饮光，一个欢喜，轮番唱大戏哪？！"

听着宋昭的话，且不说两僧反应，宋韶却是心中一动。他眯眯眼睛，打量着对面粉墨登场的这两个和尚：九戒，应该就是亲传弟子了，这法号可真有意思啊。"清静真如海"，按曹洞宗法裔辈数来排序，真慧禅师之下不应该是"如"字辈吗？

只是这还不够——

"施主这话说得……"欢喜和尚苦笑一声，显得既委屈又无奈，"四无量心，欢喜自在。"

"阿难陀是欢喜，迦旃延辩才无碍，迦叶饮光，想必还该有如意、满愿、善见、近执等七位法师吧？"宋韶突然出言试探，"呵，佛祖十大弟子，真慧禅师好大的宏愿！"

闻言，欢喜、饮光两僧面色剧变。

"这般宏愿……"心中愈发有数，宋韶又面无表情地扫视殿内众人，"芸芸众生，孰知孰识？又有何德何能来受？"

"檀越慧根！"低低佛号自人群外面传来，一个苍老的声音缓缓道："佛祖慈悲为怀，所做的一切都是为了修行。哪怕世人迷茫不解，甚至怨我憎我。"

"是方丈，方丈来了！"

"真慧大师！"

"大师有礼！"

围观的香客们纷纷让开身，露出了那位鼎鼎大名的摩云寺主持真慧的身影。

老和尚很是瘦削，只着一件灰黑色百衲衣，白眉长须，看上去普通至极，可又极有威仪。他一边缓步走进来，一边冲围观的人群低声宣念佛号。视线却直直地盯住了宋韶，目光坚韧又锐利。

宋韶慢慢挑起眉，也毫不退让地看向对方眼睛，口中轻哼，意味深长地应了一句："哦……"

真慧站定了身，先虔诚地朝着三世佛行了大礼，方才直面众人。

"见色非是色，闻声不是声，老衲知道二位檀越的来意，既不愿静室清谈，便于此处道个分明吧。"真慧淡淡地说道，"佛门宏愿本非常人所能理解，但也不是原罪。诸君所求之事全无定论，而屡以捕风捉影法坏我修行，纵佛祖慈悲，也是有金刚怒目时，会行雷霆手段的。"

宋韶眼神一冷，不由得握紧了拳头。这老和尚果然不简单，吃准了他们现在还没真凭实据，就如此肆无忌惮，竟还敢反过来威胁他们。

他扫了一眼围观的人群，大部分都不明白究竟发生了什么事情，但显然大家都知道事情有些不妙，所以大殿内此刻居然出奇地安静。殿门外熙攘之声鼎沸，殿内沉闷压抑，仿佛一根弦正在慢慢地、慢慢地绷紧。

手心渐渐湿黏起来，宋韶心中不由得有些焦躁：接下来又该如何应对呢？倘若继续争执，没如山铁证如何服众？但假使就此遁去，且不说白费工夫，打草惊蛇后只怕更难追索真相。

"方丈，方丈！真慧大师啊！"突然尖利的呼喊声从殿外传来，"我知道您在！您大慈大悲，您得给我主持公道啊！"

一个肥头大耳的中年男人哭嚷着拨拉开人群往里闯，那身手全不符其身姿的灵活。

"何事喧哗?"欢喜忙上前去拦，却叫那肥硕身子一撞，一个趔趄差点栽个跟头。

后面气喘吁吁追上来的执事答道："他，他，非要，把脏污了的甘草，当成上等品强卖。我等不应，他便闹将起来了。"

"胡说胡说！"男人高叫，"明明都是上等货，却叫这腌臜小人作践，不但拒收这次的，竟然还拒付以前的货款！"

"哪个拒付了?"执事又慌又怒，"只是浴佛节尚未结束，一应财物都未清算，叫你缓几日而已！"

"我借了印子钱进的货，迟一日便是割肉，缓几日——你吃的灯草放的轻巧屁啊！"男人跳得八丈高，怒发冲冠地骂着，"造得起那么大三尊金佛，还要赖我几百两银子，岂不是造孽？"

好一片混乱。

这当口，宋韶脑中恍若劈过一道闪电。他当即附耳宋昭，对方听了，惊诧地瞪大了眼睛，也不敢耽搁，马上晃身闪入了人群。

真慧倒是沉得住气，只用眼角又瞥了宋韶一眼，快刀斩乱麻："给他！"

正吵嚷作一团的人停了声。欢喜立刻踏前一步："施主请随贫僧来，咱们慢慢算来，断不会教你吃亏了去。"轻轻巧巧就把人引了开去。

真慧转过脸来，恰好看到回转的宋昭正低声对宋韶说什么。宋韶听完，眼神亮得出奇，对着他露出一个大大的笑。

一股不祥的感觉涌上心头，真慧面上仍不动声色："阿弥陀佛，今日浴佛，信众云集，可屡生事端真是罪过。摩云寺虽非祖庭，亦容不得宵小作乱，此事老衲自会请太后主持公道，现如今么，哼，请两位施主即刻离寺……"

"慢着。"宋韶扬声打断了他的话，"如大师所言，今日信众咸集，众目之下正好断个公案，也好还一下佛祖的清誉！"

真慧眉头一跳，目光如箭。

宋韶嘴角一勾，眼神似刀。

饮光恨声呵斥："放肆，黄口小儿也敢在此大放厥词，谁给你的胆？！"

"它！"宋昭踏前一步，高举着"捕"字金牌，肃声喊道，"捕神令下，何案不可办？"

脸上又浮现出那温文尔雅的笑容，宋韶上前一步提高声量压下殿中嗡嗡四起的议论。

"如今南方遭了涝，圣上仁厚欲拨内帑赈济，却不料有贼人暗掠重金，经多方探查，已经明晓赃物便匿于摩云寺中。"

现场哗然！

真慧冷冷一笑："佛祖面前胡乱攀诬，死后可是要下拔舌之狱的。"

"哼，好教你这贼秃知道，我们已经找到金子在哪儿了！"宋昭怒喝，抽剑直指那高大的三世佛像，"好大的手笔！好狡诈的心思！"寒光一闪，凛冽剑风竟直接削下了佛像一指，纯金的一大块物什砸在青砖上，也砸在众人心头。

真慧一愣，但看到满殿信众惊诧又难以置信的样子，反而迅速镇定了下来。他合十念了声佛号，反诬："你们竟敢毁佛！"

此言一出，果然群情激动。真慧微微一笑，那有恃无恐的模样看得宋昭怒火升腾。"无耻！"他一急就想骂对方个狗血淋头，宋韶止住了他。

"我们不毁佛，而是洗尽蒙于佛身之污秽。"宋韶平静地捡起那截金手指，"用盗来的慈善金铸我佛金身，只怕佛祖在上，不屑有这样的功德！"

真慧怔忡："佛祖……不屑有这样的功德？"

宋韶没理他，对着众人继续道："诸位，你信佛为的什么？不外乎救世、救人、救己。我曾听闻释尊修行时来回世间八千多次，舍身喂虎、割肉饲鹰种种慈悲之迹常见佛经。佛说普度众生，对飞禽走兽尚且如此，于我们骨肉同胞又怎么会悭吝一尊金身？"

少年声音清亮，字字千钧："更何况，这所谓金身本就是拟用于百姓的赈济。"

"虽说佛祖曾指天放言唯我独尊，但这世上终究还是有律法准绳在的。"宋韶回过头来给了真慧狠狠一击，"一味求虚相，和尚假慈悲！"

真慧瞳孔猛张，眸中光芒跳动几下，终于颓然湮灭。

"你说佛祖会不会晚上入梦来找我们算账啊？"宋昭吊儿啷当地叼着根狗尾巴草，看着官差忙碌查封摩云寺的场景，突发奇想地问宋韶。

见对方不理他的话茬，便又问："你怎么想到他们会用纯金来造佛像啊？当时你叫我去查看时，我真的差点惊掉下巴。"

这一问倒叫宋韶笑了，居然打开了话匣："早叫你多看书啦。"

"在发现少府丞是信士时，我就隐有怀疑他是被蛊惑了追求某种愿望。到摩云寺来勘察，一路上山的氛围，众僧法号的古怪，都指向真慧所求——佛教传说中佛的净土是遍布黄金的，阿弥陀佛的身体更是金色的，而且为佛塑金身，可以隐没世上其他光，如千日放光明……"

"听得我头晕，你能说得直白点吗？"宋昭嘴巴上的草都掉了，弱弱地对着弟弟讨饶，"我从小就怕听这种文绉绉的绕肠子话。"

"意思就是真慧想通过为佛铸纯金身来积自己的功德，妄图来世也成佛！"宋韶气结，简单粗暴地解释了一句，忍不住又骂道，"汝愚，他诈，奚足论哉？"拂袖而去。

徒留宋昭风中凌乱："我，我说错什么了？不是尔虞我诈吗？咦，不对啊，我也没和谁耍心眼啊，吸足什么东西啊？"

神探有话说：

这个案子里涉及了不少佛教专业知识，不懂的地方你可能会看得气闷。但是就像前一案里神探说的，知识面广总是有好处的。有了广博的知识基础后，只要某一个点上受到了启发，就能把很多忽略的问题看明白。若不是了解佛教传承史，宋韶也不会发现真慧的野心。有关的专业知识可不要给一般电视里的说法给骗了哦。比如僧人头上的戒疤，可不是所有的和尚都会有的，是根据僧人的地位而定的。另外"檀越、施主"，"和尚、大师"这些称呼明明指向都相同的，但为什么随着说话人内心态度的转变称谓也会变呢？其实语气变化以及微表情研究都是很有意思的知识，真的能"察言观色"就是高手啦。想真正看懂这个故事，可别学宋昭，还是要抠抠字眼的哦。

　　本案小知识：鎏（liú）金。这是一种将金和水银合成金汞剂，涂在铜器表面，然后加热使水银蒸发，金附着在器面不脱的传统工艺，近代称为"火镀金"。

该系列故事列入"2020年度嘉兴市文艺精品扶持工程"

孤岛女壮士（节选）

——记妇女运动先驱、烈士茅丽瑛

杨卫华

五卅惨案惊醒懵懂学子

1925 年 5 月 30 日。

清晨的第一抹曙光照亮东边的天空时，陈虞钦就早早地起床了，匆匆洗漱一下，马不停蹄地赶到南洋公学附中操场。操场上已经聚集了不少人，大多是年轻的学子和工人；还有不少人从四成八方陆续赶来，没过多大一会儿，操场上就密密麻麻地站满了人。

陈虞钦的心中好不激动，谁说中华子民积弱成性，血性儿女就在眼前。

这些来自上海大学、同济大学等二十多所在沪学校的学生，和部分工厂的工人，共计两千多人，将分成 54 个小组，分头前往公共租界，一路演讲，分发传单。

有人见陈虞钦小小的个子，脸上的稚气未脱，对他说："这次出去演讲风险很大，巡捕房的人和洋鬼子沆瀣一气，什么疯狂的事都做得出来，你还是不要去了吧。"

陈虞钦急了，大声说："不，我必须参加！帝国主义强盗惨杀我们的工人，残忍至极，国势不振到这种地步，作为中华儿女岂能坐视不救！"说到动情处，热泪夺眶而出。

这次由学生和工人共同发起的演讲宣传活动，是为抗议日本纱厂资本家镇压工人大罢工、打死工人顾正红而发起的，以声援工人运动。

其中一个宣讲队在南京路上演讲时，遭到巡捕房冲击，有 28 人被捕，8 人被打伤。其他宣读队的学生和工人得知消息后，拥到南京东路公共租界老闸捕房门前请愿，双方僵持不下；英国捕头爱伏生竟下令向学生和工人开枪，四名学生当场身亡，另有三十多人重伤。

陈虞钦也在四名身亡学生之列，当时他才十六岁。

这就是震惊中外的五卅惨案。

正在启秀女子学校上初中的茅丽瑛，也被这个消息惊呆了。那时她十五岁，比陈虞钦只小了一岁。

"为什么他可以做出这么伟大的事来？"茅丽瑛询问最要好的同学蒋浚瑜。

"是啊，为什么？我也想问你，他的年纪和我们差不多大小。"

茅丽瑛也回答不出来，只觉得自己的心底有一股莫名其妙的力量在涌动。陈虞钦只比自己大一岁，就能为了民族的崛起献出宝贵的生命；自己却是两耳不闻窗外事，只知道奋发读书，自以为只要把书读好，就能创造美好人生，却从不去想读书到底是为了什么？人的一生难道只是为了活着而活着？

这十五年来，只为好好活着而不断挣扎的茅丽瑛，终于对自己发了人生中的第一声拷问？

茅丽瑛生于浙江杭州市一个破落的小官吏家庭，6 岁那年，她父亲因债台高筑而投河自尽，唯一的哥哥又因病过世，母亲不得不带着她背井离乡来到上海，投奔在启秀女子学校任教务主任的亲戚陈招悦。

陈招悦将她们母女安顿在启秀女校的校舍里，让茅丽瑛的母亲在学校里当勤杂工，可以挣些微薄的薪水养家。

在学校里，茅丽瑛第一次看到有这么多的姐妹聚在一起，一会儿操练，一会儿上课，一会儿放声唱歌，她羡慕极了，很想自己成为她们中的一员。她常常站在教室的窗外听老师讲课，学老师在黑板上写字的样子，回到家后找来纸和笔练习，能写得像模像样，久而久之，竟然就学会了不少字。在她八岁的时候，在陈招悦的帮助，茅丽瑛终于成为启秀女校的正式学生。

启秀女校的学生大多家境富裕，茅丽瑛只是个校工的女儿，刚开始并没能引起人们的注意，但她不以自己出身贫寒而自卑，虽然粗茶淡饭，布衣布鞋，却常常自勉：人穷志不穷，穷人也能读好书。

上学不久，茅丽瑛就以优异的成绩，博得了教师们的赞赏和同学的尊敬；尤其在英语方面，她记性好，学得又认真，把一些英语单词、词组和典型的会话，背得滚瓜烂熟，再加上有一口好嗓音，成为同学中的表率。

随着年级一年年地升高，茅丽瑛的各科成绩始终名列前茅。如果不是五卅惨案的枪声将她惊醒，她还沉醉在学校的宁静环境中，把读好书当成人生最大的目标。

平时活泼爽朗的茅丽瑛不见了，她每天愁眉紧锁，时常陷入沉思，除了读书学习外，最关心的便是向走读生们打听外面的世界。

同样陷入焦虑状态的还有蒋浚瑜。她问："丽瑛，帝国主义强盗已经向我们学生开枪了，你说，我们该怎么办？"

茅丽瑛沉思半晌，终于大声地说："那些强盗就像疯狂的野兽，贪婪残暴，视我国人如草芥，是东洋人先杀了我们的同胞，我们就反抗不得吗？中国人命中注定只能任人欺凌残杀的吗？不！中国人不能任人摆布，我们要打倒日本帝国主义！"

工人罢工、抵制洋货、示威游行等运动风起云涌，影响着一向如温室暖棚里的启秀女校，也在茅丽瑛的心中种下了革命的火种。当她得知外商工厂都停工了，码头上堆满了洋货无人装运，租界里的商铺都已经打烊……把她兴奋得彻夜难眠，对同学们说："我们这只东亚睡狮正在觉醒，我们每个青年都应该与国家同命运，共呼吸！"

志同道合组建乐文社

1927 年 3 月 21 日，在周恩来等人的领导下，上海 80 万工人举行总罢工，同时举行武装起义，向驻守上海的军阀部队直鲁联军发起全面进攻，地处闸北东宝兴路的启秀女校，处在激战的前沿。

茅丽瑛等学生时刻关注着战况，当武装起义灭了军阀一支主力部队，赢得全面胜利时，她激动万分地对同学们说："我就知道，黎明必将到来，天终于要亮了！"建议同学们一起上街庆祝胜利的到来。

然而，时隔三周后的 4 月 12 日，蒋介石发动反革命政变，枪杀大批工人、学生和市民，工人阶级用鲜血夺回的大上海，又成了帝国主义和新军阀血腥统治的世界。

茅丽瑛感慨万千，常常一个人思索着：社会这么复杂，我们学生该怎么办？她想起陈招悦以前说过的话：世事像天上的云彩变幻莫测，你们这些只会读书的女孩子哪能管得了？不如把精力都花在读书上，多长点知识，安分守己地生活，这才是对社会、对家庭尽责。

从此，茅丽瑛两耳不闻窗外事，一心只读知识书。她又恢复了先前的平静，埋头在书堆之中。如此春去秋来，在动荡的世事中，转眼到了 1929 年，十九岁的茅丽瑛高中毕业，并以优异的成绩考入东吴大学法律系。

东吴大学是私立大学，学费昂贵。茅丽瑛的母亲在启秀当校工收入低微，她自己半工半读，依然无法支撑惊人的开支，无奈之下，仅仅读了一个学期，就辍学回家。在家待了一段时间后，到了 1931 年的 3 月，上海江海关招收员工，她各科成绩优良，英文又特别好，以高分录入，担任江海关秘书科英文打字员。

进入海关以后，茅丽瑛才有了进一步认识，帝国主义集中力量统治着全中国最大的海关，海关内的所有要职均由英国人担任，对关内华籍员工则采取奴化、分化的手段，以麻痹职工的民族意识和阶级觉悟，在这样的环境中，工作气氛十分压抑。

但海关的工作比较稳定，薪金报酬比一般的政府机关、银行公司的员工还要高，亲朋好友们纷纷祝贺茅丽瑛捧到了金饭碗。生活逐步宽裕起来，可以有闲钱购买各种进步文学作品，如鲁迅、茅盾、巴金、郭沫若等名家的作品，也能去新世界游乐场观看田汉编写的救亡活报剧，尤其是抗日救亡的话剧《回春之曲》，表现中华民族不屈精神和战斗意志的《义勇军进行曲》，激励着茅丽瑛火一般的抗日激情。她每回领薪水时，总要留下一些钱，托海关俱乐部的东北难民救济会捐给前方抗日义勇军。

进入江海关工作没多久，爆发了"九一八事变"，日寇大举入侵东北三省。第二年的 1 月 28 日，日军又发动对上海的进攻。淞沪会战虽然以国民党政府签订丧权辱国的《淞沪停战协议》而结束，但战士们在抗日战争中表现出来的民族气节可歌可泣，使茅丽瑛永志难忘。

1935 年，25 岁的茅丽瑛和好朋友蒋浚瑜，以及启秀女中、复旦大学一批有志女青年，筹组成立上海"中国职业妇女会"，经常性地举办读书会和时势座谈会。

这些受过进步思想熏陶的女青年，眼界开阔，接受能力强，彼此交流心得体会，共同成长进步。每一次座谈会上，茅丽瑛都积极发言，她的言论也总能引起大家的共鸣，久而久之，她成了大家的主心骨。

1936 年夏天，参加过"一二·九"学生运动，并经受了考验的共产党员胡实声、冯华全等从税务专科学校毕业后分配到江海关。他们通过各种机动灵活的方式，开展了一系列进步活动，为海关职工运动开创了新的天地。置身于这些活动中，茅丽瑛那颗忧郁的心逐渐舒畅起来；同年 9 月，中共江海关支部正式成立。党支部根据国内形势，决定成立"以文会友，敬业乐文"的群众团体"乐文社"，茅丽瑛有幸成为其中的一员。

1937 年 8 月 13 日，日本侵略军进攻上海，当地驻军在全国人民抗日运动的推动下奋起抵抗。8 月 16 日上午，乐文社紧急召集茅丽瑛、朱人秀等 17 人开会，分析三天来的战事，决定成立海关华员"战时服务团"。战时服务团的团部设在汉口路海关俱乐部内，下设秘书、救护、征募、慰劳、医药、会议、交通等小组，茅丽瑛担任慰劳组负责人。

茅丽瑛不知疲倦地终日奔走，几乎跑遍了江海关每一个部门进行劝募，逢人便说："我们在愤怒中忍受了六年，这一次我们不能再退让，抗日烽火已经燃起，战士们在火线上与敌人浴血奋战，在国家危难的当口，我们也理应作出贡献，以物力支援抗战。"在她的带动下，现金、金银器、纱布、药棉……劝募品一件件一批批地涌向团部。

钱捐到了，还得购买布匹，天气就要转凉，前线部队急需要寒衣，得抓紧缝制衣服给战士们送过去。

8 月 23 日中午，茅丽瑛来到南京路上，准备购买一些缝制战士棉衣裤的布匹，突然听到头顶响起飞机的轰鸣声，日军的飞机出现在南京路上空，疯狂扫射市中心街区，子弹像雨点一样洒落下来，街上的行人哭喊着四处逃命，有的躲闪不及倒在血泊之中。

"轰——"

几枚炸弹在南京路上爆炸，火光冲天，顿时血肉横飞，当场炸死 700 多人。正在营业的商店纷纷关门避险。茅丽瑛只得挨家去敲布店的门，边敲边喊："老板，请开一下门，我是来买布的，有急用，行一下好吧！"

布店的老板和伙计早已吓得全躲在柜台下，哪里敢出来开门？有的还以为是趁火打劫的强盗。好不容易敲开一家布店，伙计探出头来，看着茅丽瑛像见到怪物似的，说："你不要命了吗？也不看看现在是什么时候，是在打仗，命都快没了，你还买什么布啊？等明天再说吧！"说着又要关门。

茅丽瑛急了，拼命挡着门不让店伙计关上，说："您就发发善心，帮帮忙吧，我买布是为了支援前线的战士，他们正在流血受冻，急需要棉衣，我们后方群众只能尽最大努力支援他们，希望能早日打败东洋鬼子，大家过上太平日子！"

布店的伙计终于被感动了，打开门让茅丽瑛进去，并帮她挑选布匹。等她买好布出来，南京路上早已空无一人，连黄包车也叫不到，只能双手抱着，走走停停，等她回到战时服务团的团部，早已累得汗流浃背，两腿发软，瘫倒在地板上连站也站不起来了。

参加救亡长征团

1937 年"八一三"上海抗战爆发，在轰轰烈烈的抗日救亡热潮中，参加职业妇女会的姐妹们自是不甘落后，大家借用文爱义路（现北京西路）上的允中女校，组织救护训练班，缝制军棉衣、士兵慰劳袋，还做慰问伤兵、救济难民等工作。茅丽瑛和蒋浚瑜等骨干，四处奔波，筹集物资，同时宣传发动广大群众，前来参加活动的群众十分踊跃，出现了许多积极分子。她们加班加点赶制出来的棉衣等急需物品，源源不断地运往前线。

11 月，国民党军队撤离上海，形势急转直下，上海沦为孤岛。一大批热血青年为了寻求出路，丢弃家庭和安定的职业、舒服的生活，奔向内地，奔赴延安。

江海关支部认为，海关华员战时服务团的工作已不适应当下环境，乐文社慰劳伤兵救济难民工作也在相应地缩小规模。其中的几位积极分子反复商议后，决定组织"江海关同仁救亡长征团"，前往广州宣传抗日。告示发出后，短短几天就有十一人报名参加。茅丽瑛认为爱国救亡义不容辞，也决心加入。

当她回家把想法告诉年迈的母亲时，母亲惊呆了，问："你这么好的工作，为什么要辞职？别人求都求不到；你还要离开家去广州，那么远的地方，到底是为了什么？"

"妈，我这个时候离开您确实很不孝，可是您看看我们的国家支离破碎，多少同胞死在日本人的枪炮之下，我实在不忍心啊！"

"我不懂国家大事，只知道我需要你在身边；丽瑛，妈妈年纪这么大了，你忍心把我一个人留在这里吗？你不要走啊！"母亲反复恳求，声音都在颤抖。

茅丽瑛看着母亲花白的头发，布满皱纹的脸上满是泪水，不禁悲从中来，心想：是啊，妈妈老了，这些年来为我操碎了心，现在需要我的陪伴，我怎么能一走了之呢？

母亲担心茅丽瑛任性，悄悄离去，又请人来劝说。那个时候茅丽瑛在江海关工作即将满七年，按照海关的制度可以得到一笔奖励，相当于一年薪水近千元。大家都劝说她不要放弃。

对于这近千元的酬劳金茅丽瑛没放在心上，主要是对母亲的牵挂，让她左右为难。

11 月 26 日晚上，战时服务团在同益里海关华员俱乐部为"长征团"举行盛大欢送会，前来欢送的职工代表都发表了激情洋溢的讲话，令人热血沸腾。

茅丽瑛感到一股不可遏制的力量在心底汹涌澎湃，驱使她作出新的抉择。回到家后，她对母亲说："妈，为了民族的解放，我还是决定去广州，等赶走东洋鬼子后，我们就可以过上安宁的日子，请您宽恕我吧！"

母亲太了解女儿的个性了，她一旦决定，就不会回头。这一次母亲没有阻拦，只是无声地流着泪。

27 日下午，长征团一行 19 人将乘坐法国邮轮离开上海。当茅丽瑛提着行李箱，行色匆匆地赶到吴淞码头，两眼哭得通红，同事们都惊愕地问她："昨天你还在为大家送行，今天自己都成了长征团的成员，这是怎么回事啊？"

茅丽瑛的脸上露出微笑，说："我是突然决定走的。昨晚回家后想了一夜，也难过了一夜，长征团的勇气，太令我感动。他们说的那句话：'祖国需要着我们，我们要奋身投进战斗。'在我的耳边回响了一晚上，他们说得太对了，我也应该去！"

好友蒋浚瑜接到茅丽瑛的电话，匆匆赶来为她送行，问："你真的决定走了吗？"

"我决定了，上海已经沦为孤岛，再待下去我会受不了。"

"那你妈怎么办？"

"我妈是我唯一的牵挂，她哭了一夜，几乎动摇我的决心。但我想到日本侵略者在我中华大地上犯下的滔天罪行，我又坚定了下来。"泪珠又从她的眼角滑落，但她马上用手抹掉，并把一串钥匙放在蒋浚瑜的手中。

"妈妈的生活我已有了安排，这是国华银行一只保险箱的钥匙，里面有我所有的积蓄，万一我妈有病，你帮我去那儿取钱。"

长征团到达广东后，活跃在广州市内和郊县，和粤海关同仁一起座谈讨论抗日方案，编辑出版墙报，介绍各地群众轰轰烈烈的救亡运动，并教粤海关职工和他们的家属唱救亡歌曲等。

尽管长征团工作繁忙，生活艰苦，但茅丽瑛感到生活从未如此充实。

一个月后，广州八路军办事处的同志告诉长征团：延安抗大、陕北公学正在招生，如果有谁想去，办事处可以帮助推荐。

延安是革命者的摇篮，全国成千上万的青年都向往延安，跋山涉水去延安寻求救国道路。

茅丽瑛觉得自己的眼前亮起一道光，她的人还在广州，心早已经飞到延安，仿佛看到了巍峨的宝塔山、奔流的延河……

偏偏这时，上海传来一份电报，说她母亲病危。

尽孝？报国？

茅丽瑛左右为难。她问长征团团长殷之钺："是不是只有去了延安，才能参加共产党？"

"这个……不能确定，但我个人认为不一定，你怎么会想到这个问题？"

"因为我越来越觉得，共产党才是真正抗日救国的。"

"我们想到一块了，一起去延安吧！"

茅丽瑛长叹一口气，把家中母亲病危的事说了，说："我妈就我一个女儿，她历经千辛万苦才把我养大，我不能丢下她不管；所以，我可能去不了延安。"脸上露出无比遗憾的神色。

"不必难过，只要有这个心，无论在哪里都能做有意义的事；回到上海以后，你可以去找共产党组织。"

殷之钺的话让茅丽瑛的心情明显好转。几天后，她拜访当时在广州主持《救亡日报》工作的夏衍。

夏衍介绍了全国的抗战形势后，鼓励她说："全国的抗战局面已经形成，我们终将取得胜利，上海虽然是沦陷区，但也可以开展抗日救亡运动，争取到更多志同道合的人，这个工作更重要！"

茅丽瑛被鼓舞得热血沸腾，马上给好友蒋浚瑜写信，告诉她自己返沪的日期，并在信中说：母亲的爱是伟大的，然而也是自私的，她不能将爱我之心移爱到全国无父无母的孤儿，这我并不怪她，因为她是另一代人。长征团要到更远的地方去，我决定回沪，否则将无从弥补对母亲的缺憾。

1938 年的春天，茅丽瑛回到上海，她在码头上见到来迎接自己的蒋浚瑜，第一句话就说："假如我有兄妹的话，我决计不回来！"

收到子弹恐吓信

茅丽瑛回到上海以后，她母亲精神上有了寄托，病情有所好转。

上海江海关同事建议茅丽瑛回去复职。但她再三考虑以后，决定回母校启秀女校任教，担任英语老师，每天只需要上半天课。这样，既可以维持一家的生活，又有空余的时间从事社会活动。

原来的上海职业妇女会所开展的抗日救亡活动，已不能适应当前的形势，为了保存职业妇女中的骨干力量，团结更广泛的妇女群众，上海职业妇女会决定改组为上海中国职业妇女俱乐部，会员们推选茅丽瑛、蒋浚瑜等人为负责人。

中共地下党十分关心"职妇"的工作，专门派左英、应仁珍加入职业妇女俱乐部，以会员的身份进行公开活动，并暗中向思想上求进步的妇女姐妹，宣传共产党的先进理念。不久，茅丽瑛等一批"职妇"会员先后加入中国共产党。中共"职妇"支部建成，董琼南任书记，茅丽瑛、郑玉颜等任支委，茅丽瑛分管党团工作。

这样，上海中国职业妇女俱乐部在共产党的领导下，蓬勃地发展起来。

"职妇"俱乐部根据党的指示，开展发展新会员工作。茅丽瑛带着会员们走亲访友，宣传动员，在很短的时间内，会员就增加到了 500 多人。

新会员的大量加入，要求"职妇"领导机构有更强的指导核心，党支部决定选举新的领导机构，通过选举，茅丽瑛为"职妇"俱乐部主席，蒋浚瑜为副主席。

在选举大会上，茅丽瑛动情地对大家说："姐妹们，伟大而艰苦的工作已经落在我们的身上，希望大家拿出力量爱护、培植我们这个小小的园地，使之开花结果，我们还要欢迎无业的姐妹们加入'职妇'，帮助她们从家庭的束缚中摆脱出来，让我们紧紧地拉起手，相信我们的力量是巨大的！"

原载《西子弦歌》作品集（浙江工商大学出版社 2020 年 10 月出版）

龙宫计划（节选）

杨卫华

一

公元 2028 年的 10 月 6 日，周五，中午。

钱塘江北岸吴越集团办公大楼内，欧阳蕊伫立在她位于 32 层的办公室的落地玻璃窗前，朝南而立，透过窗玻璃，眺望着不远处如银带般一掠而过的钱塘江。

窗外云淡风轻，碧空高远，初秋的阳光依然明晃晃得让人睁不开眼。

虽然是上班时间，欧阳蕊穿着集团统一的工作服，白色的短袖衬衫和深灰色的一步裙，却依然掩饰不住她玲珑多姿的身材。一头挑染了几缕烟茶色的齐肩短发，让她既显得干净利落，又不失年轻人该有的青春活力。尤其是她天使般的容颜，一颦一笑，都能让这间装修风格以冷色调为主的办公室，平添几色靓丽与嫣红。

欧阳蕊今年才 27 岁，是上市公司吴越集团的董事长，集团旗下十多家子公司，上万名员工都以她马首是瞻。

甚至有人说，她是长三角地区所有的上市企业中，最年轻的 CEO。

可是，现在的她秀眉紧锁，俯视着钱塘江出神。

从她现在所在的位置望下去，隔着几百米远的空间距离，可以清楚地看到，缓缓流动着的钱塘江水，在阳光的照射下，江面上跳动着万点金光；江岸边聚满了人，密密麻麻的，几乎连成了一片。

今天是农历八月十八，钱塘江的天文大潮日，也是一年中最佳的观潮日。杭州市民以及慕名而来的游客，聚集在钱塘江边，争相一睹世界奇观钱塘江涌潮的风采。

时间才刚刚过了中午，涌潮还没有到来，江面上依然平静，观潮客们都在耐心等待。

钱塘江涌潮是由于东海水受天体引力和地球自转的离心作用，倒灌入钱塘江，并逆流而上，再加上杭州湾喇叭口的特殊地形，使得逆流而上的涌潮受两岸江堤的挤压，潮水逐渐变得水高浪涌，急流奔腾，潮头可以高达四五米，一路狂奔一百多公里，涌过海宁市的大缺口、盐官、老盐仓，直至杭州城外的江面上。

钱塘江涌潮是世界七大奇观之一，每天都有涌潮生成，但以每年农历的八月十八潮水最大。

欧阳蕊的心思显然不在涌潮上，她的手中还拿着一本 A4 纸大小的报告书，她朝钱塘江望了一阵后，拿起报告书看了一眼，报告书上殷红加粗的"风险警告"四个字，再次映入她的眼帘，眉头也因此皱得更紧。

"董事长。"随着一声叫，办公室的门同时被轻轻地敲了一下。

欧阳蕊收回心神，回过身，女助理田小亦站在办公室的门口，她手中拿着一份资料，静静地等待着欧阳蕊的回应。

如果没有得到欧阳蕊的允许，任何人都不可以随便进入她的办公室。

"进来吧，什么事？"

田小亦缓步走进来。她今年 25 岁，身材高挑，同样的青春靓丽。

"董事长，安澜控股的吕总和古都实业的张总，同时发来邮件，想和您就我们的龙宫计划再举行一次三方会谈。"田小亦把手中的资料递到欧阳蕊的身前。

欧阳蕊接过资料，却懒得细看，只是把另一手上的那份报告书，叠加在这份资料的上面。

那份报告书还翻在"风险警告"的页面，田小亦的目光刚好落在那四个红色字体上，顿时微微愣了下神。

欧阳蕊马上把报告书合了起来，问："龙宫计划不是已经谈妥，宣传造势都已经做起来了，还要谈什么？他们有没有明说？"

田小亦稍稍斟酌了一下，说："上午的时候，安澜控股吕总的助理和我通过一个电话，我才知道沈工程师在发给您电子邮件的同时，也分别给安澜控股的吕总和古都实业的张总发了同样内容的邮件，我想这可能是他们两家找您再谈一次的原因。"

"沈亭安啊，你不肯帮我的忙也就算了，还给我添乱！"欧阳蕊皱了一下眉头，快步走到办公桌旁，在办公椅后面的书架上轻轻按了一上。书架的一个格子突然弹了出来，露出藏在里面的一个小型保险箱。

她在保险箱上验过指纹，并输入三组数字密码后，保险箱的门自动弹开，把报告书放入保险箱后再关上。

"他们把时间安排在什么时候？什么地点？"

"周六，也就是明天的下午，古都实业的顶楼会议室。"

"你去回复吕总和张总，明天下午我会准时参加的。"

"好的，我明白。"田小亦点头答应，走到办公室门口时，差点和一位快步走来的男子撞个满怀。

那男子走得太急，止住身形后，连声道歉："不好意思啊，田助理！"

"沈工匆匆忙忙的，这是干什么呢？"

男子名叫沈亭安，就是田小亦刚才和欧阳蕊说起的"沈工程师"，他是欧阳蕊的男朋友，同时是吴越集团"龙宫计划"项目的水文监测部技术总监。

沈亭安似乎很着急，也不理会田小亦的问话，快步走到欧阳蕊的跟前，说："蕊蕊，我给你的实验报告你仔细看了吗？我刚才又做了一次实验，我的结论不会错，这个龙宫计划必须马上停止！"

"就凭你一个根本无法评定是否科学正确的实验，就要撤销一个投资好几百亿的大项目，这也太随便了吧？"

"蕊蕊……"

"这里是公司，又是上班时间，请你注意对上司主管的尊重！"欧阳蕊的心里烦得一塌糊涂。

"蕊……董事长。"沈亭安无奈地大叫了一声，"我的实验用具也许比不上木镜工作室的顶级器材，但我的实验方式和他们一样；我曾经在木镜工作室实习了一年，如果不是你的龙宫计划吸引我，也许我现在已经是木镜工作室的成员；所以，你不能对我的实验结论毫不理会。龙宫计划这个项目必须中止，否则，这个项目一旦建成，天下奇观钱塘潮将会逐渐消失！"

"你这是危言耸听！"

"我经过反复实验，绝对错不了！"

"我们向政府提出的龙宫计划这个项目，也是经过反复认证的，政府也非常重视，目前已进入向市民征询公示期。我可以明确地告诉你，这个项目肯定会顺利实施，因为开发钱塘江资源，为杭州市扩容，是政府早就想做的事。你就不要再节外生枝，做出什么损害公司利益的事！"

长三角区块已经成为全国经济增长的引擎，龙头城市上海受地理位置的限制，已经无法向周边扩展，毗邻上海的杭州市，无论是地理位置，还是城市体量，或是经济发展的动力，都有足够的能力从上海的手上拿过接力棒。

但杭州也同样面临着扩容的迫切需求。

八大古都之一的杭州，自秦朝设县治以来，已经有2200多年的历史，历来是商业集散的中心，本世纪初借着互联网经济高速发展，一举成为引领全国的电子商务中心，早已成为国际大都市。市内高楼林立，道路宽畅通达；再加上这几年来，各方人才纷纷投奔到杭州，使得这座千年古城越发显得拥挤，急需扩容。

钱塘江上接富春江，穿过整个杭州市后流入东海。

早在几年前，就有人提出开发利用钱塘江，给杭州扩容，只是没有形成合适的方案。

随着城市的不断发展，扩容的迫切性越来越突出，开发利用钱塘江的呼声再度响起，政府也已经在做这方面的考虑。

吴越集团联合安澜控股和古都实业两家集团，提出在钱塘江底下建造江底城的设想，称为"龙宫计划"。

　　江底城取名龙宫，以商用之主，设有娱乐、餐饮、办公、江底观光、旋转停车场等多种功能，设计占地面积近 500 多万平方米，分上下两层，实际可使用面积超过 800 万平方米。

　　龙宫计划的设想大胆、前卫，又令人匪夷所思，但如果能建成，确实能为杭州的长远发展打开新思路。但这样的大工程，应该让全体市民参与进来。政府本着公开、透明、民主的办事原则，把龙宫计划的构想向全体市民公开，征询意见和建议，听取民意。

　　"我知道开发钱塘江资源是政府一直想做的事，公司递交上去的龙宫计划也确实很诱人，但这样一个特殊的庞大工程，无论是工程建造，还是建成后的运转，都属于世界首创，没有实际的案例可以比对；相关的地质、水文、辐射等传统的监测手段已经跟不上实际情况，甚至还没有相关的法律、法规，或行业标准可以依照。所以，我认为绝对不能仓促上马，更何况还存在着巨大的隐患。"

　　欧阳蕊的脸一下子就黑了，大声说："我邀请你进入吴越集团，是看中了你的专业知识，希望你能站在集团的立场，为集团的发展发挥个人的能力，不是要你给集团使绊子，搅黄我们的工程项目！"

　　吴越集团早在几年前就有开发钱塘江的打算，一直在等待政策的明朗，暗中早作准备，积蓄这方面的技术和人才。

　　沈亭安在木镜工作室实习时，得知吴越集团有这方面的构想，立刻被吸引住了。以后和集团董事长欧阳蕊的几次接触，意外地发现在开发利用钱塘江方面，两人的理念是一致的。

　　欧阳蕊盛情邀请沈亭安来吴越集团发展。沈亭安也早已经被吴越集团超前的经营理念所打动，同时也对欧阳蕊的个人魅力颇为倾心，就这么毅然决然地进入了吴越集团。

　　两个年轻人趣味相投，又相互欣赏，很快就确立了恋人的关系。

　　沈亭安说："你明明知道我是为了集团的长远利益考虑，才会制止这种短视的行为……"

　　"这怎么是短视行为呢？开发利用钱塘江有着无比光明的前景，利国利民，我哪里错了？"

"我在给你的实验报告中已经讲得很清楚，就目前这个项目的设计规划来看，主要有两方面的问题。"

"一个就是你所谓的磁场问题？"

"对！这座建在钱塘江底的地下城，将采用取自深海深积物的可燃冰作为能源，这本身就是一种新的尝试。地下城分上下两层，下层是能源转化场，上层的实用区内，建有大型空气循环系统等，特殊的运行环境，使得整个地下城，就像一根插在江底泥土层中的无比巨大的磁棒；磁棒的一极对准了地心，另一极对准了钱塘江的上空。地下城处在磁棒的中间，反而会感觉不到磁场的存在……"

欧阳蕊接口说："钱塘江涌潮是因为天体引力和地球自转的离心作用而产生的，就算龙宫运转以后，会产生你所说的磁场效应，难道你觉得这个磁场的作用力，可以和天地之威相抵抗，从而让千古奇观钱塘潮消失？"

"这个磁场虽然不足以对抗天地之威，但可以起用削弱天体引力的作用，这只是其中的一个原因。另一个原因是地下城建在钱塘江底下，要采用混凝土、钢材等大量建材，必然在江底泥土层中形成大型固态物体。据历史记载，钱塘江的江道受自然环境的影响，主槽改道频繁。江底流沙层每年甚至每季都会发生改道现象，只是江面上看不出来。江底出现大型固体物后，势必对流沙的移动产生影响，最终会导致流沙沉积，江底抬高，从而使得逆流而上的钱塘江涌潮到达不了杭州。"

"这只是你的推断臆想，我们的龙宫计划特别邀请了第三方木镜工作室作了项目风险评估，他们的评估报告书我已经上传到集团的官网上，向全体市民公开，你也应该已经看到，他们并没有给出这样的风险警告！"

木镜工作室是一家国际风险评估机构，总部设在上海。虽然只是一家民营机构，但他们以超前的目光、严谨的态度、科学的求证和实事求是的作风，赢得全世界的认可。

需要评估的客户只要向木镜工作室表达自己的需求，他们会在全球范围内寻找到最顶尖的专家来操作，最终给出的风险评估报告书，虽然不会作为政府决策的直接依据，但一直被视作行业中的权威。

"就是因为看到了公司发布在网上的这份风险评估报告书，我才对这个项目产生了更大的怀疑。这份报告书上虽然有木镜工作室的鉴章，但和他们以往的风格不同，我怀疑是假的，或者被做了手脚。"

"胡说！"欧阳蕊一下子就变得激动起来，大声说，"我花了好几百万元，请木镜工作室做的风险评估，你凭什么怀疑是假的？"

"你别忘了我在木镜工作室实习了一年，对他们的评估风格了然于胸。请木镜工作室评估的费用是很高，如果不是对潜在风险的无法预知，谁会花那个冤枉钱？所以，凡是他们接手的项目，都存在一定的风险；他们给出的每一份评估报告书中，都会有风险警告。但集团发布在网上的评估报告书中，竟然没有风险警告，这不是很奇怪吗？"

欧阳蕊明显愣了一下，说："这……也许这个项目本来就没有什么风险呢？"

"这怎么可能！"沈亭安见欧阳蕊依然执迷不悟，有点生气，嗓门也大了，"蕊蕊，钱塘江是我们浙江境内最大的河流，是大自然对我们的馈赠，它流经几千年，形成了以钱塘潮为主的钱塘江文化，钱塘潮更是成为闻名世界的天下奇观。我们不能为了眼前的一点点利益，而把这个宝贵的自然资源破坏掉。"

"这哪里是一点点利益？如果我现在撤下龙宫计划，你知道吴越集团将会面临怎样的风险吗？再说了，所谓的隐患也是你自己说的！"

"我知道，一旦撤下龙宫计划，不但是吴越集团，还有安澜控股和古都实业，都会受到极大的影响，但这是你们的自作自受。这个项目根本还没有通过立项，政府也只是向全体市民询问了一下意见。你们就对龙宫计划大肆宣传炒作，导致三家集团的股价直线上涨，涉及的地段房价飞涨。而这些地段的商业用房，主要是这三个集团的产业。你们想先在市民中造成极大的影响，从而绑架政府的决策，这是十分可耻的！"

"我们只是想促成一件大好事！哪里可耻了，说得这么难听！"

"龙宫地下城一旦建成，起码可以五十年，甚至一百年坐享其成，财源滚滚啊！如果现在撤销这个项目，三家集团的股价会断崖式下跌，同时还会涉嫌恶意炒作，面临各种纠纷，集团的诚信也会受到极大的冲击！"

"既然你都知道，那你还折腾什么？"欧阳蕊气得脸都绿了。

"再大的商业利益，也无法和钱塘江这样的自然遗产相比！有一句说得好：得到了不该得到的，就会要付出不该付出的。"沈亭安也生气了。

欧阳蕊看着沈亭安因为激动而涨红了的脸，心念电转，她太了解他了，知道他认准的事，很难改变，硬碰硬的结果只会两败俱伤。叹了口气，柔声说："安，你应该知道，一直以来，征服钱塘江是我最大的心愿，并不只是为了商业利益，而是为了被钱塘江涌潮夺去生命的爸爸，我要用这个工程来告慰他的在天之灵。"

欧阳蕊的爸爸欧阳明成是吴越集团的创始人之一，同时也是位冲浪爱好者。十五年前的今天，农历八月十八，天文大潮日。他报名参加由国际冲浪协会组织的挑战钱塘潮冲浪活动，结果那天的钱塘江涌潮特别大。欧阳明成被一个巨浪抛到空中，落下时又被海浪拍晕，沉入江底而不幸离世。

那天，欧阳蕊站在岸边，亲眼看着她爸爸被潮水卷入江底，她撕心裂肺的哭喊也被海涛声淹没。从那时起，她就萌生了征服钱塘江的念头。直到她长大，并接管家族集团吴越集团以后，这个念头变得更加强烈。

龙宫计划的成形，让欧阳蕊征服钱塘江的梦想，有了成为现实的可能，随着这个计划的逐步推进，她早已兴奋得可以不顾一切。

"蕊蕊，你错了，如果你爸爸在天有灵，他也绝对不允许你这么干的。他当初在钱塘江上冲浪，并不是想要征服钱塘江，而是要感受大自然的神奇与伟力，以及激发挑战天地江海的壮志豪情！"

欧阳蕊突然沉默起来，过了好一会儿，缓缓地摇了摇头，说："不管你怎么说，我都不会放弃的，是你错了，你的实验错了！"

"那好，你把木镜工作室风险评估报告书的原件给我看一下，如果他们也认为这个项目没有任何的风险，我也就死心了。"

找木镜工作室评估风险的客户，往往会同时和他们签订一份保密协议，比如评估报告不能泄露给第三方，又比如木镜工作室在若干年内，不能再接受同一个项目的风险评估等。

所以，不可能让木镜工镜室再提供一份有关龙宫计划的风险评估报告书，或者请他们对这个项目再作一次评估，更何况他们的费用之高，就是大公司、大企业都不堪承受。

沈亭安对木镜工作室的运行模式十分了解，要想看到龙宫计划的风险评估报告书，只能找欧阳蕊索取。

"龙宫计划是吴越和安澜、古都三家集团合作的一个大项目，那份风险评估报告书也由我们三家共同保管。"

欧阳蕊见沈亭安又要开口，连忙把他拉到自己的办公椅上，按着他的肩膀让他坐下，柔声说，"安，我不需要你对我的工作有多大支持，你只要知道，你对我很重要就行；管理这么一个大的集团，我真的很累，也不敢有任何的松懈。你此前问过我好几次关于我俩的事，我都不敢有任何承诺，因为我实在没有时间和精力考虑个人的事。现在我可以明确地告诉你，我想和你结婚了。"坐在椅子的靠手上，张开双手轻轻地搂住沈亭安的肩膀，把自己的脑袋靠在他的肩头。

沈亭安惊呆了。

这是他和欧阳蕊确立恋人关系以来，欧阳蕊第一次向他表明态度，也是第一次主动和他有这么亲昵的动作。

和欧阳蕊这样的女强人谈情说爱并不是一件特别舒心的事，她习惯了生意场上精明和强势，哪怕两个人私下里相处时，她也总是冷静克制，缺少情调，甚至乏味。让他总觉得和她的感情还差了那么一点点，友情之上，爱情未满。

这样的恋爱状态，让沈亭安时常感觉尴尬，甚至气馁。

"你说我们结婚之后，要不要去环游世界？"欧阳蕊轻声软语，吹气如兰。

沈亭安想伸手搂住她，但马上意识到，这是欧阳蕊想让自己妥协的温柔攻势。顿时恼怒异常，按住欧阳蕊的双肩，将她一把推开，站起身来说："我自幼就对江河湖海特别感兴趣，才会选择海洋大学的环境科学专业，我要对得起我的学识。我又是喝着钱塘江水长大，我也要对得起我的良心。在保护钱塘江资源这件事上，我是不会妥协的。"说着大步走了出去。

"你……"欧阳蕊气得脸都白了，无奈地站起身来，缓步走到落地窗前，远望着钱塘江出神。

钱塘江上，一条白线犹如一道光标在江面上快速移动，钱塘江涌潮终于到了，以气吞万里之势，呼啸而来，很快就越过了钱塘江大桥。虽然在这里感受不到涌潮奔腾而过时的雄壮，但可以看到江岸上观潮的人群中，如树枝般摇摆的手臂和草帽。

这是一个多么激动人心的场面啊。

欧阳蕊的眉头皱得更紧，习惯性地咬着下嘴唇。

"我真的错了吗？"

"八月十八潮，壮观天下无。北宋大文豪苏东坡先生用他的诗文，盛赞了千年的天下奇景，真的要葬送在我的手上吗？"

欧阳蕊烦恼地甩了一下脑袋，她不想再看到钱塘江上滚动的涌潮，扭头看向西边。

西侧两公里外，钱塘江北岸的月轮山上，历经千年的古建筑六和塔，飞檐翘角，在阳光的映照下熠熠生辉。它就像钱塘江的守护神，默默地驻守在钱塘江畔，目送潮涨潮落，静看岁月流转。

原载《那江　那河　那城》作品集（杭州出版社2020年4月出版）

神医妈咪：爹地有病快点治（节选）

玄小宁

第 1 章　离开这个世界

周围除了白色还是白色，什么都看不见。

黎落在一片白雾中漫无目的地走着，不知道这里是哪里，也不知道自己为何会在这里，甚至连自己是谁都想不起来了。

"妈妈……"恍惚中，她好像听到了一个小女孩的声音。

那稚嫩的声音让她的心猛地一抽，她想起来了，她正在生孩子呢……这是她的孩子吗？

黎落停住了脚步，朝着四周看去，视野所及尽是白色，看不到孩子，也不知道声音从哪边传来。

"妈妈……"又是一道声音响起，这一次，是个男孩子的声音。

黎落的心抽得更紧了，她全部都想起来了。

十个月前，她参加了一个酒会，可是才喝了一杯饮料就头晕目眩，想去休息的时候误入了一个房间，一个男人的房间……

之后，她怀孕了。

妈妈把她骂了个狗血淋头，然后带着她来到了 T 国养胎，同行的还有她的妹妹。

那半年，是她从小到大过得最为满足的日子。

　　一向不待见她的妈妈对她嘘寒问暖，虚心照顾；一向不喜欢她的妹妹对她温言暖语，悉心呵护。她以为自己以后的人生不会再孤单了，却不料，这一切都只是假象而已。

　　临盆前的某一日，她无意中听到了妈妈和妹妹的对话，知道她们的目的是她肚子里的孩子。

　　那一刻，她是崩溃的，离开的时候被妹妹发现，她跟她们大吵了一架，妹妹拿起水果刀划向了她的脸……

　　她早产了，生产中大出血，同血型的妹妹不愿意输血给她，母亲签下了只保孩子的同意书。

　　失去意识前，她求了为她接生的护士：如果她死了，不要让孩子活着。

　　所以现在，她已经死了吗？还有她的孩子也一起来了？

　　如果真是这样的话，也未尝不是一件幸福的事情。

　　"宝宝！"黎落朝着白茫茫的空间大声地喊着，"你在哪里？"

　　就让她带着孩子一起离开这个充满恶臭的世界吧。

　　可惜，无论她怎么叫，那稚嫩的声音再也没有响起，好似之前的一切都是她的幻听一般。

　　她凭着直觉选了个方向，一边跑，一边叫着："宝宝，妈妈在这里，你在哪里？"

　　没有任何声音回应她，她只能不断地往前跑，就在她跑得筋疲力尽，快要跑不动的时候，前面隐隐约约地出现了一个黑影。

　　黎落心中一喜，加快了脚步，正想继续叫，一道清冽的声音忽然响起："是谁在那？"

　　随着声音，黑影渐渐清晰，那是一道高挑纤细的身影，看不到长相，却能看出是个女人。

　　"我……我叫黎落！"好不容易见到个人，黎落很是兴奋，想跑过去，又怕她突然消失了，只能站在原地小心地问道："你又是谁？你知道这里是哪里吗？你有没有看到一个小孩子？"

　　这一连串的问题之后，整个空间突然陷入了一片寂静……

就在黎落以为对方不会回答的时候，几个字忽然蹦了出来，"沐璃，不知道是哪里，没看到小孩。"

"……"这可真是惜字如金啊，黎落一时间不知道该说点什么。

两人站得不远不近，大概有个五米左右的距离，白雾蒙蒙中只能看到对方的身影，却看不到脸。

就在气氛有点尴尬的时候，沐璃竟然先开口了，"你……"

只是她才说了一个字，一道白光忽然在两人的中间炸开，电光火石之中，她们终于看清了彼此的脸。

两张一模一样的脸！

第 2 章　生活不易，萌娃卖艺

五年后。

T 国犀浦镇是一个美丽的海边小镇，这里民风淳朴，环境优美，是个鲜为人知的世外桃源。几年前有商人看中了这里的海滩，将之开发成了旅游景点，原本寂静的小镇热闹起来，国内外游客人来人往，络绎不绝。

时值正午，烈日当空，沙滩上都快被晒得冒烟了，但上面还是人群熙攘，清一色穿着清凉的美女。这些美女是刚刚到的，据说是 Z 国来的一个大型微商团队，一共来了上千人，大家在沙滩上嬉戏玩闹，摆姿势拍照，玩得热火朝天。

在沙滩的旁边，有一个象园，那里圈养着几头大象，周围围着好些人，正在看表演。

两只大象表演完踢足球退场之后，一只白色的大象慢悠悠地踱了出来，白象是很稀有的品种，在 T 国具有很高的地位，一般都被当作国宝一样保护起来，不会出来为游客们表演节目的。

能在这里看到白象已经很让人震惊，更奇怪的是它的前面居然没有饲养员牵引，啊不对，仔细一看，它的鼻子上好像坐着一个小小的身影，因为实在是太小，所以一开始大家都没发现。

走近了大家才看清楚，那是一个四五岁的小男孩，戴着一顶小草帽，穿着无袖背心大裤衩，光着一双脚丫子。他双手怀胸，双眼微闭，就这么悠哉哉地靠坐在大白象那微微卷起的鼻子上，随着大象的走动，两条小短腿一晃一晃，也不知道是醒着还是睡着了。

因为常年需要暴晒，饲养员们全身都裹得严严实实的，以防晒伤，可即便这样，他们的皮肤还是黑黝黝的。

这个孩子却完全不一样，他穿着背心裤衩，那嫩胳膊嫩腿就这么暴露在太阳底下，但他的皮肤还是白嫩嫩的，像刚剥出来的鸡蛋白，一张小脸长得更是精致，再加上这可爱随性的动作姿态，让这些女性游客们母爱爆棚，惊叹连连。

"哇，这是谁家小娃娃啊，真是太可爱了，看得我都想生一个了。"

"对啊，长得太好看了，看看我家那单眼皮塌鼻子的儿子……想丢。"

"好想知道他用的什么防晒霜，瞧我都要晒得脱皮了。"

"只有我一个人觉得这孩子的父母太残忍了吗？这么点年纪就要出来赚钱了……"

"不，你不是一个人，我也觉得他的父母太不负责了。看把孩子给累得都睡着了，他这样真的好危险，要是掉下来被大象给踩了，那可真是……"

听到这话，人们的脸上露出了惊恐之色，脑海中浮现出了一个漂亮的孩子被大象踩在脚下变成肉泥的景象。

"那个，我们是不是应该找老板交涉下，别让孩子出来表演了。"

"对啊，他们家要是实在很困难，我愿意尽点微薄之力帮助他们一下。"

"我也愿意……"

女人们的同情心是最容易被勾起的，更别说是一群经济独立、会赚钱的女人。来看表演的人越来越多，大家纷纷加入了讨论中。

就在大家的议论纷纷中，原本闭着眼的小男孩忽然唇角微勾，然后缓缓睁开了双眼。

第 3 章　我是吉祥三宝之一

纷乱的议论声，在对上那双眼睛之后戛然而止。

那是一双如深冬的夜空般深幽，如初夏的星辰般明亮，如山间的溪水般清澈纯净的眼眸，让人看上一眼，就再也移不开视线。

他好似刚睡醒一般，伸了个懒腰，然后在大家的注视下，忽然出声喝道："小白！"

未等大家反应过来他在喊什么，那原本垂着鼻子的大白象忽然低吟了一声，然后长鼻子高高地向上举起。

这一举动，吓得众人惊呼出声："天那，小心！"

这孩子这么小，要是被象鼻子甩下来，不摔死也会重伤的吧，即便下面都是沙滩。

果然，在众人的惊呼声中，孩子被象鼻子高举到了半空，然后飞了出去……

惊叫声响起，女人们都被吓得花容失色，可是她们和大象之间还有着一段距离，中间更是隔着一圈围栏，就算有心想救，也是来不及的。

惊人的一幕，就在这个时候出现了，只见被甩到半空的孩子忽然在空中来了一个后空翻，然后身子一转落在了大白象的背上。

众人看得目瞪口呆，但这心还是吊在半空，毕竟这大白象的背上并没有安装供人骑乘的鞍座，站在上面很容易摔下来。而且这象背皮糙肉厚，又被太阳晒得滚烫，这小男孩赤着脚站在上面，很容易被烫伤啊。

善良的女人们，为这个陌生的小娃娃操碎了心，却忽视了人家是出来表演的，没点本事怎么行呢？

他不仅站得稳稳当当，而且还在上面转圈圈，一边转，一边挥着手跟人们打招呼："欢迎各位漂亮小姐姐来到犀浦小镇，我是犀浦镇吉祥三宝之一的小玄子，希望大家在这里吃得开心，玩得舒心。当然，我们这里还有许多特产，小姐姐们别忘记给家里人带点礼物回去哦。"

他的双手手腕上绑着两条红色的长丝带，随着手臂的挥动在风中飘舞，如果加个乾坤圈，就是小哪吒了。而且他说的是一口流利的 Z 国语，奶声奶气的，笑起来眉眼弯弯，还露出了两个深深的梨涡，将一众女人的心都给融化了。

见着他在象背上如履平地，将那里当成了自己的舞台，大家清楚了他的本事，也就不再担心了，开始跟他闲聊起来。

"小朋友，你是 Z 国人吗？"离他比较近的一个美女问出了大家都想知道的问题。

其实刚看到他的长相，就觉得他不太像 T 国人，毕竟这边的人皮肤都普遍偏黑，而且面相上跟 Z 国人还是多少有点不一样的。

听到有人提问，小玄子干脆在象背上盘腿坐了下来，单手撑着下巴笑眯眯地道："是啊，虽然我没去过 Z 国，但我妈妈说我是 Z 国人哦。"

哦，看来他是出生在 T 国的 Z 国人。

"你的普通话说得很好啊，是你爸爸妈妈教的吗？"

"嗯……"他煞有其事地皱眉思索了下，然后回道："严格来说，教我最多的是哥哥和姨姨。"

嗯，原来他这里还有很多的亲戚。

"那你为什么小小年纪就出来赚钱了呢？"终于有人问了一个犀利的问题。

听到这个问题之后，小玄子原本微皱的眉头瞬间就舒展开来，漆黑的眸子闪闪闪发光，唇角高高地扬起，"因为我喜欢钱啊。"

"……"

钱，大家都喜欢，这是毋庸置疑的事实！

可是这句话从一个这么丁点的小奶娃口中说出来，简直"惊为天人"。

然后，更加"惊为天人"的事情发生了。

坐在象背上的小玄子一边玩着手腕上的丝带，一边道："不知道我的表演和回答小姐姐们满意不？如果满意的话，就来点小小的打赏呗。"

他的话音刚落下，一直在那悠哉哉甩鼻子的大白象不知道打哪勾来了一只盆子，然后用长长的鼻子将盆子送出了围栏，送到了游客们的面前……

那被大白象第一个选中的"幸运儿"，目瞪口呆地看着近在咫尺喷着热气的象鼻子和……那个盆，一时间没反应过来。

"亲爱的美女姐姐们……"稚嫩的小奶音继续响起，"如果没有现金，支持扫码的哦，微信和支付宝都可以，二维码就贴在盆上。"

这话让众美女风中凌乱，凑到盆前仔细一看，上面还真贴着一个通用二维码……

第 4 章　她是她，又非她

相较于海滩上的热闹熙攘，不远处的一个庄园却显得异常的宁静。

庄园的周围种满了芭蕉树，高大的树木就像忠诚的卫士一样将整个庄园护得密不透风。

这个叫梨园的地方，在犀浦镇村民中是一个神秘的存在，那里原本只是一片芭蕉地，五年前有一对 Z 国来的夫妇买了那里，才有了这个梨园。

之所以说它神秘，是因为除了那圈芭蕉树，梨园根本没有其他的防御设施，甚至连个围墙都没有，可偶尔有"好奇者"想偷摸进去，都会在那圈芭蕉林中迷路，压根连个门都摸不到。

T 国本就信奉神鬼，几次三番之后，就再也没人敢擅闯了，所以也没人知道，其实里面除了几幢 Z 式的小楼之外，就是大片大片的花花草草，不过这些可不是普通的花草，而是各种各样的草药。

此时虽然烈日当空，却有一道高挑的身影在花草中来来回回穿梭着，给这个修下枝条，给那个弄下遮阳布，忙得不亦乐乎。从身形来看，是一个女人，她穿着一身防晒的长袖长裤，头上还戴着一个斗笠。

修完一株草药之后，她抬手擦了下汗，露出了隐在斗笠下的真容。

汗水顺着脸颊缓缓流下，勾勒出一张轮廓分明的小脸，白皙的皮肤，精致的五官，特别是那双眼睛极其漂亮，但眸中的神光却略显淡漠疏离，即便是在这炎炎夏日，也能感觉到其中的寒意，宛若一个幽深的黑洞，只一眼，就能让人沉沦其中，无法自拔。

其实乍一看，这张脸跟毁容前的黎落很像，可是再仔细看看，比黎落还要美上几分，特别是那双眼眸中的沉静冷厉，是黎落所没有的。

没错，她就是黎落，但也不是黎落！

这具身体是黎落的，可是其中的灵魂，却是另外一个人，那个人就是沐璃。

　　整整五年的时间，沐璃都没想清楚自己为何会出现在黎落的身体之中。

　　当时在白雾中两人短暂的相会，在那道刺目的白光中才看清她们竟然长得一模一样，然后就什么都不知道了。

　　醒来，她就成了黎落，而且还……

　　就在她陷入回忆中的时候，一个五十来岁的妇人匆匆走了过来，将手里的手机递给了她，"璃，梁医生的电话。"

　　"谢谢佳姨。"沐璃敛神接过电话，朝着妇人点点头，眼眸中依旧一片清冽。

　　刚把手机放到耳边，里面就传出了一道兴冲冲的男声："小璃啊，告诉你一个好消息。"

　　"嗯。"相较于对方的兴奋，她却只是轻轻地应了一声。

　　但对方显然已经习惯了她这样子，连忙接着道："我们已经通过了 Z 国药委会的考核，获得了许可证，那边的公司可以开始运行了。"

　　通过了？

　　这可真是不容易啊……

　　Z 国对于医药方面的把关特别严格，他们花了一年时间申请，一年时间接受考核，用了整整两年的时间，终于成功了。

　　唇角微勾，沐璃原本冰冷的眸中多了几丝温度，但出口的声音还是平淡无波，"哥，辛苦你和娜姐了。"

　　这件事能成功，全靠他们夫妻俩在奔走。

　　"瞧你说的什么话？"对方有点不满意，"没有你，就没有现在的我们，咱们是一家人，不许说这么见外的话。"

　　"嗯，不说了。"沐璃嘴角的弧度又深了几分，声音也没之前那么冷了，"今晚跟嫂子早点回来，我下厨。"

　　"太好了！"对面的声音似乎比之前还要兴奋几分，"五点，我们准时回家。"

　　"好。"

　　"那小璃，先不跟你说了，我这边来病人了，挂了哈。"说了这句话之后，对方就挂了电话。

佳姨听到了沐璃的话，开心地道："璃，你今晚要亲自下厨啊？小玄肯定要开心坏了！"

沐璃笑了笑正要把手机递给她，可是就在这个时候，手机却"叮"的一声响起，不等她反应过来，又是一声，然后是连续不断的"叮叮"声。

看着手机页面上不断跳出来的微信和支付宝入账信息，沐璃的脸上没有任何对金钱的喜悦之色，反而是渐渐阴沉起来，拿着手机的手越收越紧。

第 5 章　乔家大少的女儿

站在一边的佳姨好似意识到了什么，连忙躲到旁边拨通了一个电话。

电话接通之后，不等对方说话，佳姨就急切地道："千凌，你快去象园把小玄带回来！"

"好！"一个还带着稚气的字落下，电话就挂断了。

佳姨微微松了口气，收起电话转身，却看到沐璃正在身后看着她，讪讪一笑，"璃，这个……呵呵……"

见沐璃只是眯眼看着她，却不说话，佳姨急得举起了手："我发誓，我早上真的亲眼看着他进幼儿园的！"

沉默了好一会儿，沐璃终于深吸了一口气，然后说道："罢了，我自己都管不住，还有什么资格怪别人。"

"小玄他只是……"佳姨见她这样心有不忍，想说点什么，却被沐璃打断了。

"不管他了，你先去池子里抓一条鳕鱼，我摘点草药，准备晚上的食物吧。"

说完，也不等佳姨回应，沐璃就转身朝着一片药草走去，捏在手中的手机还在不断地响着……

Z 国狮城国际机场。

前往 T 国的 VIP 登机口打开，一道高大挺拔的身影走了进去，那是一个身穿黑色长风衣、戴着口罩和墨镜的男人，即便看不清长相，只这一身的森冷气质，就让人不敢轻易靠近。

他的身后，一个妇人牵着一个小女孩，两人同样全副武装。特别是那个小女孩，从个头来看最多只有四五岁，却不似平常女孩子一样穿着可爱的公主裙，而是穿着黑色的羽绒衣、黑色的打底裤，戴着黑色的口罩和墨镜，就连手上都戴着黑色的手套。

这个男人是乔氏集团的大少爷，现在的墨珅集团总裁，乔墨炀。

而那位妇人是他的母亲，风荷芯，至于那个小女孩，则是他的女儿，乔梓宁。

五年前，一向不近女色的乔大少忽然有了个女儿，这件事情轰动了整个狮城。大家好奇的不是这个孩子，而是生这个孩子的人。

可是五年过去了，这个女人还是一个谜。

虽然五年过去了，大家对这个惊天大瓜的期待热度依旧未减。

乔墨炀一边走一边打电话，显得很不耐烦，"有话快说，我们马上要登机了。"

"总裁，只有老夫人和小姐，真的没有关系吗？"对方的声音中满是担忧之色。

"我不是人吗？"声音中带着丝丝的凉意。

"不，总裁，我不是这个意思……"对方被吓得有点语无伦次，"我的意思是，您就算不带我，也该带几个保镖的。"

"我们是去看病，又不是去打架的。"

乔墨炀的声音稍稍提高了一点，但随即好似意识到了什么，朝着身后的小女孩看了看，又放低了几分，"好了，我不在期间管理好公司，就这样……"

"哎哎，总裁，还有件事……"眼看着乔墨炀就要挂电话，对方连忙叫住。

"说！"他的耐心快要被磨尽了，声音中的寒气愈浓。

对方吞了口口水，"犀浦镇景区负责人贪污的事，您这次去要不要……"

只是他的话还没说完，就被带着怒气的声音打断，"这种事还要我出手？那要你们干什么？"

说完，利落地挂断了电话。

乔墨炀转过身，单手抱起了小女孩，"宁宁，我们马上就要坐飞机了，开心吗？"

出口的声音中满含着温柔，哪还有刚刚的冷寒凌厉。

乔梓宁没有说话，也没有任何回应，就像个木头娃娃一样。

乔墨炀好似还在等待什么，旁边的母亲轻扯了一下他的衣袖，无声地摇摇头，示意他不要太心急。

在心中轻叹了口气，就在乔墨炀准备放弃的时候，原本毫无反应的女儿忽然伸出双手搂住了他的脖子。

虽然依旧没有说话，但这一回应足以让两人欣喜若狂。

乔墨炀更是开心得像个孩子一般，抱着孩子的手有点手足无措起来，"妈，宁宁她……"

"好了，别让人看到了，还是先上飞机吧。"风荷芯嘴上这么说着，眼泪却已经止不住地流了下来。

她的每一次回应，对于他们来说都是一个莫大的惊喜，希望这次能找到那位神医，将宁宁的病彻底治好。

当三人的身影消失之后，两个同样全副武装的女人出现在了不远处，盯着他们消失的方向。

"女儿，真的要跟去吗？"方雅茹有点忐忑地问着，若是被发现了，到时又要……

黎萱推了推遮住了大半张脸的墨镜，冷冷地道："宁宁也是我的女儿，我为何不能去？"

说完，她踩着高跟鞋，朝着 VIP 入口走去，步伐高傲而坚定。

方雅茹摇头叹息了下，连忙跟了上去。

2020 年 8 月起连载于"番茄小说网"

废柴嫡女，王爷的惹祸妃（节选）

九月半

洪蒙大陆，东洛国。

月黑风高，泽州城外的一个别院。

"嘭!"院门被人一脚踹开。

六条黑色的身影迅速窜入院内，闯入主屋。

"啪!"有人点亮了火折子。

"老大，屋内没人。"一个蒙面黑衣说道。

"去别的房间搜，白天来看过了，这个叶家四小姐没出过院子。"

这别院本就不大，很快六人把每间屋子都找遍了。

"找不到就把这屋给烧了，我就不信，还烧不死她。"老大站在院中恨恨地咬着牙说。

这时一个银铃般好听的声音传来，"你们是在找我吗?"

六人循声抬头看去，只见一个蒙着面巾的白衣少女，正悠闲地坐在屋顶上，长发没有盘任何的发髻，只是松松垮垮地在脑后捆成一束。

少女站起身，拍了拍身上不存在的尘土。

她身姿婀娜，身形纤细，举手投足一点也不像坊间传闻的废物。

"大哥，这小娘子的身段不错。"

说话的黑衣人话音刚落，头上挨了他老大一个暴栗，　"先把人抓了再说。"

话虽如此，这个老大心里也打着小九九，这个小娘们玩腻后，还可以卖到百花楼去换点银子。

他大手一挥，"上！"

跳上去三个黑衣蒙面人。

同时少女也出手了，三人还没站稳，她一根棍子扫了出去。

三人口吐白沫掉下屋顶。

其中一个喊道："老大，小心，她用毒……"然后脖子一歪没气了。

底下三人暗自庆幸刚刚没有上去。

"用毒算什么本事？有本事下来跟我们面对面地打。"那个领头的老大叫嚣道。

怪不得躲在屋顶，一个不能修炼的废物，也就只能出奇制胜了。

少女像是听到了天大的笑话，话中带着嘲讽，"你们六个灵者境四层的大男人，来杀一个不能修炼的废物，还真挺有本事的！"

"你能看出我们的修为？"老大有些不信。

他根本感觉不到少女身上有半点灵气的波动，没有灵力的人是看不出别人修为的。

少女冷哼，"我不仅能看，还能杀了你们！"说着轻灵地跃下，那身手哪像是废物。

"你……你……你究竟是谁？"

老大感觉到少女那满是杀意的眼神，像是被野兽盯上的猎物，背脊发凉。

他甩了甩头，一定是他看错了，她就是个废物。

"我就是你们想杀的叶晚昭。"少女说完便快如闪电地出手了。

那个老大看清了她手上的棍子，"幻灵器？你是灵王境！"

在东洛国，守边的镇国新军也不过是灵王境，还是年过六十的。而幻灵器是用灵气幻化出来的武器，是灵王境圆满才能幻化出来的。

少女一棍打了下去，两人当场毙命，只留了老大一口气在。

"说吧！谁让你来杀我的？"

少女问话的同时拿出一个瓷瓶，倒了一点粉剂在边上的尸体上，尸体瞬间化为了血水。

老大吓尿了，"我说，我说！是夫人。"

少女说道："你走吧!"

老大有些不信，就这么放她走了。

只听到那少女接着说道："你还有一百步可以走，你在百步内给自己找个坟地吧!"

老大踉踉跄跄地走了。

叶晚昭抬头望天，看来是该回叶府了。

黑夜中，别院边的一棵大树上，一双深沉锐利的眸子盯着院中的少女，叶家废物，有意思。

2

叶晚昭收拾好院中的一切，放出一只鸽子，关了院门，转身回房。

她不知道的是，中途有人截取过上面的信息，她已经让人盯上。

叶晚昭原本是 21 世纪古武世家，医武双修的天才，一直在国家特种营效力。一次任务，她被组织中的人出卖，逼进了一个军火库，然后就炸了。

三年前，她重生在这个跟她同名同姓的叶晚昭身上，接收了原主的记忆。才得知这里是异世空间洪蒙大陆，是个以武为尊的世界，而原主是个不能修炼的废物，被扔到这个别院自生自灭。

十一岁的少女什么都不会，一开始还有个嬷嬷，后来嬷嬷把她推下了枯井，卷了她的钱财跑了。

当年，叶晚昭的亲生母亲姚云淑死后，叶怀盛把他外室付玉雪接了回来。

叶晚昭也是那时被查出是不能修炼的废物。

在付玉雪的枕头风下，她的亲爹叶怀盛把她送到了别院，说是磨练，实则弃养。

原主叶晚昭掉下井时，听到了嬷嬷的话，知道是付玉雪下的黑手，含恨而死。

叶晚昭抹了下眼角的泪，那是属于原主的。

废物，她的字典从来没有这两个字，她最擅长的就是变废为宝。

叶晚昭躺在床上闭上了眼，明天开始，日子会越来越精彩的。

叶府坐落在长亭巷。

叶怀盛一早出去遛弯，听到了不少的风言风语，说是叶家嫡女四小姐，被扔在别院，缺衣少食。还说叶家忘恩负义，花着原配的钱养着外室一家，亲生女儿不管不顾。

他最是好面子，没人说起还好，于是马上回府让付玉雪去接。

付玉雪庆幸昨晚她就派人动手了。

她惯会做场面事，特意多带了些奴仆，让他们见证下。

叶晚昭睡到日上三竿，服下一颗药丸，原本宛若羊脂白玉的皮肤立马变得蜡黄，尽管如此也掩饰不住她那精致的五官。

因为正在拔身高，她的身形看起来格外纤瘦，身上的衣裙是三年前的，吊手吊脚，明显已经不合身了。

这时一个瘦瘦的小丫头跑了进来，"小姐，你吩咐的事办妥了，估计马上就有人来接你了。"

叶晚昭说道："秋月，你去屋内换身衣服，是我给你准备的。"

没过多久，外面传来了马蹄声。

只见一个妇人坐着一辆精致的马车，身边带了一队的仆从。

一进门就拉着丫环嚎了起来，"昭昭啊！这些年真是委屈你了……"

她一早还以为要来收尸的，没想到这小贱蹄子还活得好好的。

她是哭得极度伤心，是发自真心的哭泣，伤心这个小贱人没有死。

边上的仆从也没想到，夫人平时对下人没什么好脸色，对这个叶家废物倒是情真意切，果然叶家嫡女的身份不一般，看来以后要对这个四小姐恭敬些。

丫鬟秋月"哎呦"一声喊了出来，"夫人，你掐得我好疼，你是来找我家小姐的吗？"

付玉雪这才知道表错了情，白嚎了。

这时一个银铃般的声音怯怯响起，"姨娘，你来接我了吗？"

3

付玉雪虽然是姨娘，却是把自己当成叶府女主人的，想要呵斥她，转过身来时吓了一跳。

少女肤色蜡黄，眼泪在眼眶中打转，衣服洗得发白，裙子跟衣服都短了，头发也有些枯黄。

一看就知道是被虐待的，样子好不凄惨。

刚刚那个丫鬟瘦，气色看着比她还好一些。

付玉雪定了下心神，"昭昭，你怎么成了这个样子？"

心里却是高兴得要命，就这副尊容，估计回去家主也喜欢不起来。

丫鬟秋月已经从里面拿了个小包袱出来，"小姐，我们是不是要回府了？"

付玉雪问道："这小丫头眼生得很，我以前怎么没见过？"

叶晚昭说道："她是我捡来的，亏得捡了她，她才每天乞讨给我弄点吃的，要不我早饿死了。姨娘，该不会我们叶府养不起她吧！要是那样的话，回家把我的那份分给她一些。"

付玉雪听她这么一说，看秋月像是有仇似的，"怎么会？"有机会再收拾这个小蹄子。

叶晚昭高兴地拉着秋月，朝着那辆最豪华的马车走去。

到了车前，一个家奴拦住了她，"这是夫人专用的马车，小姐坐的是那辆。"

豪华马车后面跟着一辆普通的车驾。

叶晚昭一看就知道马车是动了手脚的，推了一把家奴，家奴撞到那车上，车轮滚了出去。

她装作一副惊慌的样子，"姨娘，幸好你没坐这车！"

付玉雪知道是家里二女儿做的，忙一脸赔笑道："这车本来也不是给你坐的，你跟我坐一个车。"

车子到了长亭巷，叶晚昭故意撩开帘子看外面，然后喊道："停车，停车！"

车夫不知道是怎么回事，就看到四小姐钻了出来。

付玉雪想喊住已经来不及了，只好跟了下去。

叶晚昭去的是一家成衣铺子。

她两眼放光地看着那些漂亮的衣服，"这件，这件，还有这件，都给我包起来。"

付玉雪从没想过要给她付账，"昭昭，你不是没钱，怎么还买那么多？"

掌柜打包的手都慢了下来。

叶晚昭则是拉过了一边的付玉雪，"掌柜的，你认不认识她？"

付玉雪每个月要来这家店，订做好几套衣服，掌柜怎么可能不认识？

"她是叶夫人。"

"认识就好，你问她，她是我的谁？"

掌柜一脸请求赐教的样子，付玉雪只得硬着头皮说道："我是她母亲。"

"这不就结了，你找她要钱。"

"你就是那个叶府的四小姐？"掌柜一脸同情地问道。

他的眼睛还不时打量叶晚昭，盯着她短了的衣袖和裙摆。

付玉雪赶紧把钱付了。

她刚把钱付完，叶晚昭就不见了。

等她找到时，听到叶晚昭正跟首饰店的掌柜说："掌柜的，你看这是我在芳华成衣铺买的，是叶姨娘付的钱……"

付玉雪忙上前去拉她，"昭昭，你爹想你了，我们赶紧回去吧！"

掌柜的这时立马说道："你是叶府四小姐吧！一早我都听说了……"

付玉雪赶紧上前付钱。

付好钱，叶晚昭这人又不见了。

这样逛了五家铺子，付玉雪终于忍不住了，"这小贱人，肯定是故意的。"她恨恨地说道。

叶晚昭站在她身后，"姨娘，你是在骂我吗？"

4

要是没人付玉雪可能咬牙就承认了，可叶晚昭的边上不知何时多了一群要饭的。

付玉雪要承认了，今天的场面功夫就都白做了。

她摸了下发丝，佯装道："不是，刚有人在我头上扔了个东西，我是骂她。"

她刚说完，楼上一盆水浇了下来，把她淋了个透心凉。

她身上穿的都是绸纱为主，所以衣服贴在了身上，勾出了曼妙的曲线，惹得路过的人驻足观看。

付玉雪看到叶晚昭缩在一边，一点水花也没溅到，心里那个委屈啊！

"姨娘，估计你骂得太大声，让她听到了。"叶晚昭怯怯地说。

气得付玉雪差点把新镶的金牙都要咬碎了。

这时叶府的管家找来，总算把人领回了府。

叶晚昭买的东西，让秋月保管好，谁来也不给。

付玉雪狼狈地换衣服去了。

叶怀盛看到叶晚昭，三年了，这孩子长高了，身上的衣服还是送走穿的那一身，他的眼神有些复杂。

"爹，你要为女儿做主啊！"

叶晚昭看着寡淡的便宜爹，扑了过去，诉说这些年的遭遇，她没有说扔下枯井和追杀的事。

她把鼻涕眼泪都蹭到了叶怀盛的衣服上，替死去的叶晚昭不值，并没指望他能给她撑腰。

叶怀盛听着，脸上并没多大的波澜，一个废物，还真没什么价值。不过这脸五官还可以，养养应该能派上点用场。

这时管家跑了进来，"三皇子驾到。"

叶怀盛忙让下人带走叶晚昭，让她去临时收拾出来的小院，知道她回来买了衣服，叮嘱她换件合身的。

他之所以让付玉雪接叶晚昭回来，除了面子还有一个原因。他亡妻姚云淑的母亲跟太后是手帕交，对叶晚昭疼爱有加，叶晚昭很小就跟三皇子定了亲，当初皇上也是允了的。

但是现在，他大女儿是修炼的天才，而三皇子也有意娶他大女儿。

三皇子这次来，就是想来退婚的，任谁也不想娶一个废物。

下人带叶晚昭去的小院，她有一刻的晃神，要是没记错的话，她还以为没出别院，这里和那边一样的破败。

秋月都想哭了，"小姐，我们搬出去吧！"本以为来享福，没想换汤不换药。

"这地方不错，你看还有后门，出去也方便。"

秋月看了下，犯愁道："哪有门，全是围墙，何况我们要收拾好久。"

叶晚昭倒是对这个偏僻的小院挺满意的，院中有棵一人都抱不过来的大树，下面还有石桌石凳。

"放心，马上会有人来替我们收拾的，我去换件衣服再说。"

叶晚昭进了破旧的屋内，换了件合身的衣服出来。

这时一名飞扬跋扈的少女，带着一群人闯进了院子。

少女衣着华丽，穿得像只五彩斑斓的蝴蝶，圆脸，长相甜美，是叶府二小姐叶宛柔。

她一出口就打破了表象，"叶晚昭，你个废物给我出来，你害我娘淋了水，我要好好教训教训你。"

说着手中鞭子朝叶晚昭的面门抽去。

叶晚昭朝着门口喊了一声，"爹，你怎么来了？"

叶宛柔的手一缩，她只是灵者二层，平时习的又是剑，鞭子没控制好，甩到了自己身上。

她转身发现并没有叶怀盛的影子，气得直跳脚，"你敢耍我？"

连载于"掌阅书城"，2020 年 3 月底完结

甜妻入怀，陆少宠上瘾（节选）

九月半

第一章

龙城爱尚酒吧的一个包厢内。

"顾小姐，你真的暗恋我？"

男人慵懒地靠在沙发上，他身上的戾气骇人，有种拒人千里的冷漠。

一双冷冽锐利的眸子盯着眼前的少女。

少女肤如凝脂，领如蝤蛴，一张小脸精致如画。

男人修长的手指，有一下没一下地敲着自己的膝盖，视线扫到了她的脖子上，好像随时会出手要扭断它，让人不寒而栗。

顾篱咬了咬牙，脸色微微泛红，身侧的手揪了下衣服。

她强装镇定，"你不相信我？还是对你的外貌没信心？"

只有她自己知道，她后背又出了一身冷汗，心里有多么的害怕。

一个小时前，顾篱收到了姐姐顾菲雪的电话。

"顾篱，我限你十分钟内到爱尚 218 包厢。"

顾雪菲说得很急，声音隔着电话都能听出颤音。

顾篱有种不好的预感，这次便宜姐姐闯的祸不小。

今天周末，她兼职打工，跟老板请了假才匆匆出来。

打工的地方虽然离爱尚不远，但是 10 分钟到达还是很赶的。

爱尚是龙城极少白天会开的酒吧之一，她来过几趟，都是因为顾菲雪惹事她才来的。

顾篱站在包厢外，她平复了一下气息，推门的手有些抖，因为她清楚知道 218 包厢是不对外开放的。

她推开包厢就感觉到了气氛不对，屋内的光线昏暗，她刚进来有些不适应，只模糊看到几个人影。

坐在沙发上的那人浑身带着肃杀之气，看不清他的面容，给人的感觉很危险。

另外几人站在他的边上，一个个长得跟铁塔似的。

"啪嗒！"

有人开了灯，顾篱的心随着开关声颤了颤。

接着屋里的人出去，只剩下了顾家姐妹跟那个男子。

顾篱好不容易适应了黑暗，光线亮了，她用手挡了下光，眯了眯眼。

沙发上的男人五官棱角分明，说是鬼斧刀削也不为过，他给人一种阴沉的感觉，让人看了惊艳多于害怕。

平时趾高气扬的顾菲雪，此时没了往日的淡定，身体抖得厉害，两条腿直打摆子。

她那张浓妆重彩如丧考妣的脸，肿得有点变形，上面还有几道明显的红印子，应该是被狠狠打脸了。

"我没骗你，是我妹妹说暗恋你，我才跟来的！"

顾菲雪撒谎成性，早已习惯把自己闯的祸事推到顾篱身上，"你还不快承认！"

顾篱一看这架势，就知道是怎么回事了。

从十岁进顾家开始她就知道，虽然对外说她是顾家的养女，但顾家的人从没真正把她当成亲人。

而她要做的事，就是帮助姐姐顾菲雪在外人面前，树立良好的淑女形象。

顾菲雪对她也利用得很彻底，用她的名字与人厮混，去酒吧喝酒闹事，但凡负面不良影响的事，外人问起都是顾篱的锅。

所以整个龙城几乎都知道，顾家有个人美心善的学神顾菲雪，也有个叛逆、打架惹事、和外面小混混不清不楚的学渣养女顾篱。

顾篱抚了下额头，不用想也知道顾菲雪看上了对方，结果对方是她不能惹的人，她这个万年替死鬼又被献祭了出来。

第二章

还不等顾篱反应，门外就有人进来了，"陆总！"

男人睨了眼顾菲雪，脸上没有半丝波澜，"把这女人扔出去，怎么做不用让我教你们！"

顾篱把思绪拉了回来。

顾菲雪见她还不承认暗恋男人，急了，"顾篱你这死丫头，明明是你喜欢他，为什么不敢承认？"

情急之下她有些恼羞成怒，也有些气急败坏。

她一向推卸责任惯了，以至于潜意识中说谎都能理直气壮的。

"你们放了她，的确是我暗恋这位爷。"顾篱一脸赴死地承认道。

她要不这么说，弟弟小泽医院的药可能马上会停。

这样的台词她也不是第一次念了，只是这次对方强大得有些棘手。

顾菲雪松了口气，但她被拖出去的命运并没有改变。

室内现在只有顾篱和那个男人了。

男人指着他边上的位置，"坐。"

像极了君王给朝臣赐座的高傲。

顾篱杵在那里不敢动，心跳得厉害，和以往遇到的那些人不同，这男人离这么远她都怕得要死，坐在他身边那不要她的命。

她就怕自己要是动一下，腿也跟顾菲雪一样打摆子，"我……我还是不过来了！"

"怎么？你刚刚说的是骗我的？还是对你的外貌没信心？"

男人用她的原话堵她，说话的时候嘴角微扬，但是那笑直达眼底，让人遍体生寒，这笑比不笑还可怕。

顾篱都快要哭了，但又不得不硬着头皮，拿出以前应对的方法。

"暗恋跟接近没什么关系的，远观就好，远观就好。"

陆允承没想到这丫头胆子倒还挺大的，在他面前说大道理，不免心中起了一丝玩味。

"坐我边上又不是让你坐我身上……"

顾篱听到坐他身上，身子不由抖了一下。

到现在她都是强撑着，腿早就软了，她不敢忤逆对方，小心坐到了沙发靠手边，那是离男人最远的位置，也是离门最近的位置。

陆允承看她像个受惊的兔子似的，不由得身子向她靠近了一些。

一股少女特有的香气充斥鼻间。

他的睡眠一向不好，身体随时都处于一种紧绷的状态，但这气息让他的身子突然间就放松了下来。

"陪我坐一会儿，我就放你回去。"他鬼使神差地说。

外面的人没有得到指示，没有一个人敢进来。

顾篱看到男人，在她边上闭上了眼后，放松了下来。

陆允承神清气爽醒来的时候，发现他身边的女孩睡着了，女孩面容精致，肤若白瓷，就是瘦得下巴有些尖。

她刚刚应该是吓到了，神经紧绷松懈下来，才会睡着的。

突然女孩脖颈上的一块玉坠吸引了他的注意，他伸手拉了出来。

陆允承的动作一点也不温柔，突如其来的粗鲁，把顾篱惊醒了。

她看到男人脸上带着怒意，声音冷得仿佛能掉冰渣子，"说，这东西你是从哪里来的？"

"从我记事起就一直戴在身上，院长妈妈让我别摘下，说或许以后还能找到亲人。"顾篱不敢隐瞒。

之后的事，对于顾篱来说，就像是一个梦境。

"以后这就是你们的少夫人了！"男人对着一众进来手下说道。

第三章

"少夫人好！"进来六个人，齐齐地喊了一声。

顾篱一脸的惊悚，这变化也太快了点，要不是那些人的神情严肃，她都怀疑是找来的群演了。

当然这些人的话，她并没当真，"那个，我只请了一个小时的假，我要回去了。"

男人看了眼身边一个斯文的高大青年，"陈深，你去处理下。"

然后他起身，一把抓住了顾篱的手腕，霸道而又专制，不容她分说，拉着她进了一个专属的电梯。

顾篱睁大了眼，才二楼，走几步就到了，还坐电梯。

不过男人身上的气势太强，她不敢反抗，也不敢出声。

电梯下的是负二层，好吧！是她见识少。

出了电梯，一辆线条流畅的车子停在那，司机开了车门等在那。

男人把顾篱拉上了车，从头到尾都没放开她的手腕。

车子开动，顾篱才反应过来，"你这是要把我带到哪？"

"回家。"男人的嗓音如低沉的大提琴。

然后闭上了眼，手却依旧没有放开顾篱的手腕。

"我家住在……"

顾篱还没说出口，就被对方打断了，"闭嘴！"

男人声音不高，带了薄怒。

司机像是没有听到一样，还把前后的挡板升了起来。

顾篱："……"

车子行了约半个小时终于停了下来。

男人也醒了，眼底有些惊喜，他刚刚又睡了一会儿，还挺沉的。

他拉着顾篱下了车。

顾篱睁大了眼睛，这别墅比顾家的大了三倍不止，除了欧式主建筑五层，边上还有两幢欧式三层的。

庭院很大，有泳池，玻璃花房，休息的亭子，各种名贵的树，她只认出一半。

顾篱试着挣开他的手，可能是到了他的地盘，这次对方放开了，顾篱的手腕上有一圈的淤青。

"这是哪？"

"以后你的家。"

顾篱以为听错了，随后轻笑了一声，"你们是哪个电台的，是不是在拍整蛊的综艺。"

说着她四处张望了一下，看有没有对着她拍的摄影机。

可惜除了几个站得笔直的保镖、两个园艺工人外，她并没看到别人。

她的笑容也僵在了脸上。

在她发愣的时候，男人又拉上了她的手，领着她进了屋。

屋内黑色大理石光可鉴人，家具是纯手工白色欧式宫廷家具，精雕细琢，端庄典雅，高贵华丽。

屋顶奢华大气的水晶吊灯，折射出瑰丽色彩，璀璨闪烁。

"坐。"依旧是像君王给朝臣赐座。

顾篱知道拗不过他，乖乖地坐了下来，这次被拉着手，只能坐在他的身边。

这时管家领了一人进来，"陆总，丁律师到了。"

管家的眼神有些惊讶，陆总还从没有带女孩回家过。

顾篱看到一个戴着金丝眼镜的男人跟在管家身后。

他跟管家的反应差不多，眼中露出一丝惊讶。

他没有坐下，直接把带来的文件拿了出来，放到茶几上，态度恭敬。

"陆总，这是你要的资料。"

陆允承拿起其中一份推给顾篱，"你也看一下，这些是有关你的，我一直派人在找你。"

顾篱仔细翻阅了一下，触目惊心，因为这些资料比她知道的还要全。

也有她亲生父母的资料，不过两人都已经去世。

上面有她玉坠的图片，写明了是陆家的定亲信物。

第四章

陆允承拿起桌上另外一份文件递给顾篱，"这是我们两家的婚约书。"

"光凭一块玉坠，你是不是太草率了？"

顾篱觉得有些不真实，她也盼望有一天有亲人找上门，但绝不是现在这种。

陆允承眉头微蹙，"还从没有人质疑过我的判断，再说了，你锁骨上的那个蝴蝶胎记也做不了假。"

顾篱低头看了眼她的衬衫，明明包得严丝合缝。

看到男人揶揄的神情，她脸红了，她怎么不知道对方看过她锁骨。

"我还小，还要念书，再说我们也不熟，现在谈这个为时过早。"顾篱的声音有些轻。

这个男人太强势，她怕自己的反抗会引来他的暴怒。

一向精明的丁律师适时开口了。

"顾小姐，陆总的意思，你们先签个结婚协议，至于以后，先处着再说。"

"再说，你不过是换个住的地方，别的都不会有影响的。"

"你孤儿院一起带出来的那个小泽弟弟，会转到陆总的医院，绝对比现在的医疗条件好，当然这一切还是要看顾小姐你的意思。"

丁律师很会说，几乎是软的硬的威胁的全说了。

顾篱沉吟了片刻，"顾家不会同意的。"

"那些你不用考虑，陆总会派人解决的。"丁律师见顾篱松动了，忙添了把火。

顾篱的目光看向陆允承，他侧脸线条完美得无可挑剔，看着让人窒息，她想不明白这样的人为什么就认定了她？她能相信他吗？

不是她自恋，在这个男人让人叫她夫人的时候，她就知道这男人已经下了定论。

丁律师的那些话，有一些是事实，也有一些只是让她放下戒备，说得好听。

猛然间陆允承转过脸，正好和她的目光碰了个正着。

少女脸上陡然间像是飞上了彩霞，红到了耳根，看着让陆允承心情愉悦。

"就这么说定了。"

陆允承的口气霸道又专横。

这时顾篱的手机响了，是她养母打来的。

"顾篱，你这个臭丫头，你姐姐都让人打了，你倒在外边跟别的男人快活不回家，还不去药店买点消炎药回来……"

顾篱知道，顾菲雪现在憋着一肚子的气，想让她回去给她出气。

以往顾菲雪在外面受了气，都是拿她当出气筒。

顾篱把手机放到了兜里，养母骂了一会儿才挂电话。

"我先回去，顾家总还是要去一趟的，我的户口还在他们那。"

走时，顾篱掐了下自己的胳膊，很疼，确认没有做梦。

陆允承假装没看到，却在想她雪白的胳膊是不是淤青了。

他垂下眼睑，派了司机送她。

"你先走，我随后就到。"

顾家不穷，在龙城虽不入流，但也算小有资产，住的也是别墅。

到了顾家，保姆过来开门，小声跟顾篱说道："大小姐在屋里摔东西，你忍着点，骂几句也不疼的。"

这个家里，也就这个保姆会偷偷照顾她，别人从没把她当过二小姐。

顾篱刚进门，一个花瓶朝她飞了过来。

第五章

要不是顾篱早有准备，肯定中招了。

饶是那样，琉璃碎片砸在地上飞溅开来，她的脚上飞到碎片，血珠渗了出来。

客厅内，平时在外人美心善的顾菲雪，此时像个疯婆子。

一张脸肿得都变了形，原本她长得也不差，此时却狰狞得可怕。

以前顾篱帮她顶包后，回来多少都会有些狼狈，有时甚至还会受点伤，挂点彩。

所以当顾菲雪看到顾篱回来，白皙的小脸上没有半点伤痕，身上的衣服也是完好的，心里就极度地扭曲。

一想到她自己还被逼着拍了不堪的照片，她就想过去抓花顾篱的脸。

"顾篱，都是你，害我被打，我不好过你也别想好过。"

顾篱从没见过她如此癫狂的样子，待在门口的地方不敢往前走，对方要是发疯她还能逃。

"站在门口做什么？是不是做了什么对不起我们雪儿的事？心虚不敢进去。"

养母从外面回来，一把推她进屋。

她的手上拿了一些药膏，是刚让帮佣去买的，至于让顾篱买药，只不过是她的借口。

顾篱被推搡着进了屋，拿起扫把收拾玻璃残渣。

她拿扫把也是想万一他们打她，她也好挡一下。

顾菲雪见她没接她的话，更是生气，"妈，我不管，这次无论如何你得把她赶出我们家。"

她说这话当然不是她的本意，没了顾篱她以后欺负谁去？

她是想借机让她妈好好教训顾篱，她妈妈的手段可比她强多了。

顾篱当作没听见，继续扫她的地。

"妈妈，你看，她完全无视我，我们家养了她这么多年，她一点都不知道感恩戴德，估计还养出仇来了。"

顾篱突然间把扫帚往地上一扔，"其实这些年我也受够了，既然你们都不喜欢我，那就把我送回孤儿院，小泽我自己照顾。"

这时顾篱养父进来了，他狠狠地瞪了一眼养母。

他刚跟一个老板搭上关系，打听到那老板就喜欢顾篱那样的小姑娘，正想这两天把人给送过去。

"篱篱，别听你姐姐胡说，爸爸怎么可能把你送回孤儿院。"

顾篱一听他的口气就警惕了起来，这个养父平时在家可从来不让她叫爸爸的。

"叔叔，你是不是有什么事？"

"是这样的，爸爸有个好友，他想认个干女儿，一时找不到合适的，上次他无意间看到了你，很喜欢你。"

养母也是人精，听出了其中的意思，"是你上次说的那个朋友吗？比我们家条件还好，篱篱啊！你这是摊上好事了，我听你爸说，那人还会送套大别墅。"

顾篱才不认为这是好事，"要是那么好，可以让姐姐认啊！"

顾菲雪没有听出父母的意思，"嗯！嗯！"

猪头一样的脸，猪一样的脑子。

养母忙把人拉到了一边，在她耳边低语了几句。

顾菲雪的眼中闪现出恶毒的目光，"顾篱，你要不愿意，就从我家滚出去。"

这时帮佣跑来报告，"顾总，顾夫人，外面有人找，说是二小姐的家人。"

她的话音刚落，大门就有人强制打开了，进来了一队的人，足有二十几个。

2020 年 5 月 1 日—8 月 31 日连载于"掌阅书城"

传记与报告文学

日子如水——海宁作家2020作品年选

工作着是美丽的
——陈学昭传（节选）

徐新民

7. 再进延安

陈学昭再进延安时，改了姓名，留长了头发，以"护士"职业作掩护。行李中原先还有 4 箱书，但周恩来觉得这件事难办，说不定"书和人都可能走不到"，但陈学昭又无法割舍这些书。为难之际，正好有宋庆龄捐献给延安的 97 箱药品要运走，陈学昭便将 4 箱书放在药品车里，一起运走。不料，宋庆龄捐献的药车被国民党扣留在三原，没有送到延安，陈学昭的 4 箱子书也被扣留。这件事，让陈学昭气愤了好几天。

因为此时的国共形势十分微妙，去延安不像抗战初期那样畅通了。那辆由八路军办事处派出的专车，一出重庆，立刻受到国民党严格的检查，他们盘问车上的一个个乘客，问姓名，问职业，问去哪里？去干什么？检查得很严。幸好押车副官刘六洲的周旋，得以顺利闯过。出了重庆，汽车一直往陕北方向驶去，在快要进入陕甘宁边区时，在国民党统治区的同官县，陈学昭、何穆他们这辆进延安的汽车被扣住了。陈学昭经历了被扣 19 天的磨难：

第一天晚上，我就把随身带着缝在衬衣里的几张照片以及文凭、版税折子这些可以证明我身份的东西，统统撕碎，恰巧在我睡的头边，有一个很深的老鼠洞，我把碎纸片都塞进了洞里。

　　这些武装特务整日整夜折磨我们。夜里，他们叫我们到他们住处的一座房子的楼上去个别谈话，问我们姓名、履历，为什么要去延安，劝我们不要去，说还是去西安好……大清早，叫我们起来集中排队到山上去，向我们"训话"，要我们呼蒋贼万岁等口号，我们就当没听见，谁也不举手，也不出声，于是他们又训我们，叫我们站在那里喝西北风，但终究他们自己站在那里太久，吃不消那刺骨的冷风，只好叫我们排队回到住处。每天三次吃饭，早点、午饭、晚饭都是排队到街上一家小饭馆里去吃。

　　有一晚，我被叫去谈话，特务问我："你们里面有没有一个陈学昭？"我不动声色地反问："什么陈学昭？我们这些人当中你们不是都清楚的吗？"特务说："她是个写文章的。"我还是问："是女的？是男的？那我可不知道。"他们没话说了，叫我走。我平生最憎恨说谎，但我认为在这些特务面前，我有权说谎。武装特务还去叫了一些国民党的兵痞，所谓伤兵，来和我们纠缠、吵闹……①

　　扣了19天以后，又突然释放，这中间的变化，陈学昭事后了解到这位司机是地下党员，他在等候八路军的车子。终于有一天等到了八路军的一辆过路卡车，他告诉车上的押车员，说陈学昭他们人、车被扣的情况，要他到延安后马上去报告中央。中央了解到这一情况后，通知重庆的周恩来副主席，周恩来亲自去向蒋介石交涉，蒋介石只得命令胡宗南释放了扣押的人和车。

　　陈学昭的4箱子书被扣押，她所有的文凭、证明文件全部丢失，这对一个知识分子来说，可以说是"一无所有"了。然而，第二次来延安的陈学昭依然非常激动，后来她写了一首诗，描述自己二到延安时的心情。

　　　我们像逃犯一样的，
　　　奔向自己的土地，
　　　呼吸自己的空气；
　　　我们像暗夜迷途的小孩，
　　　寻找慈母的保护与扶持，

---

　　① 陈学昭：《天涯归客》第158—159页，浙江人民出版社。

投入了边区的胸怀。

——《边区就是我的家》

陈学昭夫妇俩受到中共中央组织部部长陈云、副部长李富春的多方照顾：何穆去了中央医院工作，而陈学昭则分配到文艺界抗敌后援会，一边调查研究，一边从事创作活动。

对于陈学昭再度来到延安，张琴秋最是喜出望外，两人相见，紧紧相抱。张琴秋说："欢迎你们回来！延安别有天地，这里的黄土地是很有吸引力、感染力的，现在的中国，就这里是一块净土啊！你们去年去的时候，我就预感到你们是有可能回来的，果然还是回来了，回来了就好啊！"

二到延安以后不久，爆发了震惊中外的皖南事变，在延安引起极大的震动，延安军民团结抗战的气氛更浓了。陈学昭也深深地为这种抗日气氛所感染。

在文艺界抗敌后援会，陈学昭开始用她的笔描绘延安。当时延安传诵着一个用自己的鲜血来救活一个急病人的故事，这个献出自己鲜血的是个女同志，叫李坚。对这个先进人物的模范事迹，陈学昭在 1942 年 1 月 10 日创作了一首长诗，发表在《解放日报》上。还写了《复活》《烦忧》等诗篇。

陈学昭到延安后，怀孕了，到这一年的 11 月 27 日，陈学昭生下女儿陈亚男。女儿 9 个月大时，陈学昭发现何穆移情别恋，夫妻关系开始破裂。

1942 年近冬，延安文艺界抗敌后援会解散，原来的人员也分散到延安各单位，陈学昭则分配到中央党报《解放日报》第 4 版做编辑。

陈学昭第二次来延安时，正是延安文化界创作思想活跃期，延安文坛形成了一个以杂文创作为主的热潮，代表作主要有丁玲的《三八节有感》、王实味的《野百合花》等一批以暴露延安社会生活中的缺陷为内容的杂文作品。不过，陈学昭在这段时间里少有文学作品问世：整个 1941 年是陈学昭文学创作的空白年；1942 年春，也只写了两首诗和一篇纪念性散文，主要原因恐怕是这时期的陈学昭陷入导致个人婚姻完全破裂的家庭纠葛中。

她与何穆的关系，本来就岌岌可危，尽管善良的陈学昭曾经多次努力维持这个家，但对方的无情，最终把这个家庭推向了破裂。就在陈学昭生下女儿时，正处在哺乳期的陈学昭突然药物中毒，昏迷了三昼夜。对这次药物中毒，何穆负有不可推卸的责任。中毒事件几天后，何穆就提出离婚，并散布流言，将婚姻破裂的责任推卸到陈学昭身上。事后，陈学昭才知道是因为有了第三者，何穆才如此绝情。陈学昭内心悲苦到了极点。想起当年他患肺结核正值危难之时，她竭尽全力帮助他，照顾他，经抢救后，他感恩戴德称她为救命恩人，并说以后若负于她，可用手枪打死他等。过去的事他显然已经忘却，男子已将双方感情抛之脑后，而女方却还要怀着孩子，担负起抚育的苦痛，这是怎样的滋味？怎样的痛苦？① 这时，陈学昭又深深地怀念起在法国的好友蔡柏龄、季志仁。想起自己当时的幼稚和天真，悔恨的泪水顺着脸颊往下淌，湿透了枕头。

8 月里的一天，两人到边区法院办了离婚手续。法院将 9 个月大的女儿亚男判给了陈学昭。陈学昭从中央医院宿舍搬住到报社所在的清凉山上，生活享受"中灶"待遇。

但也许正是这次的家庭破裂，才使得陈学昭在那场"暴露黑暗"的杂文运动中，无心情也无暇参与其中。因此当 1942 年四五月间，延安文艺界整风运动将批判的矛头指向丁玲、王实味，写过此类文章的作家们纷纷作自我批评以求过关时，陈学昭安然无事。但她第一次感受到了政治斗争的严厉，也使她清醒地认识到，她在言行举止上需要改头换面，清楚现在只有放弃这种无党派的自由主义思想，加入到组织中去接受锻炼。

8. 新的开端

在《解放日报》工作时，陈学昭遇到延安关门审干运动，学习相关的 23 个文件，组织讨论，说自己的出身经历和思想。多年以后，陈学昭还清楚地记得自己当时被审查时的情形："审干一开始，各个机关都关了门，连亲族朋友也不相往来……我是受审查的第二个，我谈了自己的家庭和童年的情况，

---

① 陈亚男《我的母亲陈学昭》304 页，文汇出版社，2006 年。

一直到调进解放日报社工作的经过。"

当陈学昭申说完自己的经历思想后，有一个同志向陈学昭提出一个问题："究竟是你找党？还是党找你？"

陈学昭仔细考虑了这个问题后，回答说："我找党，党也找我。"

在一个多星期的审查讨论中，也有其他同志批评陈学昭是个大妇人主义者，瞧不起男人等，陈学昭听后，觉得好笑，没有回答。最后，给陈学昭作了结论，认为她的历史是清楚的，没有什么要待查的问题。但是，忽然有一天在报社俱乐部里出现一张大字报，说陈学昭赞扬宋美龄有民主思想云云，副总编余光生特地跑到陈学昭窑洞，问有什么想法。此时，陈学昭觉得一肚子委屈，是传话的人断章取义，指鹿为马。原来，在前几天与一位同志聊天时，这位同志说曾认识国民党的几个高级军官，说到蒋介石，陈学昭说蒋介石是个典型的封建法西斯头子，宋美龄在美国多年，会不会看到过资产阶级的民主？结果大字报上变成赞扬宋美龄有民主思想。陈学昭把这个情况向余光生副总编讲了以后，余光生说："知道了。"第二天，这张大字报被撕去了。这件事，对陈学昭震动很大，她后来回忆说："说话确实要谨慎，要看对象。"又一次，陆定一夫妇专门请陈学昭吃饭，陆定一语重心长地对陈学昭说："这里是革命根据地，不是旧社会，你是一个有社会地位的人，你见了人要先招呼别人，因为人们计较这一点。"①

1943 年的"抢救运动"，是延安历史中十分惨痛的一页。大批来延安的文化人被打成特务、奸细，有人统计，抗战中来到延安的知识分子，有 80%被抢救成了"特务"。② 直至 1984 年，还有一位从事美术工作的人向她道歉，说在 1942 年延安"抢救运动"时，他主动交代曾参加反革命集团，领导人就是陈学昭。

陈学昭是幸运的，她很快过了关。但周围同志的质疑与检举，还是使她真切感受到了政治运动的严厉氛围。据她的女儿陈亚男回忆：

① 陈学昭：《天涯归客》，第 173—174 页，浙江人民出版社。
② 朱鸿召：《为什么工作着是美丽的——陈学昭在延安》，《延安访问记》"附录"第 379 页，广东人民出版社。

那时（"文革"期间）母亲常会回忆当年在延安整风时的情景：延安审干后来搞过了头，一时间"特务"满天飞，有人送条子揭发别人是特务，有人自己跑到台上说自己是特务。给我的感觉，好像说自己是特务是件光荣的事，而当特务并不可耻似的。也有人觉得冤枉不承认，也有人想不通而自杀的。当时我想不通，延安有这么多的特务，延安的抗战工作怎么会搞得这么好？不久事情发生变化了，加以澄清，毛主席摘下帽子，这样——说到这里，母亲举起右手，五指并拢至头上，头一会朝前，一会朝左，一会朝右，做着敬礼鞠躬的姿势。"毛主席向大家一一致歉，大家又非常高兴了。"① 审干结束后，是"大生产运动"。延安每个人都有生产任务指标，《工作着是美丽的》中的李珊裳（陈学昭原型）的任务是："全年计划是交纳八斗半的粮食"，为了完成这项任务，需要"每天在报社工作三小时半，其余五小时半用来纺纱，完成这八斗半的公粮"。②

初学纺纱时，陈学昭的内心也有过种种疑惑，"学纺纱，把时间都费在这个事情上面，一小时能纺多少呢?"而且纺纱工具是那样原始，"锭子一碰就要跳，弦太紧摇不动，太松了也摇不动，那样碰不起，太难对付了"，"这本是一双弹钢琴的手啊"!③

她开始想到：自己活了几十年，没有织成过一寸布，没有种出过一粒米，但却已穿过不知多少丈的布，吃过数不清的米了！她为自己这一新的思想觉得惊奇，由惊奇而感到羞惭，由羞惭而感到负疚，感到有罪，感到对不起劳动人民！但是，她却还不能不带着忧郁地想："从前做牛做马学得来的一点法文，一天一天地荒弃，要是从前就是一个劳动的妇女，哪怕是一个文盲，总比现在这样不三不四的好……"④

不久，陈学昭爱上了纺纱，常常专注地纺线 3 小时以上，每日都超额完成任务。她纺的线质优，每月除了完成上缴任务外，还能攒积几个零用钱买

①　陈亚男：《我的母亲陈学昭》，第 146 页，文汇出版社。
②　陈学昭：《工作着是美丽的》，第 268 页，浙江人民出版社。
③　陈学昭：《体验劳动的开始》，《陈学昭研究专集》第 54 页，浙江文艺出版社。
④　陈学昭：《工作着是美丽的》，第 268 页，浙江人民出版社。

鸡蛋、麦芽糖，给住宿在保育院的女儿吃。按大生产运动中奖勤罚懒的政策，她将纺纱多的部分积攒下来，1945 年 9 月，离延安行军前，去边区银行换得两个金戒指，一直缝在她的腰带里。

劳动使陈学昭的面貌改变了，虽然在谈吐上她仍然带有一点法国风格的娴雅与含蓄，但是，在衣着穿戴上她已经将一切带有江南丝绸或法国风格的衣物塞进箱底，或干脆毁灭，尽量摒弃一切鲜艳的色彩，穿着统一的灰布制服，绝对不作收腰紧身处理，脸面发式也不再薄施粉黛，甚至尽量不作收拾，任其臃肿、粗糙。她还在行军途中学会了骑马、打枪。她认为，知识分子的这种"蜕变"过程免不了有些痛苦。

有一个星期天，陈学昭去探望周恩来夫妇，此时周恩来刚从重庆回来，茅盾夫人孔德沚托他们给陈学昭带些白糖和巧克力及给她女儿的一辆玩具车。陈学昭刚坐下，邓颖超问道："近来怎么样?"陈学昭知道邓大姐是指离婚这件事，想自责自己有些事情不懂事。这时，周恩来打断她的话，说："你没有做错过什么事，就是这件事情做错了，没有处理好自己的私生活。你年青时不识人! 要识人啊，我不了解季志仁。蔡家我是了解的，蔡柏龄是比较适合的人。"

周恩来夫妇对陈学昭一直关怀备至，知道陈学昭患有胃下垂的毛病，而在延安和解放区又一时买不到胃托，就想方设法，通过各种关系，从香港给她买来了胃托; 有时还带点外边的文艺书给她看，当时十分流行的翻译小说《飘》和《简爱》等，都是周恩来和邓颖超带到延安来给她的。周恩来夫妇的关怀，让陈学昭感动不已。

一个星期天，陈学昭去托儿所看了女儿，回报社路上，在王家坪附近，遇到刘少奇。刘少奇笑着对她说："解放了的人，在《解放日报》工作。"

一天，陈学昭看到两条国际电讯稿，一条是报道蔡柏龄在物理磁场上有重大发现，成为法国著名的物理学家; 一条是报道她的法国导师 G 教授去世。这两条消息让陈学昭思绪万千，她既为蔡柏龄高兴，又为 G 教授去世而悲痛。

1942 年 5 月，陈学昭参加了延安文艺座谈会，聆听了毛泽东在座谈会上的讲话。之后，陈学昭文艺观、世界观都发生了很大变化。7 年后，陈学昭在《关于写作思想的转变——听了毛主席〈在延安文艺座谈会上的讲话〉以后》一文中说：

当座谈会以后，我完全否定了自己过去的写作，认为以前写的东西纯粹是发泄个人情感，即使写了一点儿对旧社会的不满，那也是出于个人观点、个人立场的，对革命和工农兵简直没有什么联系的，自己在那个时候是茫然的，不知道今后应从何处来从事写作，使自己的写作成为一件真正的革命事业……后来想起来，那一个时期对于自己写作的否定和一时的丧失信心，都是情理上说得通的必然经过的路程，如果没有对旧的不正确的东西给予否定，那么就很难吸收和培养起新的东西来。①

陈学昭决心沿着毛泽东所指引的方向来进行自己的创作，下决心要深入到工农兵群众中去。

这一时期，陈学昭的写作进入一个"转型期"：她的作品中有歌颂根据地军民斗争意志、抨击投降派的诗歌《边区是我们的家》和《十倍的打击》，有揭露大后方社会黑暗的杂感《从"大学教授难"想起》和《重庆来人谈大后方》，有记述陕北先进人物的通讯《访马杏儿》《熬劲儿大——记抗属英雄折碧莲》《为党工作——记劳动英雄胡华钦》，也有谈自己学习整风文件进行思想改造的体会文章，如《一个个人主义者怎样认识了共产党》《体验劳动的开始》，还有一些回忆文化界先贤的文章，如《回忆鲁迅先生》《追念戈公振先生》《愿你安息在自由的法兰西——悼罗曼·罗兰》等。

这时的她，重新执笔已经不是为着自己个人写作，而是抒发革命的激情和对于党的认识。这一时期也是陈学昭大量翻译外国文学作品的时期，译作主要有《苏联前线的一个访问》、爱伦堡《巴黎》《欧洲的遭遇》、第古尔《暴风雨的天空》、A·托尔斯泰的《褐色鸦片》、达拉莎伐的《在前线》、舍宾那的《列宁与文学》、西蒙诺夫的《应该杀了他》等。

1943 年 6 月 13 日，她在《解放日报》上发表《一个个人主义者怎样认

---

① 陈学昭：《关于写作的转变——听了毛主席〈在延安文艺座谈会上的讲话〉以后》，《陈学昭研究专集》第 243 页，浙江文艺出版社。

识了共产党》，阐述了自己对共产党的认识过程，指出：

共产党，它是无产阶级革命的先锋队伍，是一个战斗的集体，它要求能够积极地坚强地战斗的人作为党的党员和战友，这样的党员和战友，不是要仅仅消极地委身于这集团，依靠这集团，而且要积极地在这集团中贡献他的力量。要这样做就要好好地研究党的理论政策，对于它的事业首先获得正确的认识，并且照着这些正确的认识去行动。①

1944 年初，中央调陈学昭到中央党校四部做文化教员。来四部学习的，都是团级以上的工农干部。陈学昭的任务就是给这些团级干部上文化课。

1945 年 7 月 1 日，六位国民参政会的参政员黄炎培、褚辅成、章伯钧、傅斯年、冷遹、左舜生到延安参观，毛泽东和陈毅等去机场迎接，陈学昭也去了。在机场迎接客人时，毛泽东当着许多人的面，一边和陈学昭握手，一边笑着对陈学昭说："又是文学家，又是教育家！"说得陈学昭两颊绯红。

毛泽东说她是教育家，是因为她在党校四部做文化教员时，想出了一种能提高学员学习兴趣的办法：她班上的学员都是优秀的指挥官，但有些人文化基础很低，学文化有点困难，他们用的词语常有不恰当的，陈学昭改不胜改。后来她索性不改了，将学员写的相同的病句一句一句摘抄在备课本上，第二天上课，就将这些病句抄在黑板上，请学员们自己来改。这样一来，学员们学习的热情高了，发言踊跃，争着说这样改那样改，学到的知识巩固了，学员们进步很快。这件事传到毛泽东那里，毛泽东很感兴趣。于是，陈学昭就有了"教育家"的头衔。

黄炎培一行对于延安的一切都很好奇，他们要来看望陈学昭。领导上决定让陈学昭回报社，安排在窑洞接待他们。陈学昭窑洞的桌上放有一只她在延安街上买到的古砚台。黄炎培看到后，很是喜欢，翻来覆去地看。陈学昭就说："这砚台放我这里用处不大，送给你了。"黄炎培自然是一阵感谢。

见面时，傅斯年悄悄拉过陈学昭，跟她说，他在上海藏有一屋子书。他准备战争打到南方之前就去香港，要她转求陈毅将军的军队进入上海时，能把他的这屋子书保护起来，还写下了地址。陈学昭把地址转交给了陈毅。可

---

① 陈学昭：《一个个人主义者怎样认识了共产党》，《陈学昭研究专集》第 53 页，浙江文艺出版社。

是傅斯年后来没有到香港，而是去了台湾。当时蔡柏龄已是国际上有名的物理学家，陈毅知道蔡柏龄是陈学昭巴黎留学期间的好友，就建议陈学昭写信给他，劝蔡柏龄回国，为国家和中国人民服务。学昭遵从建议，马上写了一封信，托傅斯年带至国统区发出。

与六位参政同行的记者赵超构离开延安后，在文章《延安一月》中描述了他对陈学昭的印象：

学昭女士在延安有"绅士派"之称，这不仅是因为她还保留一点爱美的习惯，就是在谈吐上，也含有法国风的娴雅与含蓄。她是标准的名门出身的小姐，而又是经过沙龙空气陶冶出来的作家。她最后选择了延安这条路，起初颇引起我们的惊异。但是经过一二次的接触之后，我不能不承认这个大时代浪潮所造成的纠葛，往往不是我们的常识所能意料得到的。①

1945 年 7 月，陈学昭向四部党组织递交了入党申请书，很快得到批准，并且没有候补期，立即成为中国共产党的一员。

原载《工作着是美丽的》（浙江人民出版社 2020 年 9 月出版）

---

① 赵超构：《延安一月》，第 137 页，中国国际广播出版社。

礼赞 兵歌税月

蒋月明

无论是在部队，还是在税务一线，我永远是人民的子弟兵。

——摘自钱佩行札记

　　坐落在浙江省海宁市硖石镇文苑路 318 号的海宁市税务局纳税服务大厅简朴整洁，宽敞明亮，办理税务事宜的人们走进厅内，都有宾至如归之感。几十位敬业爱岗的税务干部就位在各自的办税窗口，或忙忙碌碌操作电脑，或彬彬有礼地起身与纳税人交流相关税务事项。唯独 19 号窗口的那位年长者，在这群年青人中格外醒目，只见他正从铁皮箱内取出发票递给柜台外的申购者。老花眼镜的柄脚显然松弛了，整个眼镜框一点点滑向他的鼻尖，而框架上边投出的目光，扑闪着对税收事业真诚的光芒。

　　他就是钱佩行，一个在业内和纳税户中被广为称颂的名字。这位今年 57 岁却有着 34 年党龄的老同志，1 米 75 的个儿，挺拔的身姿仍看得出当年从军的印迹。他是位和谐可亲的长者，每当与之交流，你会感受到他的那一份亲切、温和与坦诚，他清晰的解释，善意的提醒，使你受益匪浅。他曾 4 次被评为全系统优秀公务员，并先后被授予海宁市文明礼仪先进个人、海宁市行风建设先进个人、嘉兴市国税系统"最美国税人"、海宁市"优秀共产党员"和海宁市"最美退役军人"等荣誉称号。

十八从军　不负韶华

自古英雄出少年，保家卫国守要隘。

1980 年，高中毕业的钱佩行放弃进乡农机厂当会计的机会，响应国家号召应征入伍，在金华山区服役。从此，他在部队这个大熔炉里接受革命洗礼，在枯燥单一的艰苦环境中磨炼意志，守护一方平安。军旅生涯中，他刻苦操练军事基本功，全面学习军事理论知识，千方百计提升自我，战胜自我。骄人的成绩，出色的表现，引起了部队首长的关注和重视。他多次受到表扬和嘉奖，并于 1984 年光荣入党和提干，从一名普通战士快速成长为军队干部。

升任排长后，因工作能力强，钱佩行又被委以其他重任，身兼团委组织委员等数职。尽管每天的训练课程被排得满满当当，他总能见缝插针，充分利用午休、夜自习和周日休息时间筹划团委活动，撰写工作信息，编排黑板报，组织汇演……

其间，他被抽调去配合地方公安，参与追捕全国特大案件的"两王"逃犯，不分昼夜盯守犯罪分子行踪。他与战友们辗转山区，巡防乡野，经过七昼夜设伏围堵，终于不辱使命，成功协助机炮连将逃犯击毙，为社会的安定立下汗马功劳。事后，村上老支书带着十多个农民赶到部队，送去"人民卫士"锦旗，并对支队政委说："这些战士个个都是好样的，他们冒着生命危险保护了我们村坊群众的生命财产，应当好好表扬。"他，钱佩行，一名和平年代的军人，虽不用在烽火连天的战场上英勇杀敌，然而他和他的战友们——"咱当兵的人"，把勇于抢险救援、守护百姓平安视作自己最神圣的职责，为此，他忠于职守，坚定并全力以赴地履行着。

钱佩行每天总是抖擞着精神，有使不完的劲，也有干不完的事，脏的累的他抢着干，难的乱的他站前列，成为战友们眼中名副其实的"拼命三郎"，而这一切他又都做得那么井井有条、尽善尽美。作为人民的子弟兵、战友们的亲密伙伴和领导的得力助手，钱佩行用艰苦朴素的奋斗精神，将单调的军旅岁月演绎得有声有色；用锐意进取的拼搏精神，跨上了人生道路上最为重要的一个台阶。

学海无涯　华丽转型

书山有路勤为径，学海无涯苦作舟。

1988 年秋，钱佩行从部队转业到地方，从事税务工作。面对全新的环境、陌生的工作岗位，一时间他还真的有些惴惴不安。然而，凭着军人敢打敢拼的顽强作风和一股不服输的狠劲，他迅速投入到汲取税务知识的海洋。

他顾不得家庭清贫，用微薄的工资购买财会书籍，逢六必去图书馆借阅资料。工作之余，他总是书不离身，下班处理好家务后，又常常自学到深夜。

"为者常成，行者能至。"坚持不懈地向书本请教，虚心向同事们请教，不断在实践中消化吸收……仅仅用了一年多的时间，钱佩行就从税收知识的门外汉华丽转身为税务工作的行家里手。

2000 年，年近四十的钱佩行成功考入湖州税校财政学专业，开启了为期两年的大专学习时光。他刻苦钻研，勤奋好学，以优异的成绩圆满完成学业，进一步掌握和提高了财税理论水平。

他曾乐呵呵地对妻子说：税收与财会竟如此紧密。当年因参军放弃了做财务的机会，想不到人到中年又给补了回来，这大概是上天对我深深的眷顾吧。

学习如逆水行舟，不进则退。面对大小不一的税制改革，层出不穷的税收政策，持续发展的税收征管科学化、信息化手段，钱佩行一以贯之，坚持主动学、自主学的态度，不断加油补钙、超越自我，夯实专业知识功底和业务技能。从税三十余载，他积极参加单位组织的每一场比武练兵，认真对待和处理比武练兵的每个环节，不会就学不懂就问，所以每次他都能为组织交上一份满意的答卷。

有人背地里说他傻，传到他那儿他只是平静地说："走自己的路，随他去说吧。"

也有人曾当面冷嘲热讽："老钱，一大把年纪了，六十岁学鼓手——赶时髦啊。"他听后微微一笑:"懂总比不懂好,自己用起来便当,人家问起来答得上。"

更多的人则投予敬佩的目光。

钱佩行孜孜以求的学风,得到市局领导班子充分肯定,也赢得了税务科班出身的同事们的一致认可。所谓活到老学到老,他才是真正的践行者。

恪尽职守　托亮税徽

干一行,爱一行,专一行。

退役后,钱佩行最初分配在海宁市较偏僻的沈士乡税务组,他的第一份工作是分管零星市场和个体工商税收。面对数量多、税额小、分布散、认知少的个体户,作为税收专管员的他意志坚定,迎难而上。一本税票、一支钢笔,往布包里一塞,骑个旧自行车,便轻装简行出去收税了。那时羊肠小道崎岖不平,那时的工商户对税收政策还不太了解。钱佩行坚持服务上门,晓之以理,动之以情,深入浅出做好税法宣传。在他苦口婆心、不厌其烦的耐心说服下,所有经营户包括那几个纳税钉子户都主动缴纳了税款,就连扬言要给他"好看"的莫姓经营者,也不得不说:"老钱,真的,我算服了你了。"看到这些经营户挣钱也不容易,他语重心长:"税收取之于民、用之于民。若把小路修成大道,简易棚变成高楼大厦,在那样的环境下经营生意,心情舒畅,效益显增,你们说该有多好啊。"

那些年,他的足迹踏遍了辖区内的每个角落;那些年,依法诚信纳税的意识在小商小贩中渐渐树立。而他所在的"三代办",每年四千多万元的税款,分毫不差,全额纳入国库。他也成了同事们称道的税收卫士。

岗位几经变换,钱佩行调至纳税服务大厅的发票发售岗。他迅速转换角色,用苦干加巧干实现工作无缝对接,而这一干就是十多年。针对工作量大、重复枯燥的实际,钱佩行坚持需求导向、换位思考、微笑服务,让纳税人舒心办税、满意而归。查询号码、清点发票、打包邮寄……他动作娴熟,在平凡的工作中甘当"老黄牛",奉献自我,着力提升纳税人满意度。他工作细致，办事高效，待人友善，十多年来有五百万余份发票由他经手而无一差错，从而获得纳税人高度好评。

他与年青人一起，凝聚各方力量，打造出了海宁税务精英团队。面对疑难棘手问题，他总是站出来分别情况，弄清原委，妥善处理，故而成了名副其实的排头兵。大家都亲切地称他为"排长"，他担当得起这一称呼。

在纳税服务大厅，除了发票发售，钱佩行还经常忙碌在软件调试、设备维修等这些"副业"上，凭着一股子钻劲，奋力保障大厅平稳运行。同事们夸他是进修了三个专业的业务"多面手"，是大厅的"宝"，他往往则报以谦逊的微笑。

他在札记里这样写道："无论是在部队，还是在税务一线，我永远是人民的子弟兵。"

作为一名税务"有心人"，钱佩行总是第一个上班，最后一个下班，用大家休息的时间为大厅做好岗前准备和下班整理，认真到每个细节。他以忘我的姿态为年青人树立起标杆，以实际行动感召着身边的每一位同事。

工作虽然平凡，但钱佩行以他华丽的转身、似锦的年华和丰满的人生吻遍了"税"的馨香，无愧于当代最美的税务人。笔者深受其事迹感染，在喜迎国庆七十周年之际，以《走进新时代　唱响新税歌》为题作诗一首，礼赞那些为税收事业呕心沥血的税务老兵："……我们从红船走到今天/又唱着嘹亮的税歌走进了新的时代/我们把声音留给这个时代，把足迹伸向未来/我们税务人用春天的脚步，走过了艰辛的发展历程/也必定/在实现中华民族伟大复兴的新长征路上/用执着的信念、务实的作风、坚毅的品行/托举起税徽焕发出的那一轮新的绚丽光芒。"

红色传承　奉献公益

"我愿，水滴一样滋润大地；我愿，阳光般照亮黑暗。"

钱佩行以此为座右铭。他深深懂得，作为一名党员，做好本职工作只是基础，发挥先锋模范作用才是关键。为此，他积极参加市局组织的党员志愿者活动，在活动中温暖他人、升华自我。他带头落实"两地双服务"，自觉参与到社区治安巡防、垃圾分类宣传等共建活动中，全力让税务人的公益担当落地生根。在"擦亮城市名片"公交候车亭志愿清洁、"剿灭劣 V 类水"宣传、无偿献血等活动中，无不有他的身影，尽显一名普通党员的公益情怀。

他着力践行"两富同行"结对走访活动，每季上门走访了解困难家庭情况和需求，送上党和政府的精神关怀和物质慰问，积极认领微心愿，使困难户对党和政府树立信心。他不只关心困难家庭生活现状，还为他们寻找脱贫致富途径。他所结对的困难家庭，目前已有两户脱贫，另一户资助了其子女上学，其他几户他仍在不遗余力地给予帮助。

在为公益事业出力的同时，钱佩行不忘慈善事业。他响应市委市政府号召，积极参与对四川黑水、浙南景宁等贫困山区以及困难家庭、关爱基金的捐款捐物活动，体现出了一名党员的社会责任感。他以"红船精神"领航，把"雷锋精神"付诸实际，充分彰显了税务干部牢记初心使命、争当"五事"先锋的使命感。

不是结语

平凡之中见真灼。钱佩行至真至善的事迹已在潮乡传开，作为全市先进典型，通讯员王娟芳撰文报道，分管纳税服务大厅的陈琳副局长阅后写下这样的短评：

为把税收事业建设得更好，钱佩行同志付出了很多很多。他作风踏实，工作高效，敢于担当，无私奉献，几十年来，我与许多同事都见证了他的不懈努力，见证了他生活的点点滴滴，我为这样的好同事点赞。

党建工作股副股长张晔发自内心地说：老一辈税务人身上所焕发出来的精神，是留给我们年青一代税务干部的宝贵财富，一定要不折不扣传承好。

网名"宇宙无限"发的微信则说：排长工作认真负责，为人诚恳谦虚，是税务人的榜样。

任时光荏苒，唯初心不变！钱佩行从税三十余载，面对艰难险阻他不退缩，面对荣誉赞扬他不自满，始终保持共产党员和革命军人的本色。他肯干事、善谋事、干实事，把忠诚、干净和担当的精神融入到工作中，于平凡中闪现光辉。

老骥伏枥，志在千里。烈士暮年，壮心不已。

如今，钱佩行虽已两鬓斑白，但他仍愿意在基层税务一线发挥余热，从事力所能及的工作，尽一份微薄之力，就像翻阅一册回味无穷的书籍，乐此不疲。他信奉著名作家陈学昭先生"工作着是美丽的"那句话，身处平凡而秉持操守，完美地展现出当代优秀共产党人为中华民族伟大复兴而不懈奋斗的高昂激扬的风采。

原载《时代报告·中国报告文学》2020 年第 4 期

"杭海人"的情怀（节选）

施建平

人生知己是交通。

这天，天高云淡，阳光明媚。

这天，鼓乐齐鸣，欢歌笑语。

到处是一派如日中天、莺歌燕舞的景象。

到处是一派敬业奉献，猛进如潮的激情场面。

用不了多久，中国第一条县（市）域城际铁路（杭州—海宁）就要诞生。

杭嘉湖的目光，五湖四海的目光，一起聚焦海宁，聚焦杭海城际，聚焦杭海人的日日夜夜……

杨晓法——浙江杭海城际铁路有限公司的党委书记、董事长，怎能不心潮澎湃，激情万状。新中国70周年华诞，只见他轻拨琴弦，与杭海人一道表达《我和我的祖国》的深情依恋，也唱响他对伟大祖国的激昂赞歌。

婉转、悠扬的旋律穿越时空，穿越心灵，在欢庆的日子里远航。

筑梦、追梦、圆梦的励志情景，电影般地在杨晓法眼前一一展现。

一

贫穷是财富，吃苦也是财富。

——杨晓法

1959 年 11 月，杨晓法出生在浙江省永康县城关镇的一个贫穷的工人家庭。全家共有七口人，杨晓法兄妹共五人，晓法排行老四。七张嘴巴仅靠他的父亲每月 28 元 5 角的工资养活，可见当时的生活艰苦程度，很难想象他们是怎样从那段日子里熬过来的。

杨晓法的家位于县城边上，咫尺就是乡村。这里看不到县城的喧嚣，有的却是扑面而来的乡土气息……童年的杨晓法就是在这样的环境中长大，他和乡下农民的孩子一起养鸭、放牛、牧羊、捉迷藏，他的胸怀像田野一样宽广，他的志向和天空一样高远。

他坐在小山坡上，一会儿眺望着远处天空落日的余晖，一会儿察看羊群悠闲自得的游动，他在想什么，问这里的山地，问这里的牧童……他们谁也不知道。只有他父亲才揣摩到杨晓法在想什么，他在梦想自己将来成为一个对社会有用的人，能改变乡村面貌的人，能像飞鸟一般在天空中自由翱翔。

1976 年 6 月，杨晓法高中毕业。在那特定的年代，他和所有的学生一样，响应党中央毛主席的号召，到农村去，到更广阔的天地里，作为下乡知识青年，接受贫下中农再教育。

在那里，杨晓法天天与农民打交道，他常常自豪地说，童年时我学会了养鸭牧羊，青年时我跟着农民学会了耕田种地，农村是希望的田野，农村是磨炼人意志的好天地。

在乡下，杨晓法体验最深的是学会了吃苦。从城里到农村，从学生到农民，无论环境、身份都是一个大转变。许多日常生活中的事情都得从头开始，都要自己去做去经历，好多次他都把饭烧煳了。有一次，当揭开锅时竟是一锅水，原来米忘记下锅了。或许是忙的原因，也许是累的缘故。

那年杨晓法 18 岁，他力气并不大，但总是揽重活脏活干。当时挑牛粪是最脏最苦最累的活儿，一担牛粪足有 100 多斤，从牛棚到田间一两里路，一趟又一趟，扁担发出"吱咔吱咔"声，在朝霞里起落，在山麓里回响。晚上回来浑身像散了架似的，肩头磨出的血痂痛得直钻心，一直到现在杨晓法还刻骨铭心。

杨晓法在磨砺，在成长，在希望的田野上奔跑。

干一天记 8 个工分，一天的工分价值是 1 角 8 分，那时刚好买一碗馄饨。

这样的报酬，这样的待遇，对于当时的杨晓法来说，已经是很满足了。他觉得这不仅仅是 8 个工分，在这 8 个工分的背后，是得到了吃苦耐劳的历练，是人生一笔最宝贵的精神财富。

是的，在当时相当落后的农村，他是生产队唯一的外来知青，生产队长选他兼做计分员，就是每天晚上要把农民一天的劳动时间记下来。后来又当上生产队会计、大队民兵副连长……

岁月如水，人生如歌。杨晓法下乡当了两年多农民，被抽调回城分配到永康化肥厂，又开始了新的生活。

杨晓法成了生产化肥的青年工人，在浓烈的化学气味中"三班倒"地做着重体力活，他常被呛得"一把鼻涕一把泪"，往往八小时下来，整个人像是失去了重心，头晕乎乎的，好一阵子才缓过来。

杨晓法心想，看来这辈子只能跟氨水打交道了。然而一个人的命运总是与时代变迁息息相关，1979 年春季大中院校开始扩招，杨晓法参加了 1978 年的高考，成绩被列入扩招分数线范围，怎么选择学校，怎么填报志愿，年轻的杨晓法心中感到迷茫，父母没文化根本搭不上边，好在哥哥在浙江汽车驾驶技工学校金华分校从事汽车修理专业，有一定工作经验和社会阅历，认为还是学点专业技术。当时有两个专业可供选择，一个是火车司机，一个是汽车驾驶，哥哥建议他填报汽车驾驶专业。一听说"开汽车"，父母亲嘴巴就嘀咕了：开车这行当是否太危险啊？哥哥便开始做父母亲的思想工作，尽管汽车驾驶是一个风险行业，但出事的概率毕竟是低的，当时社会上流行的"四个轮子一把刀"，是最让人羡慕的职业（"四个轮子"是指驾驶员，"一把刀"是指卖肉的）。父母亲觉得两个儿子在一起也能有个伴就同意了。1979 年 2 月杨晓法接到录取通知书，正式到浙江汽车驾驶技工学校金华分校报到，从此他的职业生涯与交通结下了不解之缘。

1981 年，通过两年专业学习，杨晓法以优异成绩毕业，留校担任了汽车驾驶专业实习教师。他先后担任了团委书记、政工科长、党办主任、招生办主任、学校党委副书记、书记、校长兼书记领导职务。这所学校的校名也随着学校发展不断地变化，从汽车驾驶分校—浙江汽车技校—浙江交通高级技工学校—浙江交通技师学院，从中等职业教育升格到高等职业教育。

二

在经历第二次"大跨越"的同时，我还实现了第二次创业，组建交通资源公司，千山万水找矿山、千方百计闯市场、千辛万苦找业务、千言万语求人家。

——杨晓法

在交通事业上拼搏前行，在交通事业上开拓发展。2015 年 7 月，杨晓法出任浙江交通资源投资公司董事长、党委书记。这是一个经营性极强的国有资产重组的新企业，对于杨晓法来说，又是一个人生的全新挑战。

杨晓法到任仅仅是以交通集团养护板块整合筹备组组长的身份和一位副组长搭档开始起步的，短短时间抽调 5 名业务骨干参与筹备。交通集团党委对养护板块整合有明确的"两大定位"，一是整合集团内三家养护资源，提高养护管理效益，以及开拓集团外养护市场。二是全力拓展高速公路周边矿山等相关资源开发的新业务，弥补交通基础投资的亏损。

筹建公司对于杨晓法来讲，已经是第二次了，有一定的经验，按照程序建立公司法人治理体系、股权转让、人员招聘、业务整合，建章立制。关于公司名字，还有一段小插曲呢！因为名字中没有字号，省工商局注册处在审核时不同意用"交通资源"来取名，要增加字号后才同意登记。杨晓法与筹备组成员开动脑筋写了很多个建议字号给时任集团董事长高兴夫，高董事长说国企的名字就是要端庄大气、简单明了，他主动与省工商局领导沟通协调，这事儿就成了！"浙江交通资源有限公司"——朗朗上口的名字成为了无形的资产。

新公司筹建工作在人少事多、政策性强、程序复杂的情况下很快就完成了，但摆在杨晓法面前的两大难题必须要破解。

第一大难题，整合三家养护公司，其中交工集团旗下的顺畅和交工两家养护公司已经营十多年，市场经营能力很强，这次整合对他们有利，广大员工都表示全力支持。但是交通集团上市板块旗下的沪杭甬养护公司多数员工对这次整合都有抵触情绪，主要原因就是整合把员工多年的"铁饭碗"打破了，过去员工薪酬与经营业绩不挂钩，企业经济效益不好，员工工资照涨，这次整合市场化了，员工就出现了闹情绪、消极怠工，甚至部分员工出现"罢工"现象。面对难题，杨晓法多次与相关单位领导一起深入基层与员工面对面接触，畅通员工诉求表达渠道，认真听取意见，召开多次不同层面的座谈会，畅谈企业转型的难点和市场化竞争好处，提出待遇身份不变，业务保障微增，考核特殊处理的暂时过渡办法。通过深入细致的思想工作得到了员工们的理解和支持，风波就此平息下来。

第二大难题，怎么来拓展矿山业务，这是交通集团主要领导非常关心关注的事情，拓展矿山资源产业，在交通集团内没有成功的案例和经验可循，一切从零出发，这是考验新公司新团队的首要任务，更是对杨晓法一把手的真正考验。

公司成立不久，一位民营企业的矿山老板就上门来联系业务，"你们国有企业也想开矿山？"老板说，"我们民营企业开矿山是要有黑白两道的！"杨晓法接话："那国有企业没有黑白两道就不能开了？""我的矿山与农民果树相邻，当时由村委会协调约定离矿山100米以内的果树同意补偿，结果100米以外许多农民来闹事了！我通过各种合理渠道做不通工作，搞得矿山经常不能开工。"老板很激动地说："有一次，几个为首农民领着几十个老弱病残把矿山的道路堵了，我事先雇用十多个打手，告诉他们谁冲上来就砍谁！结果把那些农民教训得服服帖帖了。"

老板的一席话让杨晓法听了感到胆战心惊，但杨晓法静心思想，国有企业只要合法合规、合情合理也能做矿山产业，省内成功国有矿山企业也有多家，为什么人家能搞，我们不能搞呢？还是要树立信心，迎难而上，杨晓法首先组织大家学习国家开矿有关政策、审批程序、涉及部门、全省所需矿石的布局，同时研究制定战略、厘清工作思路，为后期集团矿产资源的布点布局打下了坚实的基础。杨晓法还亲自挂帅，带领团队到民营矿产企业学习交流，了解自行开发的风险和开采成本，并为后续矿产资源的获取和开发运营编写了作业指导书，加快团队对行业和产业的了解并有效融会于心、付诸行动。

杨晓法借力国土资源厅、浙江大学科研团队、各地勘探大队、民营矿业企业，对温州、舟山、湖州、桐庐、丽水、临金沿线石料矿山进行了筛选，系统了解掌握矿产资源的省内外分布、储备量和开发条件，做实做好前期。2016 年 1 月，玉环砂石料加工项目作为公司首个资源投资项目落地；2017 年 7 月 21 日，集团第一个有战略意义的舟山矿摘牌成功……一个个喜讯传来，宣告着浙江交通资源有限公司这一新建重组公司的成功。"人在交通，从高速公路到跨海大桥又到了矿产资源，每一段经历都是我的荣光，更是我的荣幸！"杨晓法说。

三

我锻炼在农村，体验在工厂，成长在学校，发展在交投，收官在铁路。我人生的第三次"大跨越"是从高速公路管理转向轨道交通建设。

——杨晓法

带着使命，带着美好，带着祝福，2016 年 11 月，57 岁的杨晓法从省交通集团手里接过了杭海城际铁路项目建设的重托，来到了美丽的海宁，出任浙江杭海城际铁路有限公司董事长、党委书记，肩负起杭海城际铁路的建设重任。

海宁，杭州湾北岸杭嘉湖平原的一颗明珠，枕钱塘江而居，人杰地灵，兴旺发达——钱江天下第一潮、中国皮革第一城、中国家纺名城……还有硖石灯彩、海宁皮影戏，海宁皮贴画等，都闻名于天下。对于杨晓法来说，这里的一切都是美好的，都是可圈可点的。潮文化、灯文化、名人文化……这里每天都演绎着扣人心弦、美妙动听、魅力无比的交响曲。

　　夜幕降临，万家灯火，璀璨辉煌。杨晓法喜欢在夜晚的鹃湖边漫步，看着城市的倒影，他思绪万千：一座城市真正的高度在于文化，一座城市的真正活力在于交通。一百多年前，海宁人抓住了历史的机遇，让沪杭铁路的火车在海宁硖石站靠了一靠，停了一停，便插上了经济腾飞的翅膀。如今，杭海城际铁路能为海宁再带来什么？海宁市委书记对杭海城际铁路作过高度评价："对海宁而言，这不仅是一条城铁，更是一条融入杭州都市圈的'黄金路'、带动新型城镇化的'高速路'、培育产业发展的'腾飞路'、集聚优秀人才的'精英路'，打通大湾区区域交通壁垒的'便捷路'、承接申嘉湖地区产业发展的'吸金路'"。

　　将海宁人的铁路梦延续，从沪杭铁路走向杭海城际铁路，从蒸汽火车进军电气火车，从小城时代走向大都市圈发展，从"融杭接沪"走向"轨道上的长三角"……这样的壮志豪情，到杨晓法的内心深处又化作柔情千许。

　　他希望看到杭海沿线乡镇老百姓的生活因这条城铁而更加便利、富足；他希望看到去"大城市"求学、工作的孩子们可以每天晚上随心归家；他希望看到更多的远方客人前来海宁感受潮乡文化；他希望将来"鹃湖"拥抱"西湖"的时间缩短到一小时……他要全力以赴打开这幅美好的"双城"生活画卷，他要率领杭海团队托举起"双城"间的交通巨龙。

　　我不会忘记会与 PPP 项目结情，PPP 项目确实不是一场"婚礼"，而是一段 29 年的"姻缘"。

——杨晓法

　　使命光荣，重任在肩。初到海宁的杨晓法有着将轨道交通 PPP 项目新蓝图全面铺开"大干一场"的斗志，有着迎接 PPP 投融资模式大发展机遇的欣喜，同时也面对着 PPP 首次在轨道交通领域运用的诸多挑战与压力。

　　PPP 模式，起源于英国，称作为公共私营合作的融资机制，指政府与私人组织之间合作城市建设基础设施项目或为了提供某种公共物品和服务，以特许权协议为基础，彼此间形成一种伙伴式的合作关系，并通过签署合同来明确双方的权利和义务，以确保合作的顺利完成，最终使合作各方达到互利共赢的效果。

2016 年 8 月 17 日，省交通集团与海宁市政府签署了《战略合作协议》，开启了轨道交通 PPP 项目探索的漫漫长路。这样的投融资新模式即使对于做了 30 多年交通人的杨晓法来说，也是第一次遇见、第一回尝试，一切都得从"零"开始。他两次主动到北京清华大学组织 PPP 短期培训，翻阅了大量的国内外相关书籍和资料。通过研究，他将复杂的 PPP 项目精辟地概括为两句话："就是政府用未来的钱做今天的事，利用专业的人办专业的事。"

他从我省以及杭州、海宁两市的实际情况出发，剖析杭海城际铁路 PPP 项目，认为外国的 PPP 模式是政府与私人组织之间的关系，而杭海城际铁路项目连接两个城市、工程建设涉及 48 千米长地域内的沿线地方，理顺地方政府和多方社会资本的投融资关系首先就是一个难题。

路虽远，行则将至；事虽难，做则必成。杨晓法迎难而上，积极投入项目的前期筹备和谈判工作。他对身边的人讲："面对这个项目，我们只有依靠交通集团，依靠股东，依靠地方政府和人民，依靠一切参与建设的杭海人，摸着石头过河，一步一个脚印向前走。"在省交通集团主要领导的指导下，他牵头成立了领导小组统筹引领谈判工作，并开始进行投融资谈判和概算谈判，后续省交通集团又成立了协议谈判组、土地谈判组和联合体谈判组，杨晓法率领谈判组吃住在谈判一线，坚持"白+黑""5+2"，争分夺秒开展工作，历时三个半月，最终形成了《实施方案》《资格预审申请文件》《项目公司出资协议》《公司章程》等招标文件。当年 12 月 2 日，海宁市政府正式对外招标挂网，12 月 22 日以省交通集团为首的社会联合体中标；12 月 31 日，杭海城际铁路 PPP 项目正式列入财政部 PPP 信息库。项目前期谈判终于告一段落，历时半年。2017 年 1 月项目先行段开工建设，2 月 21 日，SPV公司——浙江杭海城际铁路有限公司正式挂牌成立，9 月 26 日，杭海城际铁路首个轨道交通 PPP 项目全面开工。

这一天，杨晓法来到桩机运转、挖机轰鸣的施工现场，看着一派热火朝天、大干快上的繁忙景象，他想起为协调联合体出资方案连续一周东奔西走、不眠不休的日子；他想起概算方案连续 11 次调整的日子；他想起准备实施方案系列材料与团队挑灯夜战的日子，心头涌上前所未有的安定感和酣畅淋漓感。他想，杭海城际铁路项目终于干起来了！一切都是值得的。

那天夜晚，他来到久违的鹃湖边散步，心情格外愉悦。皎洁的月光洒在湖面，时不时地闪烁着一片片碎银，习习晚风掠过耳边，时不时地传送着悦耳动听的信息：告诉你个好消息，杭海城际铁路全面开工啦！以后啊，我们游了"鹃湖"走"西湖"，逛完"杭城"回"潮城"。

我不会忘记杭海城铁工程项目参建单位的新时代铁军精神发挥这么坚强有力，做到攻坚克难、挂图作战、背包作战、挑灯作战，有干劲、有拼劲、有闯劲。

——杨晓法

引进人才，打造一支扛得起重任、经得起检验的优秀建设管理团队，是杨晓法从杭海城铁公司筹建之初就一直在思索的问题。全面开工后，杭海城际铁路建设日新月异，逐渐掀起了攻坚热潮，急需大量的人才参与建设与管理。杨晓法想方设法"招兵买马"，充实"杭海铁军"。为此，他坚持"两手抓"，一面到专业单位和相关部门调动专业人才力量输入杭海；一面集中精力做好多批次人才招聘工作。省交通集团相关领导和集团人力资源部、轨道交通建设部的门槛杨晓法不知道踏了多少回，终于为杭海争取了更大的支持和人才输入量。

招聘过程中，杨晓法发现有的应聘者因杭海城铁公司驻地在海宁"小城"而不愿前来，有些优秀人才则因为公司福利待遇比不上省城杭州放弃了优越的岗位。面对公司"青黄不接"的人才缺失状况，杨晓法反复思考如何解决这一现实问题。

福利待遇"跟不上"，就用"跟得上"的标准留住人才。为有效解决"接轨杭州"问题，杨晓法提出在杭州成立杭海城铁分公司，为员工在杭州注册缴纳"五险一金"，让他们享受省会城市更优质的社会保障及民生服务，并多方对接沟通，为多名符合杭州市人才引进政策的员工办理了落户手续。

"小城市"吸引力不强，就用精致"家文化"打动人才。杨晓法与海宁当地政府对接，引起了海宁方对人才问题的高度重视，将海宁人才公寓房以低于市场价一半的价格出租给杭海城铁公司，为每一位前来杭海工作的员工提供 20 平方米至 45 平方米不等的独立人才公寓，为人才引进提供了有力的支撑和保障。同时，创办公司员工食堂，为员工提供高质量的自助三餐。杨晓法说，"公司的楼下布置了健身房、图书室，工会定时组织到电影院观影，我们要关注到员工生活的最细节处，这是真正的'家文化'，让大家感受到作为杭海人的幸福。"

我不会忘记杭海公司员工来自五湖四海、四面八方，是一支有理想、有担当、有事业心、有责任心、有首创心的年轻团队，为建好红船旁的城际铁路，发挥红船精神，攻坚克难，做出了可圈可点的成果。

——杨晓法

终于，杭海城铁公司赢来了首批优秀轨道交通专业人才。紧接着，第二批、第三批也纷纷投身到杭海城际铁路建设，他们中间有博士生、硕士生，更有多年从事铁路工作的顶尖技术人才。杭海城铁公司的专业团队从最初不到 20 人壮大到近 70 人，杭海就此涌动起了活力无限的新鲜血液，凝聚起建功立业的中坚力量。杨晓法很欣慰，但他要想的更多。怎样锻炼这批人才，让他们成为合格的"杭海铁军"？怎样培养这批人才，让他们在轨道交通行业作为新星冉冉升起？怎样用好这批人才，让他们的办事热情和能力得到充分发挥？自"杭海铁军"集结号吹响已过三年，杨晓法为自己交上了一份满意答卷。

三年间，"杭海铁军"出色地完成了项目全线各阶段目标任务，他们攻破了一个个建设难题，迎来一个个摇旗呐喊的胜利节点。

三年间，公司赢来工程、管理、安全质量、科技创新、才艺等各类奖项和表彰，"杭海铁军"越闯越勇。

　　三年间，杭海城铁公司不知何时成了省交通集团轨道交通行业内的"黄埔军校"，公司的一批批青年技术骨干力量被选派输送到其他轨道交通项目、铁路项目以及集团总部担任了重要岗位。

　　听着这个被称之为轨道交通"黄埔军校"的头衔，60 岁的杨晓法内心万般滋味，一面是不舍自己手把手培养的"得意门生"的离开；一面是欣慰自己亲手打造的"杭海铁军"成果得到了认可。

　　"希望他们在新的工程建设管理领域发挥出更大的作用，做出更好的成绩！"杨晓法说。他随即记起在研究每一位员工简历时为他们写下的培养规划，杨晓法甚至还记得他们刚来时候的样子，成长的过程，他们都在杭海得到了锻炼和发展。

　　杨晓法说，杭海 PPP 项目从艰难谈判到友好签约，征拆从全线动员到攻破完成，公司从起步组建到团队融合，施工从跑步进场到高效推进，一路走来披荆斩棘，一路走来也获得支持无数，特别是 PPP 项目建设中最重要的征地拆迁一环，得到了海宁市委市政府以及各部门的全方位支持。在工程建设领域人们把征地拆迁列为"天下第一难"，在姚敏忠指挥长的亲自带领下，征迁指挥部采取有力举措，90 天内拆除了用地内全部房屋、厂房和养殖基地，120 天就完成了 1786 亩土地征收，媒体将杭海城际铁路的征地拆迁评价为前所未有的"海宁速度"。

　　"和指挥部的同志见面的次数要超过家人。"杨晓法笑言，"与姚敏忠指挥长经常在施工现场遇到。"如他所说，杭海城铁项目非常幸运，天时地利以外，"人和"更是让城铁建设如虎添翼。公司与指挥部特别探索建立了一套协同推进机制，每月召开一次工作对接会议，互通建设情况，现场解决问题。杨晓法想，PPP 如果能做到与当地政府目标同向、行动同步、合力共进就没有迈不过的坎。项目开工以来，企地双方共同解决了施工组织、高铁既有线、管线迁移、建设用地保障等各方面的难题 180 余个。2019 年 9 月，"企地合作"获得副省长高兴夫的批示："杭海城际铁路建设各方合力高效，勇担当、善担当。望再接再厉打造百年品质工程，成为企地合作示范。"

　　杨晓法收到批示时，不知为何想起土地报批最紧张的那一阵子，与海宁市共同成立的报批小组一组彻夜赶工编制送审文件，一组赶赴北京驻点跟进审批流程的时候。他想起当"四证"全部放入杭海城铁公司档案柜的时候，感受到"合力"的能量，那不只是一次次困难中的扶持与助力，更是精神层面的提振与鼓舞。他想，他与身后的杭海铁军一定不辜负省委省政府和集团公司的重托，他要与海宁市政府一起，把海宁老百姓的这件事办好，把这个"百年工程"建好！

"企地合作"在杨晓法心里还有另一个层面，那就是"地方"的老百姓。他挂心着工程建设给沿线群众带来的不便，常常利用休息日时间，只身来到施工单位，深入一线，查看施工扬尘、噪声是否超标，查看围挡、施工设施摆放有没有影响交通。他召集领导班子开会，集思广益，提出"责任杭海"好形象，他想要把杭海项目的理念、品质、作用等延伸到周边的人、周边的事，让海宁老百姓了解杭海城际铁路和杭海文化。此后，他率领杭海团队实施沿线扶贫助困、定期义务献血、节日慰问等，切实担当起了"国企义务"；通过邀请海宁青少年参观企业文化平台、"市民监督团"参观施工一线，让海宁市民更加了解城铁；通过"致小区居民的一封信"、小区业主座谈会等活动形式，引起市民对城际铁路建设的共鸣和支持。

对于杨晓法来说，驻地老百姓是"企地合作"重要的支点，更是"企地合作"的最终服务对象。2018 年秋季，钱塘潮涌，引来无数观潮者，杨晓法也率团队来到江边，感受"天下第一潮"魅力，亮出"猛进如潮创佳绩，勇立潮头显担当"的横幅，大家合影留念，激发杭海人的斗志。有路过的海宁市民得知是杭海城铁的建设者，纷纷伸出大拇指点赞，"谢谢你们为海宁做的贡献"。那一刻，杨晓法觉得他的"企地合作"外延得到了推进、圆满。

在一个大型的 PPP 项目工程建设矩阵中，除了企地关系，还有与社会资本方、施工单位、融资银企的关系等需要妥善协调联系；另一方面，这些关系的背后，也都带有各自领域的利益和考量。如何与各方建立良好的关系？如何将各方资源汇聚到一起来，为推进项目建设提供强大动力？

杨晓法想到了党建。经过两个月思考和筹备，海宁交投、参建单位、银企单位等相关领导聚在一起座谈，提出了"党建联盟"的思路。

　　大家秉承"同建一条路、同是一家人、同有一平台"的"三同"共性，紧扣加强项目全线党的领导和推进全面从严治党两个关键，创建成立"PPP项目党建联盟"。

　　2018年5月8日，这是杨晓法一个难忘的日子。这天中午，他站在沪杭高铁海宁许村段的高架铁路桥旁，心如潮涌，感慨万千。这天，是杭海城铁第一台盾构机"杭海1号"始发的日子，也是杭海城铁公司携手海宁交投、建行海宁支行和杭海城铁全线参建单位等正式成立"PPP项目党建联盟"的日子。当天，"党建联盟"获得了省交通集团的授牌。

　　授牌仪式上，浙江省交通集团副总经理陈江对党建联盟高度肯定，他说，党建联盟是杭海城铁公司立足PPP项目特色党建工作的一种新的模式，也是党建品牌的一次拓展创新，希望党建联盟能建立一套适合杭海城铁项目的党建工作体系，将党建联盟凝聚的合力变成杭海PPP项目建设的强大动力。此后，杭海城铁公司以"党建联盟"为聚力平台，把项目公司一个党委和40余名党员的战斗堡垒作用和先进性全面拓展延伸至项目全线，撬动和联合了项目4000多名参建者，41个参建单位，34个党组织，近400名党员的红色力量。

　　这天晚上，杨晓法的心情久久不能平静，白天的"杭海1号"始发和"党建联盟"授牌成立的两个画面交织在一起，党建的虚拟矩阵与工程建设的排头兵们交相辉映，他想，这是"党建引领"的最好诠释，这是"党建高地"凝聚起的不竭动力。

　　杨晓法感到兴奋啊！他一会儿吹吹口琴，一会儿拉拉二胡、弹弹钢琴……他的爱好广泛，吹拉弹唱样样精通，每当他兴奋时，他就想用音乐抒发自己的激动心情……

　　杨晓法感到好幸福啊！新时代的杭海城际铁路建设者，同建一条路，项目一家人，共有一平台，让杭海城铁PPP项目登上党建联盟的航母，乘风破浪，奋勇向前。

　　党建联盟是PPP项目全线施工人员统一工作协调、统一思想管理、统一开展活动的需要，也是红色引领推进健康发展的需要。杨晓法一次又一次来到嘉兴红船学院，请专家研究论证 PPP 党建联盟的要素，他一次又一次深入基层党组织，开短会，听建议，细研究，分析把脉 PPP 项目工程建设党建的内在逻辑和运行规律，着力在合同履约为主的硬联通基础上，构建起党建联盟为主的软联通，全面加强党建联盟的顶层设计论证，逐步摸索出"一个项目，一个章程，一套方案，五项联动"的"1115"工作法，作为党建联盟的实践路径与工作载体。不断地摸索、创新、推动、实现，杭海城铁党建工作不断迈上了新台阶。

党建联盟促进了联盟成员的融合，联盟单位倡导了项目一家人理念，杨晓法带领大家创立了"六个在一起"工作保障机制，一起开展集体参观活动，一起开展"两学一做"学习教育，一起开展党建工作业务知识培训，一起开展集体学习，一起开展百日大会战，一起参加大型文艺汇演活动。杨晓法与党建联盟单位党员一道，去杭海城铁建设一线、去秦山核电站、去余姚四明山等地开展"红色行"；他开设系列"红船大讲堂"，邀请嘉兴红船学院专家和省市级党校教授为"党建联盟"成员单位党员上党课，将主题教育引向深入；他将公司企业文化平台升级为"红色工地文化平台"，被海宁市列为"初心教育体验基地"、党建联盟的品牌成功入选浙江红船干部学院党建课题研究立项，并荣获浙江省 2019 年度"国企党建品牌创新奖"……党建联盟突破了单个参建单位党支部在党建资源、人员结构、场地设备上的局限，从而使党建活动从一家到多家，活动人员从少数到全覆盖。"百日攻坚战"文艺汇演，"不忘初心、牢记使命"专题党课，"诗话红船""庆祝华诞 70 周年"等等活动一个接一个，一个比一个精彩，一个比一个富有新时代旋律。

为有效推动党建联盟品牌与内容创新，杨晓法结合深入开展 2018—2019 "两美"浙江重点工程立功竞赛活动，充分挖掘项目全线各参建单位的党建资源优势，携手打造党建联盟 2.0 升级版，创建"三好三有"红色工地，努力实现"党组织作用发挥好，廉洁自律执行好，工程文化建设好；品质工程有成效，科技创新有成果，平安工程有保障"的建设目标。

党建联盟和红色工地创建活动，不仅充分发挥了党支部的战斗堡垒作用，而且极大地调动了杭海城际铁路建设者的施工积极性、创造性，工程捷报频传：

2018 年 8 月 24 日，盾构顺利下穿沪杭高铁，首个标志性风险源顺利消除；10 月 15 日，全线首条盾构区间贯通，隧道工程迎来胜利节点；12 月 14 日，杭海城际铁路节点控制性工程盐官下河桥 120 米主跨合龙，跨河桥梁施工圆满完成。

2019 年 1 月 18 日，全线第一根接触网成功竖立，机电工程建设全面开启；5 月 16 日，全线轨道施工正式启动；7 月 12 日，杭海城际铁路首辆列车试制生产正式启动；8 月 8 日，全线高架连续梁 38 孔，预制梁 809 孔箱梁架设任务宣告完成，圆满实现"桥通"；12 月 12 日，当年的"杭海 1 号"在余杭被安全接收，全线实现地下隧道贯通……在一次次工程节点胜利突破时，杨晓法都感到无限荣光。他深深感谢"党建联盟"每个成员单位对建设的贡献，深深感谢奋战在红色工地上的全体建设者，深深感谢所有为杭海城际铁路建设付出辛劳的人们。

杨晓法满怀豪情预告——

2020 年 6 月，杭海城铁项目全线实现轨道贯通；2020 年 12 月，全面完成机电设备安装并具备联调联试条件；2021 年 6 月，海宁至杭州城际铁路正式通车运行，向建党 100 周年献礼！

杨晓法仿佛已经看到——

一位位胸前挂着大红花的城铁建设者雄赳赳、气昂昂地向我们走来！

一个个翘首企盼的潮乡儿女向世人激情呼喊，杭海城际铁路通车啦！

杨晓法将再一次以悠扬的旋律奏响《我和我的祖国》……

原载《时代报告·中国报告文学》2020 年第 7 期

添加幸福的杨家酱

岑建平

　　幸福是什么？海宁市光明蔬菜有限公司总经理杨建康对此的注解是：幸福是人生中添加了一些"喜欢和热爱"的调料。而在他看来，作为非物质文化遗产豆瓣酱制作工艺，就是幸福不可或缺的"调料"。

——作者手记

人生往往在逆境中转变

　　有一则《西施范蠡杨家酱》的民间故事讲道："当年越国大夫范蠡护送西施去吴国。一日，来到钱塘江北岸的武原县淳溪（今海宁路仲）。西施发现方圆河汊纵横，绿树遍地，环境宜人，不禁心花怒放。一连几天，范蠡见西施身临江南的田野风光而乐不思蜀，遂在临近的杨家村安营扎寨，一边陪西施游览观赏，一边教村民用当地盛产的黄豆做豆瓣酱……"于是，杨家村就有了"杨家酱"的传说。

　　海宁市光明蔬菜有限公司就位于传说中的杨家村——斜桥镇光明村，企业创始人叫杨建康，地地道道的海宁斜桥人。说起与杨家酱的渊源，似乎要从他儿时的记忆寻找。

　　杨建康生活在一个农村家庭，在他很小的时候就看到父母在秋季将家里剩余的蔬菜经过简单腌制后，等到春天时食用。儿时的贫穷和艰辛给杨建康留下了深刻的印象。他清晰记得，哥哥挑着百十斤的腌菜坛跟跟跄跄地行走在田埂上。他更记得，他们兄弟三个划船进入江苏地区，险些丢了性命，为的只是能卖出几坛腌菜……

贫穷和苦难就如放在坛子里的蔬菜，只有经过时光的浸润才能发酵成致富的动力。1984 年杨建康高中毕业，就学和就业前途渺茫。当时的庆云中学教导主任爱才惜才，向杨建康抛来了斜桥乡中心学校代课老师的"绣球"。虽然月收入只有区区 80 多元，但杨建康怀着对第一份职业的珍惜，在分别执教物理和语文的两年里，兢兢业业，将全部热情投入到工作中，几乎每晚备课、批改作业至半夜。

回忆往事，杨建康坦言，那时农村闭塞，他在上初二时才知道，除了读书的课本，居然还有各种课外书。在当代课老师时正值中国改革开放的萌芽时期，杨建康从报刊中隐约感觉一种新的事物在悄然出现，就像春天来了，眠睡一冬的植物要从土壤里顽强地钻出来。其时恰逢做蔬菜贩运生意的大姐夫需要一个帮手。在大姐夫的鼓动下，1988 年，杨建康离开心爱的讲台进入到这个有上千年历史的腌菜行业。

大姐夫文化不高，却走过南闯过北，吃过香喝过辣，在农村也算是见过大世面的人。大姐夫先不急于让杨建康干活，而是先教他如何做人做事的真谛。因此在杨建康以后的成长中，始终遵循"诚实做人就是要一步一个脚印，而用心做事，则需要用知识来堆积"的人生哲理。

或许是受到"从奴隶到将军"这个故事的启发，杨建康在大姐夫的企业里，从最苦最累的活儿开始。二十出头的小伙子，身上有一股干劲。因为脑瓜儿灵，做的腌菜口感好，杨建康的腌菜在海宁地区小有名气。原本销售不出方圆十公里范围的腌菜先打开了上海的大门。

随后，杨建康又购买了一艘能承载 15 吨重量的挂机船，将腌好的蔬菜销售到了江苏、杭州乃至一百公里以外的地方。200 多斤的两坛腌菜从船上挑到岸上，中间要过两块跳板，船晃，跳板晃，人也跟着摇晃。身材瘦小的杨建康从未干过这么繁重且如此危险的活儿，在他眼里，那两块跳板，宛如两个难于逾越的鸿沟，几乎寸步难行。然而杨建康明白，迈出一步距希望近了一步，跨过去就是成功彼岸。就这样，杨建康经受住了无数次考验。有一回，他押送一船货到上海，眼看快到码头，突遇黄浦江涨潮，货船面临进退两难的境地，此时靠船老大一个人把舵很难靠上岸，如不及时稳住，货船很可能侧翻在河中。危急之下，杨建康不假思索地跳到船头，用篙子使劲撑。可逆水前行的船吃力大，篙子随即一折两段，身体失去平衡的杨建康仰天翻落在黄浦江支流中。险情并没有动摇杨建康，他爬上船再撑，用物理课上学到的一些知识，终于制服了凶狠的潮水，不听使唤的货船乖乖停泊在了码头——类似的险情杨建康经历了三次，而每一次的险情排除，都让他在智慧和勇敢中取胜。

唯有创新才是完美之道

有压力才有动力。杨建康经过一段时间的磨练，开始在大姐夫的厂里挑起经营重担。做经营就得闯市场，他买来了一本本企业经营管理的专著，一边如饥似渴地学习，一边在实践中不断检验。一年 365 天，杨建康大部分日子在外奔波，海南、深圳、西安、哈尔滨、北京等大城市，他无不感受到经济蓬勃发展的气息。尽管他一个乡下小伙子要在城市里开拓市场并不容易，常常还要受到奚落被人瞧不起，好在他将知识融入推销术，也赢得了商家的认可。一次，杨建康对一位经销商说，我们的企业不算大，可正是这"小"，我们对产品更是追求优而精，也只有靠优质的产品才能发展企业……一番推心置腹的话，说得对方连连称是。为了事业和前途，杨建康跑遍了当时上海的全部 10 个区，骑坏了 3 辆自行车，终于用知识立足于上海市场，也改变了有些上海人"侬迪个乡下人"的偏见。

1995 年，对杨建康来说，是个重大的转折点。"以前是加工半成品，以坛为单位来销售，现在我们学会了做成品，直接包装好上市。"杨建康做着着手势说。那时市场经济异常活跃，只要顺应市场的发展形势，就能在传统的行业中独占鳌头。

为此，杨建康率先打破腌菜行业只采用本地原料的固有模式，跑遍江西、福建、甘肃、安徽等全国数十个省挑选优质食材。从此，光明蔬菜有限公司生产的腌菜也不再限于萝卜白菜的单一品类，出现了更多品种，其丰富性得到极大提升。

2000 年，外资企业不断进入中国。大型的零售连锁机构给中国的零售行业带来了一次洗牌。去家乐福、乐购、沃尔玛等大型卖场购物成为一种潮流，杨建康觉得不断出现的超市必将取代传统的销售模式，于是，他跃跃欲试不再犹豫。

可是，进入这些卖场，必须具备品牌化、标准化、规模化等硬性条件。光明蔬菜有限公司不得不再次进行了一场全新的自我革新。

"从细节上下功夫，改进原始落后的做法，逐步向规范标准化的方向转正。"为了用知识拓展事业，杨建康推出了一系列经营管理措施：成立了新产品开发小组，每月诞生一个新品种；引进了两名大学生，实行计算机管理。为了提高产品的科技含量，杨建康在一个朋友的介绍下，与浙江大大食品系的一位教授达成了合作研制无公害绿色食品的协议，60 多个'大光明'牌和"江南杨家"牌系列蔬菜，逐步推向全国各地超市。

与此同时，杨建康亲自设计了商标。由一点延伸向外辐射，白底红字，线条组合的图案看似简单，但是其传播意义非常。"从点向外延伸，代表着'大光明'立足海宁像太阳一样向周边地区辐射；线条逐渐变宽意味着大光明的路越走越宽。"杨建康解释。他因此被评为嘉兴市"十佳青年农业产业化带头人"，海宁市光明蔬菜有限公司也被浙江省科技厅批准为"浙江省农业科技企业"。

泡菜坛里开启幸福之门

早在 2012 年，杨建康的海宁市光明蔬菜有限公司，吸引了台湾中视、安徽卫视热播剧《幸福三颗星》的目光，做泡菜的工厂成了主演蓝正龙创业初的主要拍摄场地。人们不禁疑问，杨建康做的泡菜罐子里究竟藏着什么秘密？正如大光明的商标寓意一样，"大光明"腌菜会一直朝着光明发展，并且由此开启人生的幸福之门。

在多年的摸爬滚打中，杨建康深深懂得，物质财富是有价的，而精神财富是无价的，也颇觉自己还需要学习更多的东西。因此，他在获得了中国地质大学网络教育经济管理专业文凭后，又参加了浙江大学工商管理在职研究生班学习，期望用知识去经营事业，打造人生。

随着老百姓对食品安全意识的不断增强，大光明再次转换思维，进行转型。在老百姓的心中有一个固定思维，腌菜具有高盐高糖的特点，不宜多吃。杨建康抓住这个心理，开始研究传统的腌菜和泡菜的区别，对产品进行改良。为此，杨建康在 2007 年邀请朝鲜轻工业部的专家来厂里做现场指导。3 个月后，大光明品牌的泡菜如期上市，其口感和加工工艺都领衔同行。

2010 年，韩剧蜂拥进入中国市场，中国观众对韩国文化的不断热衷，杨建康再一次闲不住了。他多次跑到韩国食品博览会参观，到韩国生产泡菜的企业去学习。在那里，他看到了与中国不同的泡菜制作方法，也找到了有别于朝鲜泡菜的特点。心潮澎湃的杨建康有点迫不及待。他了解到，韩国家庭中都有专门的泡菜冰箱，其泡菜的辅料和口味偏重，而这些都不太适用于中国江南地区。因而，他并非简单地将韩国泡菜技艺拿为己用，而是对中国市场再次作了调研。

随后，他找到专业生产泡菜的韩国高邦喜食品有限公司，对方同意给予技术支持，采用中国的原料和辅料，生产出具有中国人口感的泡菜。

"大光明"产品每年按千吨为单位，以浙江为中心向全国辐射。而将近 50 多个品种的"大光明"泡菜成为嘉兴市著名商标和浙江名牌农产品。一坛泡菜在时光的浸润中，始终在进行着不停的改变。但是，唯一不变的是不断自我革新，不断突破创新，才造就了一包泡菜的品牌传奇。

从爷爷这一辈开始认识泡菜，到如今又将这传统风味与韩国工艺相结合，杨建康对泡菜的系统工艺有了更多的探究。一坛泡菜看似无足轻重，里面却装满了杨建康几十年来的幸福。而这个幸福，就是用来开启梦想之门的密钥。

太极理念成就制酱网红

令人颇觉奇怪的是，历史上路仲没有酱园，但家家户户能做纯天然无任何添加剂的手工酱。《西施范蠡杨家酱》尽管是坊间的传说，但杨家酱如今在杨建康手里复活，真真实实再现于人们的眼前。

所谓的酱菜，就是蔬菜的酱腌，在我国有着悠久的历史。而酱和菜，既有相当的关联因素，又是两个不同的传统食品。早在一千年以前，勤劳的祖先用一些粮食和油料作物，利用自然界的米曲霉菌创造出酱类。杨建康的爷爷、父亲都是制酱匠人，他自然从小也耳濡目染学得祖辈古法制酱工艺。1992 年，杨建康拜葛正荣为师，基本掌握了一百年前传统的豆瓣酱制作技艺。因此，在长期经营蔬菜厂的过程中，他始终有一个想法，就是要把古人的纯天然豆瓣酱工艺挖掘和传承下去，让古法制酱重见天日，让非遗文化深入人心。

杨建康回忆，有一次，他听一个上海亲戚说，其媳妇怀孕后对"吃得放心"更为重视，问他有没有不加添加剂且偏酸咸的食品。当这位亲戚的媳妇吃了杨建康送去的酱后胃口大增，简直如获至宝，十分珍爱。还有一件事，杨建康的一个同学的哥哥住在美国拉斯维加斯。几年前他回到海宁，说想带点能体现家乡味道、家乡情结的食物去美国，经人推荐买了些海宁的豆瓣酱带去。后来，他不断发电子邮件盛赞，说美国的华人朋友吃过以后，都说味道极佳，特别是作为调料，烹调出来的小菜更是色香味俱全。两件生活中的小事，更坚定了杨建康传承古法制酱的想法。

中华民族是人类文明史上最早发明酱的民族。我国的酱菜制作在家庭手工业中维系了两千多年，广大城镇中星罗棋布的酱园与黎民百姓家家户户的酱缸，形成了中华民族饮食文化独一无二的酱文化。在全社会日益重视传统文化继续发展的今天，为了确保传统工艺百分之百的纯正，杨建康率领的酱法自然团队在 5 年时间里遍访国内酱园，拜访数十位制酱前辈，最终形成了自成体系的酱法自然工艺。

在杨建康与合伙人的精心研制下，原本无牌无名的豆瓣酱有了属于自己的注册商标："江南杨家酱"。

除了企业老总，杨建康还是杨氏太极拳第七代传人。正是这一身份，他曾通过网易直播，运用太极拳理念制作古方豆瓣酱，首播就吸引了 58 万人围观。杨建康介绍，太极拳与制酱还真有许多相似的地方，太极拳讲究手眼身法步，制酱注重控制温度、空气湿度、太阳照射的角度等细节，两者有相通的地方。

江南杨家酱挖掘的传统制作工艺，被列入海宁市和嘉兴市非物质文化遗产项目，杨建康则成为古法制酱工艺的嘉兴市非遗传承人。2017 年至 2019 年，每年举办了"酱法自然——非遗酱坊古方酱开作节"。梅开三度，开作节上共制一坛酱的深情场面，让杨建康和他的江南杨家酱家喻户晓。

非遗展示打造传承基地

翻阅历史，路仲曾为海宁的四大千年古镇之一，德义桥、德风桥、张子相宅、朱淑真故居、管庭芬藏书楼、钱君匋祖居、黄岭梅宅、冯家厅等古迹遗址众多。尤其因西施曾在此地停留，故至今尚留存西至浜、西至桥等名。2019 年 6 月，当杨建康手捧海宁市人民政府颁发的"海宁市非物质文化遗产产品研发中心"牌匾时，他的头脑中又形成了新的规划：既然置身在深厚的人文底蕴之中，何不再添上酱文化"调料"，进一步扩大传统历史文化氛围，提升路仲及周边地区的知名度。

去年，光明蔬菜有限公司因政府规划拆迁。看到三十年的厂子没了，心疼之余的杨建康一边将酱菜移到外埠生产，一边把这一事业的重心转移到古法制酱上，即在当地政府同意保留的两亩原厂址上，创办"古法制酱工艺非遗展示馆"。他的唯一目的是将千年的豆瓣酱制作技艺完整地保留下来，让人们在现代生活中感受传统的精华，使酱法自然成为独特的餐桌文化。

其实，看似简单的事，但要真正做好一坛优质的江南古方杨家酱，不啻是一门工匠手中的绝活。单单制作工序，就包含了煮豆、拌粉、焗酱黄、晒酱粞、下酱瓣等几十道，而优质的酱必须晒足 180 天阳光，从第一天晒酱到成酱，制酱师傅至少须搅拌 5000 次以上。杨建康改良的豆瓣酱制作工艺，首次运用太极拳"柔"的理念，将翻酱、制酱、防虫等管理过程更加精细化。

从接触豆瓣酱开始到形成酱法自然，三十年来，杨建康与合伙人一方面力求传承古法、自然制酱；另一方面不断开拓新工艺，让这瓶古老的豆瓣酱焕发生机。

如今，杨建康在当地政府的支持下，总投资 200 余万元的豆瓣酱非物质文化遗产展示馆已初具雏形，整个建筑突出明清风格，大量采用砖石、琉璃、硬木等不同材质来修缮拱门、木格窗等。一个非遗传承基地伴随江南杨家酱制作方法，不久将在人们的惊讶中真实而通俗地展现在海宁路仲古镇旁。

写到此，再回过头来看民间故事《西施范蠡杨家酱》："一日，西施恐因舟车劳顿又加上水土不服，忽感内心燥热难受，用手捂住胸口。范蠡见状哪敢怠慢，赶紧捧来一个瓦罐，舀起一小勺豆瓣酱又稀释成酱汤，西施喝了后只觉入口生津，全身的不适顷刻烟消云散。"当年，在制作工艺落后的条件下尚且做到如此品质，现如今将先进的理念融入传统工艺之中，制作出杨家酱的极品将毫无悬念。

力争打造酱文化传承基地，传统文化传播基地，美丽乡村示范基地，青少年实践基地和党建工作示范点……一生与蔬菜打交道，最后选择以"江南杨家酱"为追求的酱文化事业，这无疑才是杨建康真正想要的幸福。

原载《时代报告·中国报告文学》2020 年第 10 期

后　记

　　这是海宁作家第三本年度作品选。2020，记忆深刻的一年，有些故事不会老去，有些印记历久弥新，让我们再次留下一份文学创作档案吧。

　　书中入选作品均为国内公开出版物或地市以上文联、作协内刊发表过的，以"海宁市作家协会年度文艺成果汇总表"为基础遴选。我们可以看到，诗歌创作继续一骑绝尘，小说、散文、网文（故事）、报告文学则策马扬鞭齐头并进，由于文学评论篇数寥寥，且评论对象及其作品均与海宁无关，今年选本暂不设文学评论栏目。为了让更多的作品入选，同一位作者诗歌最多选六组（首）、散文三篇、小说一篇，如是，共 41 位作者入选，比往年有所增加。

　　海宁诗群雄风犹在、海宁新生代女性写作群体渐渐崛起……编辑年选，于我而言是乐此不疲的事，从一校至三校，细细翻遍每件作品，作者的喜、怒、哀、乐，浸润着我数十个挑灯阅读的夜晚，同时，也获得了一种对海宁文坛创作态势了然于胸的从容。诚然，一本三百余页厚度的书，远远不能承载海宁这一人文荟萃之地 2020 年度全部文学成果，但眼看着各位本土作家花开四方，不断有新人脱颖而出，那种欣喜，确实是难以言表的。

　　在本书编选过程中，为了尽可能体现发表原貌，用笔名发表的，仍沿用笔名，不少稿子是直接向报刊要来的编辑稿，无法得到编辑稿的，则采用作者原投稿版本，故与正式的刊载文本可能略有出入。

　　与时舒卷，韶华向远，祝愿 2021！

海宁市作家协会主席　金问鱼